高等院校
计算机技术系列教材

U0132898

Flash 动漫设计基础

■ 魏 敏 张卫红 编著

WUHAN UNIVERSITY PRESS
武汉大学出版社

高等院校计算机技术系列教材
编委会

前　言

　　作为目前世界上最流行的网页设计软件之一，Flash 8 是一个非常成功的应用软件。本书对 Flash 8 作了深入浅出的讲解，始终把易学、易用放在十分重要的位置，对于无任何图像、动画或网页制作经验的初学者以及有一定经验的读者，本书都是一本良好的工具。

　　全书分 12 章，介绍了 Flash 8 的界面环境、基本操作、绘图方法、文本处理、动画编辑、元件与实例和库资源使用、插入声音与视频、使用 ActionScript 语言编辑脚本、组件使用、导出影片等内容。书中还提供了一些实例以方便读者更好地理解和领会相关内容。

　　实践出真知。电脑应用本身就是操作性的工作，如果只看书不操作，常常会有云山雾罩、不知所云的感觉。因此，如果是初学者，最好打开电脑，边看书边操作。这样可以帮助读者深刻理解 Flash 的精华所在。进行 Flash 的动画制作，依靠的不仅仅是对软件使用方法的熟悉，更重要的是在实践中不断积累设计经验，提高设计水平。希望读者能够不断学习总结，自我提高。

　　本书由魏敏、张卫红主编。在编写过程中参考了一些专家的著作，在此向他们表示衷心的感谢。若对本书有任何意见和建议，请发至 E-mail：wemy33@126.com

　　本书既可作为大中专学生选用的教材，也可作为社会相关培训用教材或读者自学使用。

编者

2008 年 6 月

目 录

第1章　Flash 入门

【学习目的与要求】　通过本章的学习使读者对 Flash 有一个基本的了解，学会安装 Flash 的方法并且掌握一些 Flash 的入门操作。

1.1　Flash 简介

1.1.1　认识 Flash

　　Flash 是一种交互式的网页动画设计工具，我们浏览网页时经常可以见到使用 Flash 开发的动画、游戏，甚至网站。之所以称为交互式，是因为可以通过鼠标或键盘控制 Flash 的播放，达到人机对话的效果。而普通的动画只能静静地欣赏，无法对它进行任何操作。

　　Flash 以它独特的优点，深受广大动画爱好者的喜爱，它容易学习并且结合自己的创造力就可以制作出各种优秀的作品，越来越多的人把 Flash 当做动画设计的首选。

　　浏览网页时观看的动画如何才能知道是不是 Flash 呢？可以在动画上右击，如果出现如图 1-1 所示的菜单，就说明它是 Flash 动画。

图 1-1

　　很多网站都提供了 Flash 下载，可以把自己喜欢的 Flash 下载到硬盘里。但是下载的

Flash 文件是以 .swf 为扩展名的。如果双击文件，提示系统不能打开它，说明系统不认识它。这时可以从网上下载 Flash 播放器，然后右击文件，在"打开方式"对话框里，选择程序 Macromedia Flash Player 8.0，并勾选"始终使用选择的程序打开这种文件"复选框，这样，以后就可以双击文件打开这些 Flash 动画了。

2005 年 8 月，Macromedia 公司推出了 Flash 8，播放器版本更新为 Flash Player 8.0。它在原有的基础上新增加了许多强大的功能，界面也成熟了很多。本书中所有的操作都是在 Flash 8 中进行的。

1.1.2 Flash 的应用

如今 Flash 已经充满了我们的生活，随便浏览一个网站就可以看到 Flash 作品。因其成熟的技术，Flash 在电视节目、电视广告上也占有一席之地。不仅如此，Flash 在广告公司、唱片公司、远程教育、网站开发等都有广泛的应用，它可以制作广告、动画、课件、游戏、MTV 和节目包装，可见 Flash 的应用是非常广泛的。下面对其具体应用作一些简单的介绍。

1. 网页动画

网页动画可能是我们见得最多的 Flash 了，随便打开一个网站或多或少都有一些 Flash。为什么 Flash 能够这么广泛的应用在网站上呢？

因为应用在网站上，Flash 有它自己独特的优点。它使用矢量图技术，不管怎么缩放尺寸也不会影响画面的质量，而普通的位图放大到一定程度会出现锯齿和模糊的现象；它使用流式播放，用户可以一边下载一边观看，不会因为长时间的等待而感到烦躁；它可以将音乐和动画结合起来，为网站增色，增加网站的吸引力，最重要的是它可以实现互动，使用户真正参与进来，达到身临其境的效果。

Flash 进站动画在网站应用中很常见。打开一个网站，一开始就是一段 Flash 动画，动画结束之后显示网站的主题和导航栏，这样可以表现网站自己的风格。图 1-2 就是一个 Flash 进站动画。

图 1-2

2. 动画片

Flash 可以制造出高品质的动画和令人叹为观止的效果，同时它支持压缩的音乐格式，生成的文件很小，可以在网站上观看，下载到硬盘里也不像一般视频文件那样占很大的空间。所以用它可以很方便地制作动画片和 MTV 等（见图 1-3）。

图 1-3

3. 游戏

Flash 是交互式动画，也就是说它可以对鼠标和键盘的输入作出反应。正因为它具有这个功能，所以可以制作出各种有趣的游戏。如图 1-4 所示的游戏就是用鼠标控制球杆打台球的游戏。所以用 Flash 可以制作出各种动作类或益智类的游戏，很多网站都提供 Flash 游戏的下载。

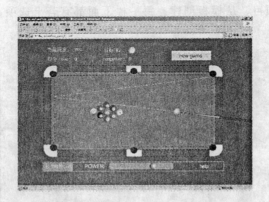

图 1-4

4. Flash 网站

相信见过 Flash 网站的用户都会对它们留下很深的印象，因为网站不仅界面优美而且还可以拥有一些普通网站达不到的特殊功能。如图 1-5 就是一个 Flash 网站，它具有用户留言、Flash 游戏、改变网站颜色、播放音乐、后台管理等一系列强大的功能，而且具有很多动画效果。

除了以上四种之外，Flash 还广泛应用于多媒体娱乐、教学系统、软件系统界面、应用程序和手机等领域。这些广阔的舞台展示了 Flash 的美好前景。

图 1-5

1.2　Flash 的界面

1.2.1　起始页

打开 Flash，首先看到的就是起始页（见图 1-6）。它分为 3 栏，从左到右依次是：打开最近项目、创建新项目、从模板创建。每一栏下面都有若干选项，可以根据需要进行相应的选择。

图 1-6

1. 打开最近项目

在【打开最近项目】栏中列出了最近几次操作时打开的文件,可以单击再次打开它们继续编辑,从而简化操作。单击【打开...】选项则会弹出【打开文件】的对话框。

2. 创建新项目

在【创建新项目】栏中列出的是 Flash 8 可以创建的各种文档,包括 Flash 文档、Flash 幻灯片演示文稿、Flash 表单应用程序、ActionScript 文件、ActionScript 通信文件、Flash JavaScript 文件以及 Flash 项目。对初学者来说,单击【Flash 文档】即可进入 Flash 编辑界面。

3. 从模板创建

模板是事先定义好的一种格式。Flash 8 中定义了很多种常用的文档模板(见图 1-7),包括个人数字助理、全球电话、幻灯片演示文稿、广告、日本电话、测验、演示文稿、照片幻灯片放映和表单应用程序。只需在模板中添加一些自己的东西就可以制作出需要的文件。单击其中任何一项,都会弹出如图 1-7 所示的对话框,在其中可以进行更详细的模板选择。

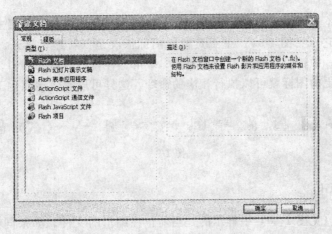

图 1-7

1.2.2　主界面

在起始页中进行的任何选择最终都会进入 Flash 文件的编辑界面,所以先来了解一下 Flash 8 的主界面。它由以下几个主要的部分组成(见图 1-8)。

图 1-8

1. 菜单栏

主界面最上方的一栏就是菜单栏，其中包含了一些常用的命令和操作，每一个选项下又包含了很多子选项，只要单击一下即可执行相应的操作。例如要保存正在编辑的Flash，执行【文件】|【保存】命令即可。如果文件是第一次保存，会弹出【另存为】对话框，提示选择一个地方保存正在编辑的文件。

2. 主工具栏

默认状态是不显示主工具栏的，可以在菜单栏中执行【窗口】|【工具栏】|【主工具栏】命令打开它（见图 1-9）。主工具栏的图标依次是：新建、打开、保存、打印、剪切、复制、粘贴、撤销、重放、贴紧至对象、平滑、伸直、旋转与倾斜、缩放、对齐。只需单击主工具栏上的图标就可以执行相应的命令，这样可以有效地简化工作。

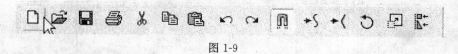

图 1-9

3. 文档选项卡

文档选项卡（见图 1-10）中显示的是当前正在编辑的文件。如果同时打开多个文件，文档选项卡将依次列出它们的名称。单击名称即可快速切换，右击则可以执行关闭、保存等快捷命令。

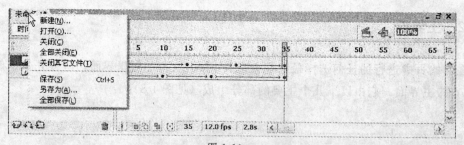

图 1-10

4．时间轴

时间轴在 Flash 中有着很重要的作用。它位于文档选项卡的下面，可以分为左右两部分（见图 1-11）：左边是图层，右边是真正意义上的时间轴。

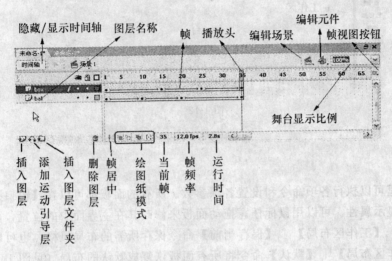

图 1-11

图层就像是一张张叠放起来的透明纸，每张纸上都画有一些图像，没有图像的地方则是透明的。这些"纸"按照图层的上下排列顺序依次叠放，所以可以透过上层纸的透明部分看到下层纸上的图像，而上层有图像的地方则会挡住下层的纸。最终看到的就是这些纸叠在一起的效果。改变纸的叠放顺序就可以改变整个图像，而单独改变一张纸的图像不会影响其他纸上的内容。使用图层使作图或修改变得简单。

时间轴上的数字是帧的序号，拖动红色的播放头就可以观看到每一帧的内容。

5．工具箱

工具箱是使用得最多的一个面板。它位于主窗口的左侧，平常大部分画图的操作都需要依靠其中的工具完成，动画的创作也离不开它。第 2 章将会对工具箱的使用作详细介绍。

6．舞台

如果图层是叠放在一起的透明纸，那么舞台就是这些纸的最终效果，上面有动画的主要内容。舞台默认大小是 550×400 像素，即制作出来 Flash 文件的大小。可以通过主界面下方的属性面板更改这一默认值，还可以改变舞台的背景颜色和 Flash 的帧频。

7．工作区

舞台外面灰色的区域就是工作区。在导出 .swf 影片的时候，工作区中的图像不会被显示出来，可以用来暂时存放一些不需要显示的图像。如图 1-12 所示为一只小鸭子从舞台外进入舞台的动画，因为一开始小鸭子在工作区中，没进入舞台，所以是看不见的。

图 1-12

8. 面板

在面板里可以执行各项命令和设置各项参数。所有的面板都可以在【窗口】菜单里设置其隐藏或显示属性。可以用鼠标任意拖动面板来修改其在主界面中的位置，而且可以通过【窗口】|【工作区布局】|【保存当前】命令保存所需的布局风格，也可以通过【窗口】|【工作区布局】|【默认】命令将所有面板恢复成默认的布局（见图 1-13）。

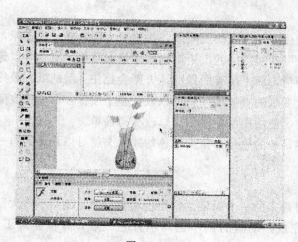

图 1-13

1.3 Flash 的基本操作

1.3.1 创建新文档

如同绘画需要纸一样，制作 Flash 也需要舞台。舞台用来展示所绘制的图形和制作的动画。所以制作动画需要创建一个新文档，在工作时也可以同时创建多个文档。

新建文档与设置文档属性的操作步骤如下（见图 1-14）：

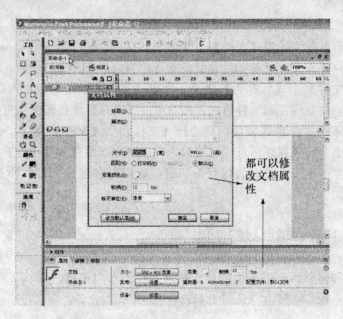

都可以修改文档属性

图 1-14

（1）选择【文件】｜【新建】，或在起始页中选择创建一个空白文档，都可以新建一个文档。

（2）选择菜单【修改】｜【文档】命令，弹出【文档属性】对话框。

（3）设置舞台尺寸。设定尺寸大小先要确定单位，标尺单位有英寸、点、毫米、厘米和像素，其中像素是最常用的单位。默认大小是 550×400 像素。

（4）设置舞台背景色。单击背景颜色后面的颜色框，在打开的面板中选取一种合适的颜色，默认是白色。

（5）【帧频】是每秒要显示的动画帧数。默认是 12 帧/秒。通常网上应用的动画就是这个帧频，如果修改帧频的快慢，则可以看到的播放动画的连贯程度不同。

1.3.2　打开文档

常用的打开文档的方法是打开文件夹中的文档和打开最近的文件。操作步骤如下：

（1）选择【文件】｜【打开】命令，弹出【打开】对话框，我们可以选择文件夹，找到要打开的文件，然后单击【打开】按钮。如果选择【文件】｜【打开最近的文件】命令，则可以显示 10 个近期打开过的文件，可以从中选择文件，单击【打开】按钮，继续编辑。

（2）在打开对话框中选择的文件，必须是 Flash 文件才能打开，后缀名为 .fla 或 .swf 的文件，其中 .fla 的文件是可以编辑的，而 .swf 是不可编辑的，打开后只能浏览。

1.3.3 保存文档

制作好动画后，除了选择【文件】|【导出】命令，把它导出成 .swf 格式的播放文件外，还应该保存好原文件，即 .fla 格式的文件，为以后修改做好备份。操作步骤为：

（1）选择【文件】|【另存为】命令，弹出【另存为】对话框，可以选择保存的位置，输入文件名，注意保存的文件格式，然后单击【保存】按钮即保存完毕。

（2）如果是第一次保存该文件，则选择【文件】|【保存】命令，也会弹出【另存为】对话框，按上面步骤保存即可。也可以先将空白文档保存在某一位置，在制作过程中或结束后，直接单击主工具栏上的保存按钮，这样保存过的文件就不会再弹出【另存为】对话框了。

1.3.4 网格、标尺、辅助线的使用

网格、标尺和辅助线是用来帮助用户精确定位图形对象的。默认界面中没有显示它们，如需要显示，操作步骤为（见图 1-15）：

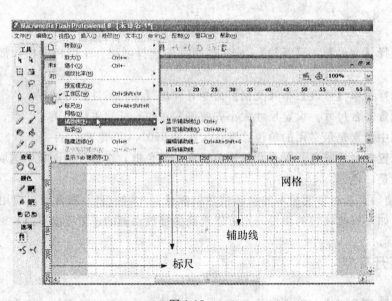

图 1-15

（1）选择【视图】|【标尺】命令，在工作区的左边和上边出现标尺。

（2）在标尺上按住鼠标左键朝舞台的方向，向右或向下拖曳，松开鼠标，则在舞台上会看到出现绿色的辅助线。

（3）要去掉辅助线，可以直接用鼠标拖动辅助线到标尺的外面。

也可以选择【视图】|【辅助线】|【清除辅助线】命令，或者再次选择【视图】|【辅助线】|【显示辅助线】命令，可以看到【显示辅助线】前的小勾没有了，也就是辅助线在舞台上被清除了。添加辅助线的数量是没有限制的。

（4）要显示网格，则选择【视图】｜【网格】｜【显示网格】命令，在舞台上就会显示出网格。

（5）要修改网格，则可以选择【视图】｜【网格】｜【编辑网格】命令，弹出【网格】对话框。在对话框中可以改变网格的大小和网格线的颜色，一般选中【对齐网格】复选框，这样在绘制图形时可以自动以网格对齐，在定位图形时更加方便。

1.3.5 改变舞台显示比例

在制作Flash时，有时需要适当改变舞台的显示比例以方便编辑图形。例如在绘制图形时，可以放大舞台或局部图形的显示比例，进行细微的调节；如果当前舞台很大又需要浏览整体的画面，则可以缩小舞台的显示比例以全局查看。放大或缩小舞台的显示比例范围在8%～2000%之间。

具体操作步骤如下：

（1）如图1-16所示，当导入的图形太大无法看到它的整体效果时，就需要改变舞台的显示大小，改变舞台显示比例最常用的是利用时间轴右上角的下拉框，以选择合适的比例，也可以直接在其中输入比例的数值。

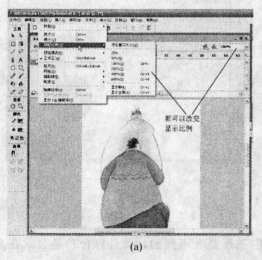
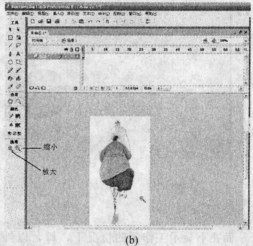

(a)　　　　　　　　　　　　　　　(b)

图 1-16

（2）选择【视图】｜【缩放比率】命令，在菜单中也可以选择想要缩放的比例。另外在【缩放比率】的上方有【放大】、【缩小】命令，每执行一次【放大】命令视图放大为原来的2倍，【缩小】则为原来的1/2。

（3）在工具箱面板下方的【选项】里也有放大、缩小按钮，如选中缩小按钮，将鼠标移到舞台上，单击就可以将舞台比例缩小为原来的1/2，如选中放大按钮，将鼠标移到舞台上，单击则放大为原来的2倍。

1.3.6　隐藏/显示工作区

　　舞台是绘制图形和制作动画的场所，好比是画布，工作区就相当于是放置画布的画板，导出的 Flash 动画只会显示舞台中的对象，而在舞台以外的也就是工作区中的对象是不会显示出来的。

　　新建一个空白的 Flash 文件，界面中白色区域是舞台，两边灰色的区域就是工作区。

　　工作区在默认情况下是显示的，当然工作区的显示与否也是可以设定的。选择【视图】|【工作区】命令，当【工作区】前有小勾表示显示工作区，没有小勾就表示不显示工作区。

　　如图 1-17 中的圆形超出了舞台的显示范围，尽管最终导出的 Flash 中只会显示舞台中的部分，但是超出的部分仍会显示在工作区中。所以显示工作区可以看到场景中的所有对象，便于操作，并且可以更好保证动画的流畅性。

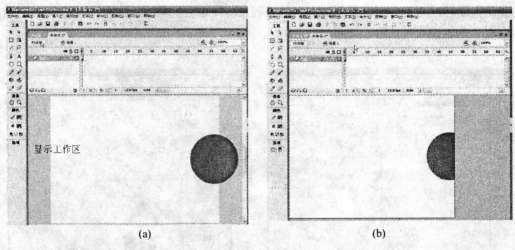

(a)　　　　　　　　　　　　(b)

图 1-17

　　而在不显示工作区的情况下，舞台以外的圆形是看不到的，而且舞台总是显示在左上方。

1.3.7　常用面板介绍

　　面板可以看做是常用命令的集合，通过面板可以快捷地改变对象的属性和编辑动画。面板显示与否可以自己设定，也可以将相关联的面板组合成面板组，面板也可以随意拖动位置，通常把面板放在主界面的右侧。

1. 面板的基本操作

　　打开或新建 Flash 文档以后，默认【工具】面板显示在主界面的左侧，在主界面的右侧也有默认的面板，如图 1-18 所示，例如【混色器】、【库】面板等，工作区下方默认有【动作】和【属性】面板。

（1）显示面板

执行【窗口】命令，选中要打开的面板名称即可显示相应的面板。

（2）关闭面板

关闭面板有两种方法，一种是右击面板标题栏，在快捷菜单中选择【关闭面板组】命令；另一种是单击面板标题栏右侧按钮，在弹出菜单中选择【关闭面板组】命令，都可以关闭面板。

（3）折叠与展开面板

工作时为了方便和节省操作空间，可以将暂时不用的面板折叠起来，单击面板的标题栏就可以进行面板的折叠和展开操作。如图 1-18 所示，展开的是【对齐】面板。

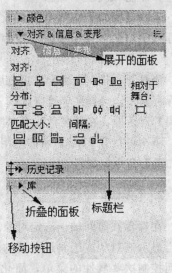

图 1-18

（4）移动面板

将鼠标指针移动到面板标题栏左侧，拖动鼠标再松开，就可以随意移动面板了。这样可以调整面板的上下排列顺序，或将面板放在舞台下方，按照自己的想法对面板进行布局。

（5）组合面板

组合面板就是将近似的或经常使用的面板组合在一起，以节省空间，方便操作。

如图 1-19 所示，将【颜色样本】面板组合到【混色器】面板的操作为：右击【颜色样本】的标题栏，在快捷菜单中选择【将颜色样本组合至】｜【混色器】命令，这样面板就变成了【混色器 & 颜色样本】面板，这样可以方便地单击鼠标切换。

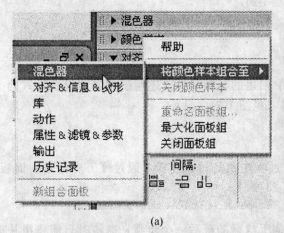

(a)

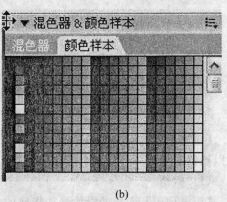

(b)

图 1-19

（6）隐藏与显示面板

选择【窗口】|【隐藏面板】命令，可将除【时间轴】以外的面板都隐藏起来；再次选择【窗口】|【显示面板】命令或按 F4 键，面板布局又可以恢复到隐藏前的状态。

（7）保存面板布局

当打开、排列、组合面板之后，如果希望下次还使用当前的布局，可以将当前的面板布局保存起来。选择菜单【窗口】|【工作区布局】|【保存当前】命令，打开【保存工作区布局】对话框，在【名称】文本框中输入名称，如"我的布局"，单击【确定】按钮即可。

下次再打开 Flash，希望使用以前保存的布局，选择【窗口】|【工作区布局】|【我的布局】命令，则当前面板的布局为上次所保存的布局（若选择【默认】则恢复为默认设置）。

2.【属性】面板

在舞台或时间轴上选定对象或选择工具面板里的工具后，【属性】面板（见图 1-20）就会显示该对象或工具最常用的属性。使用【属性】面板可以快速改变对象的属性，避免访问控制这些属性的菜单，简化文档的创建过程。【属性】面板下是"文档"属性面板、"钢笔工具"和"文本工具"的属性面板。

图 1-20

3.【库】面板

【库】面板用来存储和组织在 Flash 中创建的各种元件，还用于存储和组织导入的文件，包括位图图形、声音文件和视频剪辑（见图 1-21（a））。

4.【历史记录】面板

【历史记录】面板显示的是制作动画过程中执行过的步骤，通过【历史记录】面板，可以撤销或重放一个或多个步骤（见图 1-21（b））。

（1）撤销

【历史记录】面板的滑块最初指向的是所执行的最后一个步骤，撤销时只需将滑块向上拖动到相应的步骤即可，撤销某个或某些步骤之后，该步骤将在【历史记录】面板中变成灰色。当撤销某些步骤后，又在文档中执行了新的步骤，则这些新步骤会替代被撤销的步骤，以后将无法再重放这些步骤。

（2）重放

重放就是再次执行所选择的步骤。利用重放可以省去重复操作的麻烦，可以重放单个或多个步骤，多个步骤可以是连续的也可以是不连续的。

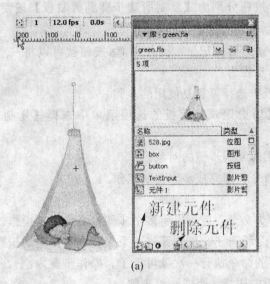

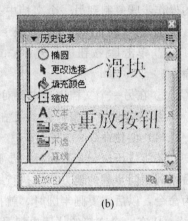

(a)　　　　　　　　　　　　　　　　　(b)

图 1-21

在【历史记录】面板中，选择某个步骤单击【重放】按钮，该步骤就会重做一次，并在【历史记录】面板中显示其副本，标记相同（见图 1-22）。

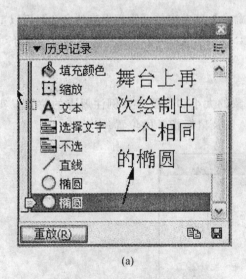

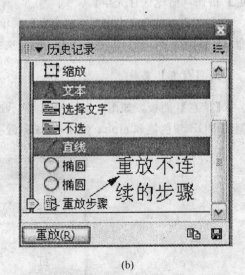

(a)　　　　　　　　　　　　　　　　　(b)

图 1-22

连续重放和不连续重放步骤的操作是：用鼠标从一个步骤拖动到另一个步骤从而选择了连续的步骤，单击【重放】按钮，则会依次执行选定的每个步骤；如果在【历史记录】

面板中选定一个步骤后，按下 Ctrl 键的同时单击其他要选择的步骤，则会选择不连续的步骤，单击【重放】按钮，则会执行选择的不连续步骤。两种操作都会在【历史记录】面板中显示一个新步骤，标记为"重放步骤"。

（3）复制步骤

在【历史记录】面板右下角有两个按钮分别为【复制所选步骤到剪贴板】按钮 和【将所选步骤保存为命令】按钮 。

在 Flash 中，每个文档都有各自独立的历史记录，而使用 按钮就可以将一个文档的操作步骤复制到另一个文档中。操作步骤为：

① 在一个文档的【历史记录】面板中选择要重复使用的步骤。

② 单击 按钮进行复制，或在【历史记录】面板的选项菜单中选择【复制步骤】命令。

③ 在另一个文档中选中要对其应用所复制步骤的对象。

④ 选择菜单【编辑】｜【粘贴】命令，即完成步骤复制工作。

（4）创建命令

若将【历史记录】面板的步骤保存为命令，就可以将多个步骤组合成一项操作。在以后用到相同步骤的地方只用执行一个命令就行了。例如画好一个半圆，将相应的步骤保存为命令，以后需要画半圆时，就把保存的命令执行一次就可以了。操作步骤为：

① 在一个文档的【历史记录】面板中选择一个或一组步骤。

② 单击 按钮将所选步骤保存为一个命令，或在【历史记录】面板的选项菜单中选择【保存为命令】命令。

③ 在弹出的【另存为命令】对话框中的【名称】文本框中输入一个名称，单击【确定】按钮，命令保存完毕。

④ 保存好的命令会出现在【命令】菜单中。【命令】菜单中的【管理保存的命令】可以重命名或删除命令。以后需要使用命令时，选中对象，在菜单【命令】中选中保存的命令即可。

5.【信息】面板

【信息】面板，如图 1-23 所示，显示选定对象的大小和位置、实例注册点的位置、实例的 RGB 颜色值和 alpha（A）值（不透明度），以及鼠标指针的位置。

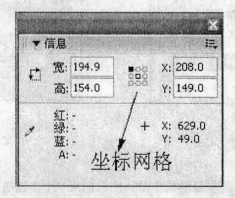

图 1-23

【信息】面板中的坐标网格可以显示对象中心点或左上角的 x 和 y 坐标，具体视所选的选项而定。单击坐标网格中的左上角方框后呈状态，其后的值显示对象左上角的坐标值；单击坐标网格中的中心方框后呈状态，其后的值显示对象中心点的坐标值。

舞台的左上角始终是坐标的原点，【信息】面板还可以设置对象的高和宽，也可以通过改变坐标网格后坐标值精确定位对象在舞台中的位置。

1.3.8　设定首选参数

首选参数是设定该程序的常规应用操作、编辑操作、剪贴板操作和动作脚本操作等的相关参数。选择【编辑】|【首选参数】命令，即打开【首选参数】对话框，如图 1-24 所示。在该对话框的左边有【类别】列表框，选中其中一个类别，则在右侧会打开相应的选项卡。

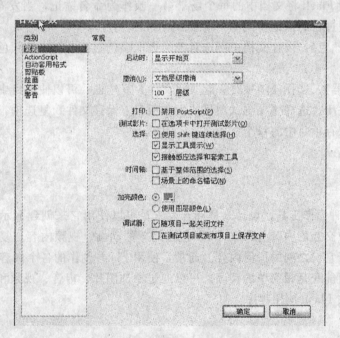

图 1-24

在【类别】中选择【常规】，就可以在【常规】选项卡中设定以下参数。

（1）【启动时】：设置 Flash 启动时要进行的操作。在其后的下拉列表框中选择【显示起始页】可在启动时显示开始页面；选择【新建文档】可打开一个空白文档；选择【打开上次使用的文档】可打开上次退出 Flash 时打开的文档；选择【不打开任何文档】，可启动 Flash 不打开任何文档。

（2）【撤销】：设置撤销的方式和最多可撤销或重放的步骤数。需要注意的是，撤销的级别需要消耗内存；使用的撤销级别越多，占用的系统内存就越大。默认值是 100，允许输入 2～300 之间的值。

（3）【打印】：用于设置是否使用 PostScript 打印机输出文件。

（4）【测试影片】：用来设置当执行【控制】|【测试影片】命令后，程序采用何种方

式显示影片。选中【在选项卡中打开测试影片】复选框以后，测试影片时程序将增加一个新文档选项卡以显示影片，程序默认是没有选中此项的，那么测试影片时将在一个新窗口中播放影片。

（5）【选择】：选中【使用 Shift 键连续选择】复选框，则想要实现多个对象的选择时就需要按住 Shift 键。如果没有选中该复选框，则直接单击多个对象也可选中它们。选中【显示工具提示】复选框可以使当鼠标指针停留在控件上时显示工具提示，这对于初学者很有用。如果不想看到工具提示，则取消此项的选择。选择【接触感应选择和套索工具】复选框后，当使用选择工具或套索工具进行选择时，只要选中对象的任一部分就可以选中整个对象。

（6）【时间轴】：选择【基于整体范围的选择】复选框后，则在时间轴中只能进行整体范围和单个关键帧的选择，不能进行其他单个帧的选择。若选择【场景上的命令锚记】复选框，则可以让 Flash 将文档中的每个场景第一帧作为命名锚记，当发布为 HTML 网页文件时，可以通过它的锚记访问单个场景。

（7）【加亮颜色】：设置文档中所选对象的边框颜色。可以自定义颜色或使用图层后面小方框的颜色。

（8）【调试器】：选择【随项目一起关闭文件】复选框，可以使项目中的所有文件在关闭项目文件时关闭。选择【在测试项目或发布项目上保存文件】复选框，则只要测试或发布项目，便可保存项目中的每个文件。

【本章小结】

Flash 是一种创作工具，设计人员和开发人员可以使用它来创建演示文稿、应用程序和其他允许用户交互的内容。Flash 可以包含简单的动画、视频内容、复杂演示文稿和应用程序以及介于它们之间的任何内容。通常，使用 Flash 创作的各个内容单元称为应用程序，即使它们可能只是很简单的动画。可以通过添加图片、声音、视频和特殊效果，构建包含丰富媒体的 Flash 应用程序。

习 题 1

1. 下面_____是 Macromedia Flash 8 的新功能。
   A. 渐变增强　　　　　　　　B. 脚本助手模式
   C. 对象绘制模型　　　　　　D. 图形滤镜效果

2. _____面板是存储和组织在 Flash 中创建的各种元件的地方，它还用于存储和组织导入的文件，包括位图图形、声音文件和视频剪辑等。
   A. 库　　　　　　　　　　　B. 动作
   C. 工具　　　　　　　　　　D. 历史记录

3. _____用于组织和控制文档内容在一定时间内播放的图层数和帧数。
   A. 工具面板　　　　　　　　B. 图层
   C. 时间轴　　　　　　　　　D. 动作面板

第2章 绘图工具

【学习目的与要求】 Flash 中的人物和风景等元素都是用绘图工具画出来的。绘制图形是 Flash 制作中最为基础的操作，熟练掌握绘图工具的使用，对深入学习和熟练使用 Flash 都有重要意义。

通过本章学习，读者应熟练掌握 Flash 8【工具】面板中绘图工具的使用，能够利用基本绘图工具绘制一些简单的图像。

2.1 位图与矢量图

在计算机绘图领域，根据成图原理和绘制方法的不同，图像可以分为位图（bitmap）和矢量图（vector）两种类型。如图 2-1 所示是两幅在原大小看起来一模一样的图片局部被放大到 400％时的效果。

(a)   (b)

图 2-1

显而易见，在放大 4 倍之后，图 2-1（b）的图像比图 2-1（a）的要清晰得多，图 2-1（a）的图像看起来就像是由一个个颜色不同的小方块组成的，边缘有很多"毛刺"，而右边的就光滑和清晰很多。这就是位图和矢量图的主要区别之一。为什么同样的图片在放大后会有这样的差别呢？下面简单介绍位图和矢量图的本质区别。

2.1.1 位图和矢量图的概念

1. 位图

位图是由一个个小点排列组成的图像，每个点称为一个像素（pixel）。一幅普通的图像通常是由很多像素组成的，每个像素都有其各自的属性，如颜色、位置等。这些像素有顺序地进行排列，从大的范围看就是一幅完整的图像。就像在一个巨大的沙盘上画一幅画，从远处看，画面丰富多彩，但是靠近看，就能看到组成画面的每一粒沙子以及每粒沙子各自的颜色。

所以，位图的质量和它的分辨率息息相关。分辨率就是单位面积中像素的数量，或者也可以表示为单位长度内的像素数。一般计算机图形上，分辨率用一英寸长度内有多少像素表示。

如果一幅位图的分辨率很低，那么它就会显得非常粗糙甚至模糊不清。反之如果单位面积的像素越多，那么构成图像的像素越细腻，显示越清晰，但同时带来的是存储该图像文件所需的空间也就越大，因为它包含了更多的数据，就是每个像素的颜色和位置信息也越多。

2. 矢量图

矢量图与位图的成形方式完全不同。它是通过多个数学对象（直线、曲线、矩形、椭圆等）的组合构成的，其中每一个对象的记录方式都是通过数学函数来实现的。也就是说，矢量图并不像位图那样记录一个个点的信息，而是记录元素形状和颜色的算法。

打开一幅矢量图时，软件通过对存储的元素形状和颜色的算法采用相应的计算方式进行运算，并将运算后的结果显示出来，最终就是所看到的矢量图。所以无论矢量图怎样缩放，每个元素的性质不会发生变化，直线还是直线，椭圆也还是椭圆，就算被放大到很大的倍数，图像也不会发生任何偏差，始终保持原来的光滑和清晰。可见矢量图是与分辨率无关的。而它也不需要像位图那样，存储所有像素的信息，所以文件占用的空间很小，这为制作动画带来了好处，因为动画需要存储很多帧画面的图像，如果用位图格式存储，文件将变得非常庞大。

既然矢量图这么好，那位图还有存在的必要吗？其实位图和矢量图各有优缺点，而且各自的优点也是对方无法替代的，所以长期以来，位图和矢量图在计算机图形中一直是平分秋色。

位图的优点是，色彩变化丰富，可以改变任何形状区域内的色彩显示效果。相应地，要实现的效果越好，需要的像素越多，图像文件也越大。

矢量图的优点是，轮廓的形状更容易修改和控制，但是对于单独的对象，色彩上的变化不如位图直接方便。另外，支持矢量格式的应用程序也远没有支持位图的多，而很多矢量图形都需要专门设计的程序才能打开、浏览和编辑。这样查看起来就不如位图方便。

2.1.2 将位图转化为矢量图

矢量图可以很容易地转化成位图，但是位图转化为矢量图却并不简单，往往需要比较复杂的运算和手动调节。在 Flash 的制作过程中会大量使用矢量图，下面的操作步骤就是如何在 Flash 中将位图转化为矢量图。

(1) 想把一幅好看的图片放到动画中，那么首先要将它导入正在编辑的舞台上，这样才能对它进行修改和使用。选择菜单【文件】|【导入】|【导入到舞台】命令，将打开【导入】对话框（见图 2-2）。

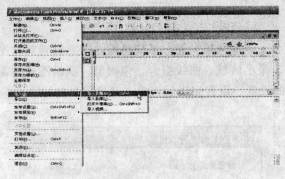

图 2-2

(2) 在【导入】对话框中选择要放入 Flash 的图片，然后，单击【打开】按钮。图片就显示在当前舞台上。

(3) 用【工具箱】中的黑箭头单击选中图像，则在它的四周出现一个矩形的虚线框，虚线框的大小就是该位图的长宽大小（见图 2-3）。

图 2-3

(4) 在位图选中的情况下，选择菜单【修改】|【位图】|【转换位图为矢量图】命令，则打开【转换位图为矢量图】的对话框（见图 2-4）。

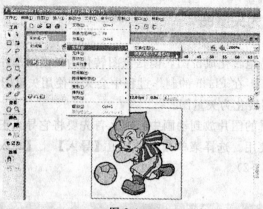

图 2-4

(5) 对话框中包含了一些选项设置，系统将根据这些设置对位图进行分析和转化。这些设置包括颜色阈值、最小区域、曲线拟合、角阈值。根据不同的需要可以进行相应的设置，这里使用图 2-5 的设置。设置完毕后，单击【确定】按钮。

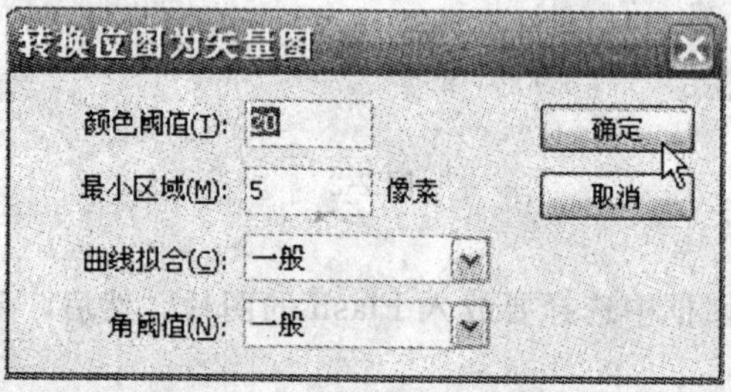

图 2-5

(6) 转换完毕后（见图 2-6），可以看出，转换后的矢量图与之前的位图有一些细微的差别，可能边缘的形状发生了一些改变，而且放大了以后也不会变得模糊，仍然保持清晰。而且可以用黑箭头单击，单独选中每个色块，这些色块就是矢量图中的数学对象。

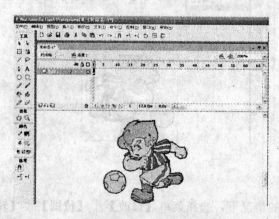

图 2-6

在 Flash 动画制作过程中，会大量地运用到矢量图形。虽然有一些功能强大的矢量图绘制软件，如 Corel 公司的 CorelDraw 软件、Macromedia 公司的 Freehand 软件和 Adobe 公司的 Illustrator 软件等，但运用 Flash 自身的矢量绘图功能将会更方便、更快捷。这一章将通过 Flash 基本绘图工具的学习，绘制出一些简单的矢量图。另外，Flash 也具备一定的位图处理能力，虽然比不上专业的位图处理软件，但是对于制作动画过程中需要对位图的一些简单处理，它还是能够胜任的。

2.2 笔触和填充工具

小时候老师教我们画画，总是先用铅笔勾出外形轮廓，然后再用水彩笔或蜡笔在轮廓里填上各种颜色。在 Flash 中，作图的原理也是这样，可以先用【工具】面板中的铅笔 ✏ 或钢笔 ✒ 工具画出边框轮廓，也就是笔触，再用颜料桶 ◇ 等填色工具来填充颜色。当然也可以画出只有笔触没有填充或只有填充没有笔触的图形。下面就介绍一下笔触和填充工具。

2.2.1 【工具】面板中的笔触和填充工具

【工具】面板中的笔触和填充工具在面板的下半部，如图 2-7 所示。单击右下角的小三角按钮，则会弹出颜色面板，可以从中选择一种颜色，从而改变相应的笔触或填充色。

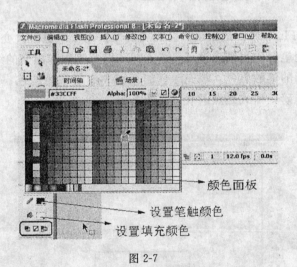

图 2-7

最下面的 3 个按钮依次是黑白 ◨，单击它，则笔触和填充色分别设为黑、白色；没有颜色 ☑ 按钮，单击则选中的对象就会变成无色；交换颜色 ⬛ 按钮，单击则笔触和填充的颜色将会互换。

例如，画一个笔触是黑色，填充是绿色的矩形，其操作步骤如下：

(1) 在【工具】面板中选择矩形工具 □，单击它。

（2）在【工具】面板的下方，单击颜色面板，分别设置好笔触和填充的颜色。

（3）在舞台上按下鼠标左键，拖动鼠标直到出现一个合适大小的矩形框后松开鼠标。

（4）舞台上则出现一个要画的矩形，矩形的边框就是笔触，边框内所包含的内容就是填充（见图 2-8）。

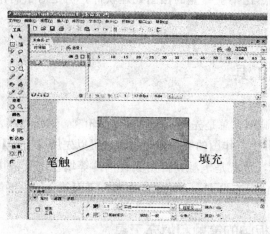

图 2-8

2.2.2　【属性】面板中的笔触和填充工具

【属性】面板在 Flash 界面的最下方。在【属性】面板中也能改变笔触和填充的颜色，利用它，还可以改变笔触的粗细、样式、端点样式以及笔触和填充的结合方式等。

例如，将刚才画的笔触黑色、填充绿色的矩形改成笔触为红色、填充为黄色的矩形，并且笔触的粗细为 5 磅，样式是点画线（见图 2-9）。

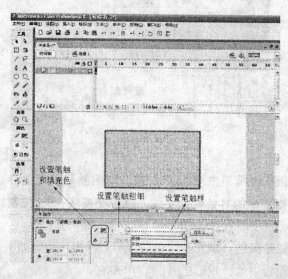

图 2-9

操作步骤如下:

(1) 在【工具】面板中选中【选择】工具,在舞台上从左上到右下拖出一个矩形框,将现有的矩形图像完全选中。

(2) 可以看到在舞台下方的【属性】面板中自动显示出所选图形的笔触和填充状态,依次单击笔触和填充的颜色框,分别设置笔触和填充的颜色为红色和黄色。

(3) 也可以用黑箭头的选择工具,单击矩形内部,则只选中填充,然后在【属性】面板中修改填充色;接着在矩形边框上双击,选中四周边框(单击只选中某一边),再在【属性】面板中修改笔触颜色。

(4) 颜色修改完毕后,单击【属性】面板中【粗细】右侧的小三角按钮,会显示一个滑块,拖动滑块调到所需要的粗细,当然也可以直接在输入框中输入数字。

(5) 默认的笔触是实线,所以最后在笔触的样式列表框中找到所需的点画线的线型,单击选中它。这样,矩形就修改成为所需的样子了。

2.3 绘图工具

Flash 中提供了很多种绘图工具,可以绘制各种自由或精确的线条和形状。本节就介绍各种工具的用法,包括铅笔工具、刷子工具、线条工具、椭圆工具、矩形工具、多角星形工具和钢笔工具。

2.3.1 铅笔工具

Flash 中的铅笔工具和平时使用的铅笔类似,既可以用来绘制各种颜色、粗细和样式的线条,也可以用来绘制任意的形状,还可以自己随意在画布上涂鸦。

例如,用铅笔工具绘制椭圆和三角形,如图 2-10 所示。操作步骤如下:

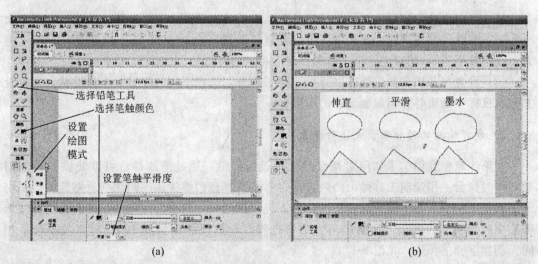

(a)   (b)

图 2-10

（1）在【工具】面板中单击选择铅笔工具，在【属性】面板里设置笔触颜色为黑色，粗细为 1 磅，样式为实线。（因为选择的是铅笔工具，画出的是笔触，所以没有填充颜色）

（2）在【工具】面板下面的【选项】中单击按钮，在弹出的菜单中选择【伸直】一项，这样画出来的线条将会自动转换成较为规则的模式。

提示：使用【伸直】绘图模式可以将画出的与三角形、椭圆、圆形、矩形、正方形等常见形状接近的图形转化为规则的几何形状。

（3）在舞台上拖动鼠标，依次绘制出一个椭圆和一个三角形。可以看到，绘制出的是规则的椭圆和三角形。

（4）在【工具】面板下面的【选项】中选择【平滑】一项，然后再次绘制出一个椭圆和一个三角形。看看有什么不一样。

提示：使用【平滑】绘图模式后，绘制出的线条比较平滑，有弧度。可以在【属性】面板中改变笔触的平滑度，在 0～100 中调节，平滑度越大，线条就越平滑。调节平滑度后，再次绘制，看看是否有区别。

（5）在【工具】面板下面的【选项】中选择【墨水】一项，然后再次绘制出一个椭圆和一个三角形。看看跟前面画的有什么不同。

提示：使用【墨水】模式后，绘制出来的线条最接近原始手绘风格。

技巧：使用铅笔绘制线条时，按住 Shift 键的同时拖动鼠标可以绘制出水平方向或垂直方向上的线条。

2.3.2　刷子工具

使用刷子工具可以画出像水彩笔涂色一样的效果。与铅笔工具不同的是，它绘制出来的是填充区域，所以使用刷子工具等时应该设置填充颜色。

1. 刷子的大小和形状

练习下面的操作：

（1）先单击选中刷子工具，在【工具】面板的【选项】中可以设置填充颜色、刷子大小和刷子形状。在【属性】面板中还可以设置平滑度（在 0～100 范围内调整，平滑度越大，线条越平滑），用法跟铅笔工具的用法一样。

（2）设置好各项参数后就可以开始绘画了。分别选择不同的刷子大小和形状，在舞台上拖动鼠标，画出各种粗细和形状的图形。

2. 舞台缩放比例和刷子大小的关系

在第 1 章中我们学了如何对舞台的大小进行缩放。通过缩放舞台可以使操作更加细微，同时舞台上用绘制工具画出的内容，也会按照舞台的缩放比例同比例地缩放。但是刷子工具是个特例，在不同的舞台缩放比例下进行画图时，只要没有在【工具】面板的【选项】中改变刷子的大小，则绘制出的结果在舞台缩放比例返回到 100% 时，大小会不相同。例如下面的操作，见图 2-11：

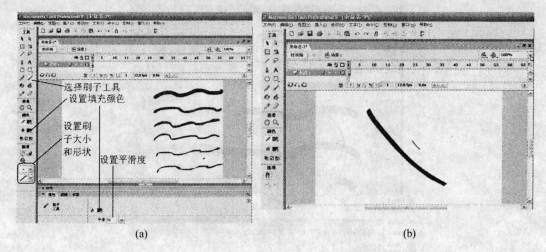

(a)   (b)

图 2-11

（1）在舞台缩放比例为 100％时，选择刷子工具，设置好刷子的大小和形状，拖动鼠标绘制出一条斜线。

（2）在主窗口右上角将舞台大小比例设置为 800％，则原来的斜线也变成原来大小的 8 倍。保持刷子大小和形状不变，在它上边再绘制出一条斜线。

（3）再次将舞台缩放比例调回 100％。可以很明显看出，第二次绘制的斜线与第一次绘制的相比显得非常细小。

由此可以知道，用刷子工具在 100％的舞台缩放比例下绘制的图形，是在 800％的比例下的 8 倍。而更改舞台缩放比例并不改变当前显示的刷子的大小。

3. 刷子的模式

Flash 中的刷子工具不仅仅能够用来涂抹画布，它还有很多强大的功能。选择不同的刷子模式，可以进行不同要求的绘画。下面以对舞台上的图形为例，说明各种刷子模式的区别。

操作步骤如下：

（1）在舞台上先用椭圆工具按 Shift 键画一个圆，笔触红色，填充黄色。然后选择【修改】│【分离】或按 Ctrl＋B，把矢量图打散成图形。可以看到红色的线条就是笔触，线条包围的黄色区域就是填充。

（2）重新选择填充色为蓝色，然后单击选择刷子工具，在【选项】中选择模式【标准绘画】，拖动鼠标，鼠标经过的地方出现一道蓝色的填色区域，把笔触和填充都覆盖了，见图 2-12。

（3）再次在刷子的【选项】中选择模式【颜料填充】，拖动鼠标，看到刷子经过的地方把原来黄色的填充覆盖成蓝色，而笔触红色没有被覆盖。

（4）再次在刷子的【选项】中选择模式【后面绘画】，拖动鼠标，看到刷子经过的地方不会覆盖原来舞台上的图像，所绘制的填色区在原图像的后面。

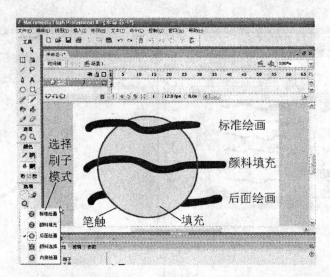

图 2-12

(5) 使用工具箱中的选择工具 ，拖拉出一个方框再松开鼠标，方框中的填色区域出现网格，表示该区域被选中。然后选择刷子工具，再次在刷子的【选项】中选择模式【颜料选择】，拖动鼠标，看到刷子经过的地方不会覆盖未选中的图像，所绘制的填色区在原图像中的选中区域中才有，见图 2-13。

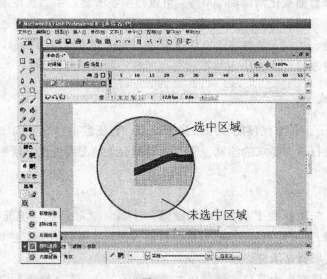

图 2-13

注意：使用刷子的【颜料选择】模式，若事先没有选中一个范围，则刷子工具不起作用，画不出来。只有用选择或套索工具选定了一个范围后，再在选择区内涂抹才有效。但所绘制的填色区只对选择区内的填充色有效，对笔触没有影响，这点跟【颜料填充】模式一样。

(6) 最后在刷子的【选项】中选择模式【内部绘画】，在圆的内部开始拖动鼠标涂抹，看到刷子经过的地方会覆盖原来舞台上的图像，但不影响笔触颜色，见图 2-14。

图 2-14

注意：使用刷子的【内部绘画】模式，刷子起点要在图形轮廓的内部，刷子的作用范围也只对内部填充区域有效，涂抹到轮廓外部的会自动清除。若刷子起点从轮廓外面开始涂抹，那就只对外部区域有效，对内部没有作用，就与【后面绘画】模式一样了。

2.3.3　线条工具

Flash 8 中的线条工具 / 是用来画各种直线的，与铅笔工具相同之处在于绘制出来的都是笔触，不同之处是铅笔工具能随心所欲地绘制出各种形状的线条，而线条工具只能画直线。

例如，用线条工具绘制直线，见图 2-15：

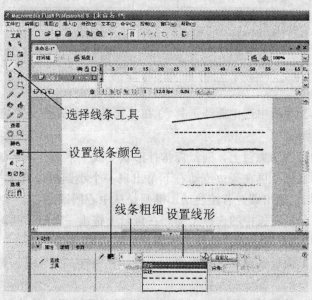

图 2-15

（1）在【工具】面板中选中线条工具 ✎，在【属性】面板里设置笔触为黑色，粗细为 4 磅，样式为实线。

（2）将鼠标指针移到舞台上，则鼠标指针形状变成十字，就可以开始绘制了。

（3）拖动鼠标，在舞台上绘制出一条直线。改变笔触的颜色、粗细、线型，在舞台上绘制出各种不同的直线。按住 Shift 键可以绘制水平、垂直、斜方向 45°或 135°角的直线。

注意：线条工具画出的是笔触，所以颜色面板中的填充色对线条工具不起作用，要改变线条颜色，必须改变笔触颜色。

2.3.4 椭圆工具

椭圆工具 ◯ 是用来画椭圆或圆形的工具，它可以同时绘制笔触和填充。

例如画一个笔触为黑色、填充为黄色的椭圆和圆，见图 2-16。

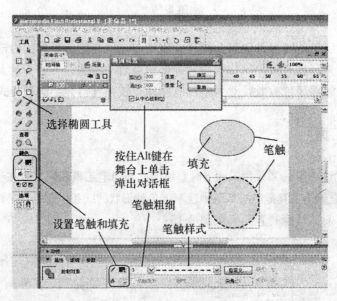

图 2-16

（1）在【工具】面板中选中椭圆工具 ◯ 在【属性】面板里设置笔触为黑色，填充为黄色。

（2）将鼠标指针移到舞台上，则鼠标指针形状变成十字形。拖动鼠标，在舞台上绘制出一个椭圆后松开鼠标。再在旁边拖动右下角出现一个小圆时松开鼠标，则画出一个圆。也可以按 Shift 键拖动画出圆。若按住 Alt 键则是从中心画圆。

（3）选中【工具】面板中的选择工具，在舞台上拖出一个矩形框，将现有的椭圆图像（包括笔触和填充）完全选中，或者双击椭圆也可以选中。

（4）在【属性】面板里设置笔触粗细为 4 磅，笔触样式为虚线。舞台上的椭圆也随之变成所设置的样式。

绘制椭圆还有一种简单的方法，就是选中椭圆工具以后，按住键盘上的 Alt 键，单击舞台上任意一点,就会弹出【椭圆设置】对话框。在其中设置要绘制出的椭圆的宽度和高度,其单位是像素。【从中心绘制】的意思是鼠标单击的位置是椭圆的中心点,拖动鼠标向四周扩展。如果取消前面的勾,则是鼠标从左上到右下绘制椭圆。

2.3.5 矩形工具

Flash 8 中的矩形工具□可以用来绘制矩形、正方形、圆角矩形和圆形,而且它能够同时绘制出笔触和填充。

1. 绘制矩形或正方形(见图 2-17)

(1) 在【工具】面板中选中矩形工具□,在【属性】面板里设置笔触为红色,填充为黄色。

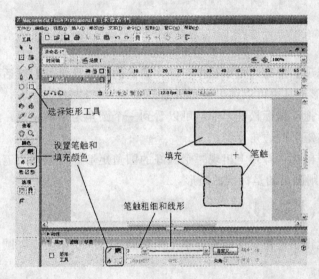

图 2-17

(2) 将鼠标指针移到舞台上,则鼠标指针形状变成十字形。拖动鼠标,在舞台上绘制出一个矩形。按住 Shift 键可拖出一个正方形。

(3) 选中【工具】面板中的选择工具,单击矩形的填充区域,在打开的【属性】面板里将填充颜色更改为青色。

(4) 选中【工具】面板中的选择工具,双击矩形的笔触区域,在【属性】面板里将笔触颜色更改为黑色,粗细为 5 磅,样式为锯齿状。

注意:单击矩形笔触只能选中一条边,双击才能把四条边都选中。

2. 绘制圆角矩形(见图 2-18)

(1) 在【工具】面板中选中矩形工具□,在【属性】面板里设置笔触为红色,填充为黄色。

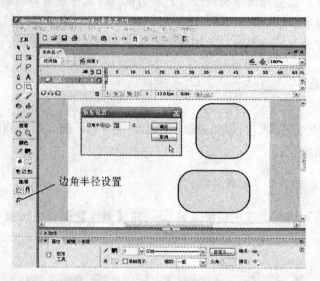

图 2-18

(2) 单击【选项】中的边角半径按钮,在弹出的【矩形设置】对话框中设置边角半径为 45 点。双击矩形工具也可以弹出该对话框。

(3) 在舞台上拖动鼠标松开之前,可以看到一个圆角矩形的轮廓。这时可以按住键盘的上下方向键调整矩形的边角半径。

(4) 然后松开鼠标,舞台上出现一个画好的圆角矩形。可以修改笔触和填充颜色。如果边角半径为 0,则画出的是标准的矩形。

3. 绘制圆形(见图 2-19)

大家可能会觉得很奇怪,绘制圆形不是用椭圆工具吗?事实上,圆角矩形半径设得越大则越接近圆形。

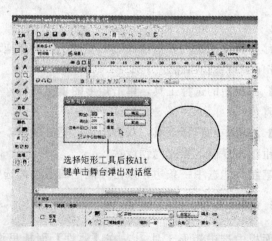

图 2-19

选中矩形工具，按住键盘上的 Alt 键，单击舞台上任意一点，就会弹出【矩形设置】对话框。可以通过输入不同的参数来绘制矩形、正方形或圆角矩形。如在【矩形设置】对话框中设置宽度和高度为 200 像素，边角半径为 100 像素，单击【确定】按钮，舞台上就会出现一个圆形。

2.3.6 多角星形工具

默认情况下，多角星形工具在【工具】面板中是看不见的。在矩形工具上单击并按住鼠标左键，会弹出一个菜单，单击选择【多角星形工具】，则原来矩形工具的位置会被多角星形工具代替。

使用多角星形工具可以绘制多边形和星形。

例如绘制不同形状的多边形和星形，见图 2-20。

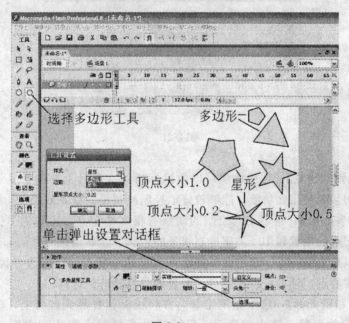

图 2-20

（1）在【工具】面板里选中多角星形工具，单击【属性】面板里的【选项】按钮，打开【工具设置】对话框。

（2）在【工具设置】对话框中设置多角星形的样式为多边形，边数为 5。设置完毕，单击【确定】按钮关闭对话框。

（3）在舞台上拖动鼠标，绘制出一个正五边形。改变边数，可以绘制出多个多边形。

（4）在【工具设置】对话框中设置多角星形的样式为星形，边数为 5，星形顶点大小为 1.00。设置完毕，单击【确定】按钮关闭对话框。

（5）在舞台上拖动鼠标，绘制一个顶点大小为 0.50 的星形。改变星形顶点大小为 0.20，再绘制出多个星形。点数越小画出星形的角就越尖锐。

2.3.7　钢笔工具

钢笔工具 可以用来绘制直线和光滑的曲线，并且可以精确地设置直线的长度、角度以及曲线的斜率。它绘制出的线条是笔触，但是如果线条是封闭的，则其内部会自动填充颜色。

1.　设置钢笔工具首选参数（见图 2-21）

在主菜单中依次选择【编辑】│【首选参数】命令，打开【首选参数】对话框。单击【首选参数】对话框左边的【绘画】类别，在右边可以对钢笔工具的首选参数进行设置。设置完毕，单击【确定】按钮。

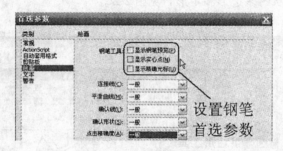

图 2-21

- 【显示钢笔预览】：选中此项可以由鼠标指针在舞台上的位置显示出即将绘制出的线条轨迹，初学者使用此功能，能够较好地控制绘制出的线条效果。
- 【显示实心点】：钢笔工具绘制的线条有很多锚记点（也称为"锚点"），可以通过调整这些锚记点的位置和切线斜率控制线条的形状。这些锚记点默认未选中状态下是实心点，而选中以后为空心点。选中此项则恰好改变这一状态，即未选中状态下是空心点，而选中以后为实心点。读者可以按照自己的喜好进行相应的选择。
- 【显示精确光标】：选中钢笔工具，并将鼠标指针移到舞台上，默认鼠标指针会显示为钢笔笔尖的形状。选中此项后，鼠标指针形状将会变成十字形，以便进行精确绘制。

2.　用钢笔工具绘制直线（见图 2-22）

(1) 在【工具】面板中选中钢笔工具，在【属性】面板里设置笔触颜色为红色，粗细为 4 磅，样式为实线。

(2) 在舞台上要绘制直线的地方依次单击，则相邻两次单击的地方以直线连接。绘制好以后，再次单击最后一个点，结束该线条的绘制。

按 Shift 键则画出的线段夹角是 45°角的倍数。

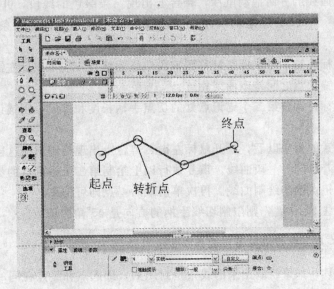

图 2-22

3. 用钢笔工具绘制曲线（见图 2-23）

绘制曲线是钢笔工具的专长。在绘制直线时是用钢笔工具在舞台上单击各个点，而绘制曲线则需要在舞台上拖动鼠标。下面介绍怎样用钢笔工具绘制光滑的曲线。

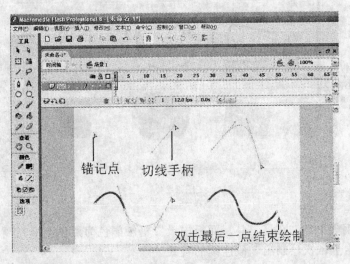

图 2-23

（1）在【工具】面板中选中钢笔工具，在【属性】面板里设置笔触颜色为黑色，粗细为 4 磅，样式为实线。

（2）在舞台上要绘制曲线的起点按下鼠标左键，此时鼠标指针会变成一个白色箭头形状，并且起点处出现一个锚记点。

（3）向目标曲线的方向拖动鼠标，舞台上出现一条绿色的线段，并以锚记点为中心，两端是实心圆点。可以通过拖动鼠标改变该线段的长度和方向。这条线段就叫做切线手柄。

（4）松开鼠标左键，将鼠标指针移到该段曲线的终点，按下鼠标左键，再次创建一个锚记点，则两个锚记点之间将以曲线相连。

（5）拖动鼠标，调整第二个锚记点处的切点手柄长度和方向，则锚记点之间的曲线也随之不断变化。

（6）达到满意的效果以后，松开鼠标左键，舞台上出现绘制出的这段光滑曲线。

如果还想接着绘制另一段曲线，重复执行以上绘制第二个锚记点的步骤，在第二个锚记点和第三个锚记点之间绘制曲线。再次单击最后一点即可结束。

画曲线时按住 Shift 键，则限制切线手柄的方向是 45°角的倍数。

4. 用钢笔工具绘制封闭图形（见图 2-24）

使用钢笔工具，如果绘制出来的线条是封闭的，即起点和终点在同一位置，则此封闭线条内部将会被自动填充上【工具】面板【颜色】中的填充色。

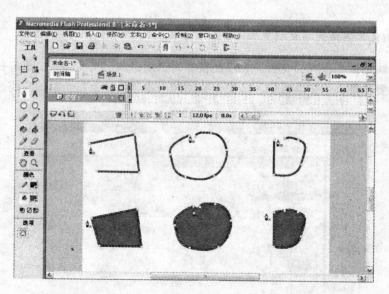

图 2-24

（1）选中钢笔工具，在【工具】面板中设置笔触颜色为黑色，填充颜色为红色。

（2）在舞台上依次绘制出 3 段连续的直线。

（3）将鼠标指针移到起点处，则钢笔尖右下角处出现一个小圆圈。

（4）单击起点，完成该线条的绘制，同时笔触内部被红色所填充。

绘制的曲线或线条中也可以同时包含直线和曲线，封闭线条后里面自动就会有填充色。

2.4 填色工具

填色工具可以用来改变笔触或填充的颜色和样式。填充效果可以是纯色，也可以是渐变色，甚至可以是位图。

填色工具有以下 3 种：墨水瓶工具，颜料桶工具，滴管工具。下面分别介绍这 3 种工具的具体功能和使用方法。

2.4.1 墨水瓶工具

墨水瓶工具可以用来改变边框的样式和颜色，也可以用来对没有边的填充区域描边。使用墨水瓶工具的方法很简单，只要单击目标区域的边框就可以对其描边。

1. 用墨水瓶工具添加笔触（见图 2-25）

选中墨水瓶工具，在【属性】面板里设置笔触颜色为黑色，粗细为 4 磅，样式为实线。

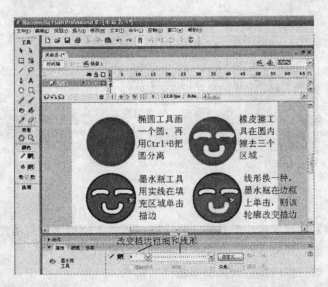

图 2-25

单击图形的填充区域，则该填充区域所有的轮廓线都会被添加上笔触。

如果单击位置在图形的轮廓上，则只有被单击的轮廓线被添加上笔触。

2. 用墨水瓶工具改变笔触

选中墨水瓶工具，在【属性】面板里设置笔触样式为斑马线。在舞台上的轮廓线笔触上单击，则这条线变成刚设置的属性。

注意：一次单击只能改变相连线条的属性。若要改变所有线条的属性，需要在每根线条上单击才行。

2.4.2 颜料桶工具

和墨水瓶工具正好相反，颜料桶工具可以改变填充的属性，也可以用来对只有边框而内部没有填充的区域创建填充。

1. 颜料桶工具的填充方法

只要是一个封闭的区域，就可以使用颜料桶工具对其进行填充。Flash 8 允许轮廓线中存在一定的空隙，只要空隙大小在设定的范围之内都可以使用填充。

例如使用颜料桶工具进行填充，见图 2-26。

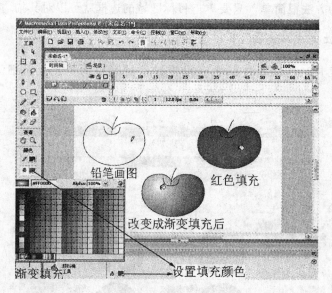

图 2-26

（1）在【工具】面板里选中颜料桶工具，在【属性】面板里设置填充颜色为红色。将鼠标指针移到舞台上，鼠标指针形状变成颜料桶的形状。

（2）单击画好的边框内部，将此图形填充为红色。

（3）如果对填充后的效果不满意，可以再次使用颜料桶工具更改填充。选中颜料桶工具，选定想要的渐变填充颜色和样式，单击舞台上的填充区域，则将此填充色改变为白色到红色的渐变。

用铅笔或其他绘图工具绘制出来的笔触难免有一些空隙，并且肉眼也不易发现，对于有空隙的轮廓线，颜料桶是无法进行填充的。但是 Flash 8 允许一些小空隙的存在，可以设置颜料桶工具的空隙大小，以便在不同情况下进行填充，操作步骤如下：

（1）选中颜料桶工具，单击【工具】面板【选项】中的空隙大小按钮，会弹出一个菜单。

（2）在菜单中选择适当的空隙大小选项。

（3）单击有空隙的轮廓线内部，为此轮廓线添加填充。

注意： 颜料桶工具识别的空隙大小是以舞台上显示的大小为准，如果选择【封闭大空隙】还不能进行填充，可以缩小舞台显示比例，再试一下。当然如果空隙实在很大，则要手动封闭轮廓线上的空隙（见图 2-27）。

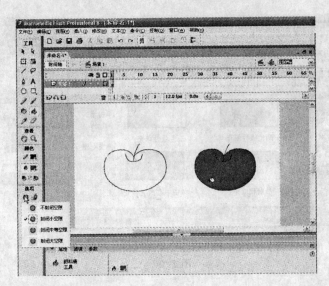

图 2-27

2. 颜料桶工具的填充类型

颜料桶工具有 5 种填充类型，分别是无、纯色、线性、放射状以及位图。

在【混色器】面板中可以设置颜料桶工具的填充类型。如果看不到【混色器】面板，可依次选择主菜单栏中的【窗口】│【混色器】命令，打开【混色器】面板，如图 2-28所示。

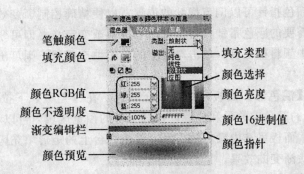

图 2-28

【无】：选择该类型，则绘制出的图形没有笔触或填充。

【纯色】：选择该类型，则绘制出的图形笔触或填充为纯色。

【线性】：填充在一个方向上由一种颜色过渡到另一种颜色的效果。

【放射状】：填充从中心的颜色向四周过渡到另一种颜色的效果。

【位图】：使用该填充类型，则用一个位图拼贴填充另一个轮廓边框的复合效果。

例如进行线性和放射状填充，见图 2-29。

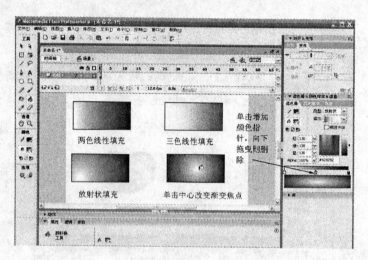

图 2-29

（1）打开【混色器】面板，选中填充颜色，在【类型】下拉菜单中选择【线性】。

（2）双击左边的颜色指针，在弹出的颜色选择器中选择白色，再设置第二个指针颜色为黑色。

（3）在【工具】面板里选中颜料桶工具，单击舞台上的矩形填充区域，则该填充变成由白色到黑色渐变的颜色。

（4）如果要创建更复杂的线性渐变效果，可将鼠标指针移到【混色器】面板渐变定义栏下方，当鼠标指针右下角出现一个空心的十字时，单击即可添加颜色指针，在颜色面板里选择另一种颜色。

水平方向拖曳颜色指针可以调节指针的位置，以便精确控制渐变效果。

如果要删除不需要的颜色指针，将指针向下拖离渐变定义栏即可删除。

设置完毕，选中颜料桶工具，单击舞台上的矩形填充区域，则可出现所定义的多色的线性填充效果。

（5）再次打开【混色器】面板，选中填充颜色，在【类型】下拉菜单中选择【放射状】。调节颜色指针的颜色、数量和位置，在其下方的预览区域内可以看到效果。

（6）在【工具】面板里选中颜料桶工具，单击舞台上的矩形填充区域，则该填充具有由中心到四周放射状渐变的效果。

（7）单击矩形填充区域中不同的位置，则渐变的中心焦点也随之改变。

再如进行位图填充，见图 2-30。

单击导入位图

选择位图

图 2-30

(1) 打开【混色器】面板，在【类型】下拉菜单中选择【位图】。

(2) 如果元件库里没有位图，则会自动打开【导入到库】对话框。如果已有位图，单击【导入】按钮打开【导入到库】对话框。

在对话框中选择要使用的位图，单击【打开】按钮，将此图片导入到元件库中。

(3)【混色器】面板下面的位图选择框中会显示元件库中所有的位图，单击刚导入的图片。

(4) 在【工具】面板里选中颜料桶工具，单击舞台上的填充区域，则该区域将被导入的位图所填充。

3. 锁定填充（见图 2-31）

在使用刷子工具和颜料桶工具时，【工具】面板的【选项】中都出现【锁定填充】 按钮。单击【锁定填充】按钮会显示为凹陷状态，此时锁定填充功能被打开。

未打开锁定填充功能时，线性填充、放射状填充以及位图填充都是针对单一对象的，而打开锁定填充功能后，填充是针对整个舞台的。例如进行锁定填充：

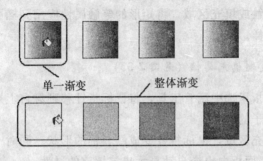

单一渐变   整体渐变

图 2-31

(1) 选中颜料桶工具，设置填充类型为【线性填充】，不使用锁定填充功能，依次填充舞台上的 4 个矩形，则所有矩形填充效果一样，为从左至右由白到黑渐变。

（2）单击【锁定填充】按钮：使其处于凹陷状态，再依次填充舞台上的 4 个矩形。则 4 个矩形作为一个整体从左到右渐变。

2.4.3　滴管工具

准确地说，滴管工具是一个取样工具。使用 Flash 8 中的滴管工具，可以很方便地获得舞台上现有图形的笔触或填充的属性，然后可以应用到其他笔触或样式上。

1．使用滴管工具复制笔触属性（见图 2-32）

（1）在【工具】面板里选中滴管工具，将鼠标指针移到舞台上矩形的笔触区域，滴管的右下角会出现一个铅笔的形状。

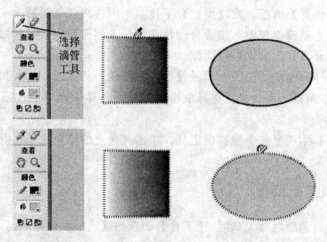

图 2-32

（2）单击矩形的笔触，鼠标指针变成墨水瓶形状，同时【工具】面板里的墨水瓶工具被选中，【属性】面板中也会自动显示出该笔触的颜色、粗细、样式等属性。

（3）单击椭圆的笔触或填充区域，将矩形的笔触属性应用到椭圆上。可以看出该椭圆的笔触变得和矩形的一样。

2．使用滴管工具复制填充属性（见图 2-33）

（1）在【工具】面板里选中滴管工具，将鼠标指针移到舞台上矩形的填充区域，滴管的右下角会出现一个刷子的形状。

（2）单击矩形的填充区域，鼠标指针变成颜料桶的形状，同时【工具】面板里的颜料桶工具被选中，【属性】面板中也会自动显示出该填充的属性。

（3）单击椭圆的填充区域，将矩形的填充属性应用到椭圆上，则椭圆的填充变得和矩形的一样。

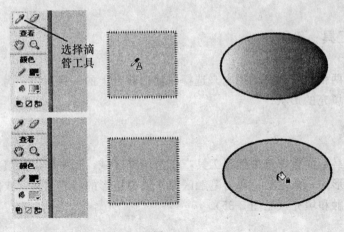

图 2-33

3. 使用滴管工具进行位图填充（见图 2-34）

（1）依次选择主菜单栏中的【文件】｜【导入】｜【导入到舞台】命令，打开【导入】对话框。

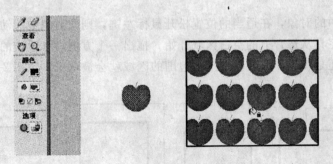

图 2-34

（2）在对话框选择一幅大小合适的图片，单击【打开】按钮，舞台上出现导入的图片。

（3）单击该位图，依次选择主菜单栏中的【修改】｜【分离】命令，将该位图打散。

注意：如果不把位图打散，则只能获得该位图上滴管所在点的颜色。

（4）在【工具】面板里选中滴管工具，单击该位图，鼠标指针变成颜料桶形状后单击矩形的填充区域。

2.5　修改工具

作品需要经过不断修改和完善，才能更加精益求精。本节介绍的就是修改工具，它们是选择工具、部分选择工具、套索工具、任意变形工具、填充变形工具和橡

皮擦工具 ⬛。

2.5.1 选择工具

选择工具有两个作用：一是用它来选择并移动舞台上的一些对象；另外还可以用它调整图形的轮廓或填充的形状。

1. 选择对象

（1）在【工具】面板中选中选择工具，单击填充区域，选中矩形的填充区域；单击笔触区域，选中矩形的一条笔触；双击笔触区域，选中矩形的所有笔触；双击填充区域，同时选中矩形的笔触和填充（见图 2-35）。

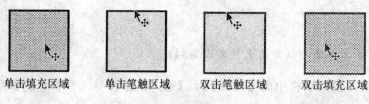

单击填充区域　　　单击笔触区域　　　双击笔触区域　　　双击填充区域

图 2-35

（2）拖动选中的对象，在适当的位置松开鼠标左键，则此对象被移动到的新位置。

（3）用选择工具从舞台上的空白区域开始，拖出一个方框，在适当的位置松开鼠标左键，则无论笔触还是填充，只要是选择框包围的区域就会被选中（见图 2-36）。

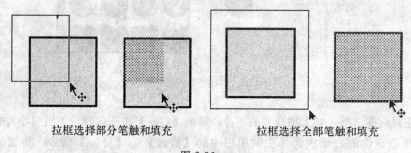

拉框选择部分笔触和填充　　　　　　拉框选择全部笔触和填充

图 2-36

如果按住 Shift 键再单击就可以同时选中多个对象；单击舞台上空白区域则会取消所有对象的选择。

2. 调整图形形状

（1）在【工具】面板中选中选择工具，移动鼠标指针到矩形的一个顶点上，则鼠标指针右下角出现一个小直角。

（2）拖动鼠标至适当的位置，松开鼠标左键，矩形的形状就会改变，见图 2-37。

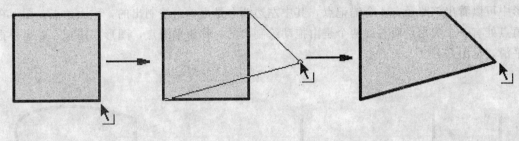

图 2-37

（3）移动鼠标指针到矩形的一条边上，则鼠标指针右下角出现一个小弧线，拖动鼠标至适当的位置，松开鼠标左键，则这条边变成弧线样式，见图 2-38。

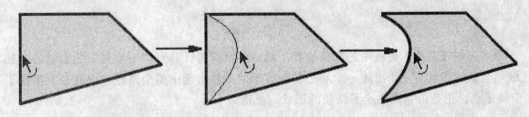

图 2-38

（4）移动鼠标指针到矩形的另一条边上，则鼠标指针右下角出现一个弧线。

（5）按住键盘上的 Ctrl 键或 Alt 键，拖动鼠标至适当的位置，松开鼠标左键，则这条边产生两个尖角，见图 2-39。

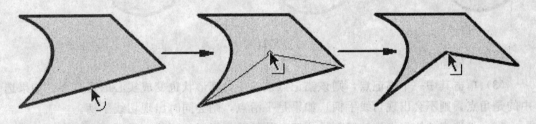

图 2-39

2.5.2 部分选择工具

部分选择工具可以用来调整路径的锚记点。前文在使用钢笔工具时曾提到过锚记点，通过改变锚记点的位置和该锚记点的切线手柄长度和方向，就能够改变线条或封闭图形的形状。

部分选择工具通常都是配合钢笔工具一起使用的，用来对钢笔工具绘制出来的形状进行调整和完善。例如使用部分选择工具修改钢笔工具绘制出的形状：

（1）在【工具】面板中选中钢笔工具，在舞台上绘制出一个封闭的不规则形状。从图形中可以看出该路径有 4 个锚记点，其中左边两个是由单击绘制出的，称为角点，图形在角点处有一个尖角，而右边两个是由拖动绘制出的，称为平滑点，图形在锚记点处显得很平滑，见图 2-40。

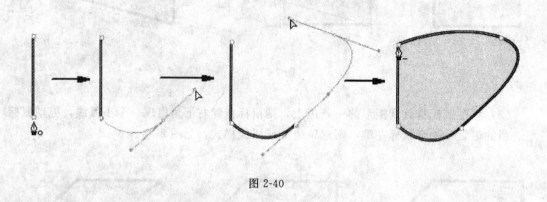

图 2-40

（2）选中【工具】面板中的部分选择工具，将鼠标指针移到刚刚绘制出的图形的笔触区域，当鼠标指针右下角出现一个实心的正方形时，单击选中整个路径，则路径上出现了 4 个锚记点，正是由它们决定了路径的形状，见图 2-41。

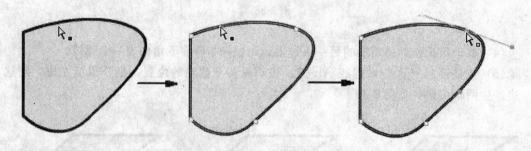

图 2-41

（3）单击其中一个锚记点，则该锚记点被选中，其形状也变成实心的正方形。如果选中的是角点，则不会出现切线手柄；如果是平滑点，则会同时出现切线手柄。

（4）将选中的锚记点拖动至新的位置，从而改变图形的形状，见图 2-42。

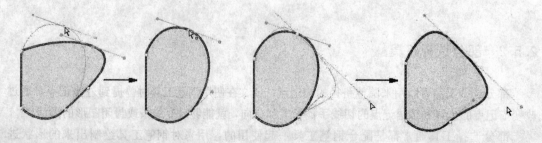

图 2-42

（5）拖动切线手柄的一个端点，改变切线手柄的长度和方向，则图形形状也随之改变。

（6）按住键盘上的 Alt 键，再拖动切线手柄的一个端点，可以调整单个切线手柄。调整后的锚记点称为拐点，见图 2-43。

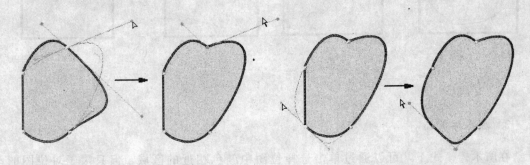

图 2-43

（7）单击选中图形的一个角点，按住键盘上的 Alt 键，拖动该角点，将该角点转化为平滑点，同时产生切线手柄。继续拖动以调整切线手柄的长度和方向，从而改变图形的形状。

2.5.3　套索工具

使用选择工具可以选中舞台上的笔触或填充区域，但是因为它拖出来的选择框只能是矩形的形状，从而选择范围也只能是一个矩形。套索工具则不存在这一限制，它可以自由选择舞台上任意形状的范围。

选中套索工具后，【工具】面板的【选项】中会出现魔术棒 、魔术棒设置 和多边形模式 三个按钮，单击选中则会显示为凹陷状态。

（1）在【工具】面板中选中套索工具，在舞台上的矩形上随意拖出一个区域。

（2）松开鼠标左键，可以发现刚刚黑色线条包围的范围已经被全部选中，见图2-44（a）。

1. 多边形模式

使用普通套索就像用铅笔工具绘制线条一样随意，而在多边形模式下，使用套索工具就像使用钢笔工具绘制直线一样。在舞台上依次单击不同的点，就可以将它们用直线连接起来。

（1）选中套索工具，在【工具】面板的【选项】中单击【多边形】模式按钮，单击舞台上的矩形区域，则相邻两次单击过的地方被直线连接。

（2）在结束点处双击，结束多边形区域的绘制，则该范围内的对象被选中，见图2-44（b）。

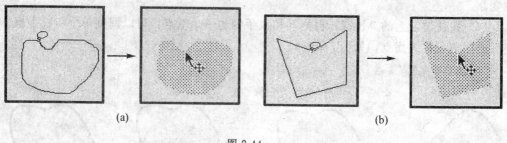

图 2-44

2. 魔术棒模式

在魔术棒模式下，可以通过单击选择位图中颜色相近的区域，但只限于对位图的选择。

（1）选择主菜单栏中的【文件】|【导入】|【导入到舞台】命令，打开【导入】对话框，并将一幅图片导入到舞台上，见图 2-45（a）。

（2）选中舞台上的位图，选择【修改】|【分离】命令，将该位图打散。

（3）选中套索工具，在【工具】面板的【选项】中单击魔术棒设置按钮 ，在弹出的【魔术棒设置】对话框中将【阈值】设置为 10，【平滑】为一般，见图 2-45（b）。

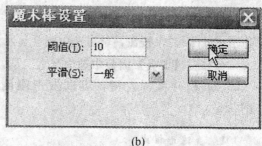

(a)   (b)

图 2-45

（4）将鼠标指针移动到图片上，则鼠标指针形状变成魔术棒形状。单击图片的背景区域，选中图片的背景。

（5）按一下键盘上的 Delete 键，删除选中的区域，其效果如图 2-46 所示。

图 2-46

2.5.4　任意变形工具

在 Flash 8 中，使用任意变形工具可以任意改变所选对象的形状。任意变形工具有 4
种变形模式，分别是旋转与倾斜、缩放、扭曲、封套，见图 2-47。单击【工具】面板
【选项】中的按钮可以分别选择不同的模式。在每一种模式下可以对对象形状作相应的
改变。

下面通过对舞台上气球的变形过程，说明各种模式的详细用法。

在【工具】面板中选中任意变形工具 ⬚，在舞台上拖出一个选择框，选中舞台上的
气球，则气球的四周出现一个矩形边框，边框上有八个实心的正方形黑点，其中位于 4 个
角上的称为角手柄，位于 4 条边上的称为边手柄。正中心还有一个空心的小圆点，称为变
形点，见图 2-48。

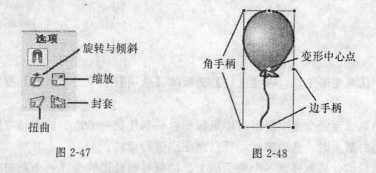

图 2-47　　　　　　　　　　　　图 2-48

1. 旋转与倾斜

（1）选中任意变形工具，在【工具】面板的【选项】中单击【旋转与倾斜】按钮，使
其处于凹陷状态。

（2）拖动鼠标至完全选中图形，将鼠标指针移到任意一个角手柄上，待鼠标指针形状

变成一个圆弧形的箭头时，拖动鼠标，即可旋转图形。拖动变形点，使其离开原位置，再旋转图形，可以看到，图形是围绕着变形点旋转的，见图 2-49。

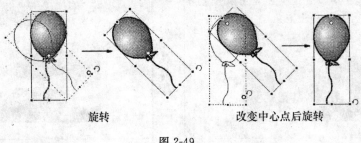

旋转　　　　　　　　　　　改变中心点后旋转

图 2-49

（3）再将变形点拖回图形的中心位置，移动鼠标指针至任意一个边手柄，待鼠标指针形状变成两个平行的箭头时，拖动鼠标，使图形发生倾斜，见图 2-50。

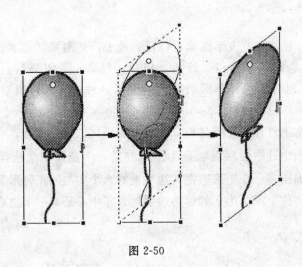

图 2-50

2．缩放

（1）选中任意变形工具，在【工具】面板的【选项】中单击【缩放】按钮，使其处于凹陷状态。

（2）拖动鼠标至完全选中图形，将鼠标指针移到任意一个边手柄上，待鼠标指针形状变成一个双向的箭头时，拖动鼠标，可以对图形进行缩放。

（3）将鼠标指针移到任意一个角手柄上，待鼠标指针形状变成一个双向的箭头时，拖动鼠标，可以同时缩放图形的宽度和高度，见图 2-51。

3．扭曲

（1）选中任意变形工具，在【工具】面板的【选项】中单击【扭曲】按钮，使其处于凹陷状态。

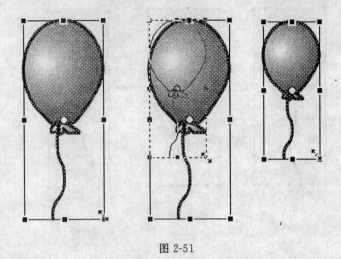

图 2-51

（2）拖动鼠标至完全选中图形，将鼠标指针移到任意一个角手柄上，待鼠标指针形状变成一个空心箭头时，拖动鼠标，改变角手柄的位置，可以看到图形形状也随之发生改变。

（3）拖动鼠标至完全选中图形，将鼠标指针移到任意一个边手柄上，待鼠标指针形状变成一个空心箭头时，拖动鼠标，改变边手柄的位置，则图形形状也随之改变，见图 2-52。

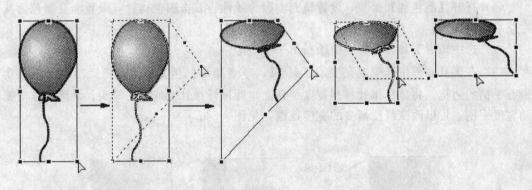

图 2-52

4．封套

（1）选中任意变形工具，在【工具】面板的【选项】中单击【封套】按钮，使其处于凹陷状态。

（2）拖动鼠标至完全选中图形，可以发现相邻的两个正方形点之间又多了两个实心的小圆点。

（3）这些圆点实际上是切线手柄的端点。可以像使用部分选择工具那样，通过改变正方形点的位置以及切线手柄的长度和方向，改变图形的形状，见图 2-53。

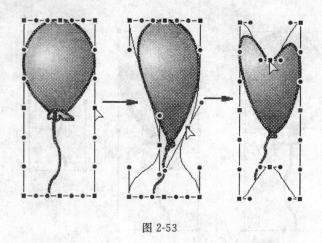

图 2-53

2.5.5　填充变形工具

用颜料桶工具可以在填充对象时使用线性填充、放射状填充和位图填充等方式，而填充变形工具则可以用来改变这些填充方式的效果。

1.　对线性填充使用填充变形工具

（1）打开【混色器】面板，设置填充类型为线性。双击颜色指针，设置渐变颜色为从左至右由黑到白。

（2）选中矩形工具，在舞台中绘制出一个矩形。

（3）在工具面板中选中填充变形工具 ，单击矩形的填充区域，则矩形上出现一个带有手柄的边框。将鼠标指针移到宽度手柄上，则鼠标指针变成双向箭头。沿渐变方向拖动宽度手柄，可以改变线性渐变的宽度范围，见图 2-54。

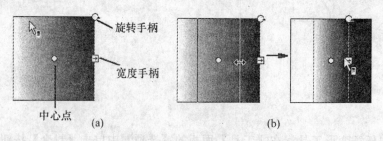

图 2-54

（4）将鼠标指针移到旋转手柄上，则鼠标指针变成 4 个弧形的箭头。围绕中心点拖动旋转手柄，可以改变线性渐变的方向，见图 2-55（a）。

（5）将鼠标指针移到中心点上，则鼠标指针变成四向箭头。沿渐变方向拖动中心点，可以改变线性渐变的位置，见图 2-55（b）。

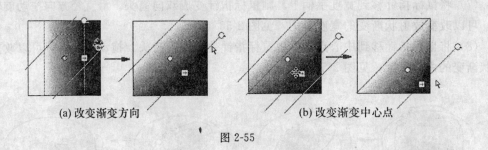

(a) 改变渐变方向　　　　　　　　　(b) 改变渐变中心点

图 2-55

2. 对放射状填充使用填充变形工具

（1）打开【混色器】面板，设置填充类型为放射状，渐变定义栏上的颜色为从左至右由黑色到白色。

（2）选中椭圆工具，在舞台中绘制出一个椭圆。

（3）在工具面板中选中填充变形工具 ，单击椭圆的填充区域，则椭圆上出现一个带有手柄的圆形边框。

（4）将鼠标指针移到焦点上，则鼠标指针变成倒三角形。沿圆形边框的直径拖动焦点，可以改变放射状渐变的焦点位置。只有放射状渐变才有焦点，颜色从焦点处向四周渐变，见图 2-56。

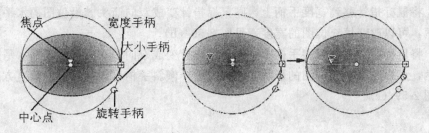

图 2-56

（5）将鼠标指针移到旋转手柄上，则鼠标指针变成 4 个弧形的箭头。围绕中心点拖动旋转手柄，可以改变放射状渐变焦点和中心点连线的方向。

（6）将鼠标指针移到大小手柄上，则鼠标指针变成内部有一个箭头的圆形。拖动大小手柄，可以改变放射状渐变总范围的大小，见图 2-57。

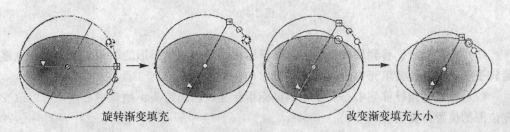

旋转渐变填充　　　　　　　　　　　　改变渐变填充大小

图 2-57

（7）将鼠标指针移到宽度手柄上，则鼠标指针变成双向箭头。沿直径方向拖动旋转手柄，可以改变放射状渐变的宽度范围，见图 2-58（a）。

（8）将鼠标指针移到中心点上，则鼠标指针变成四向箭头。拖动中心点，可以改变放射状渐变的中心位置，见图 2-58（b）。

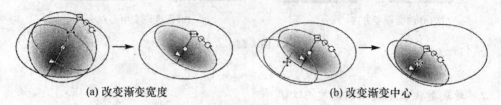

(a) 改变渐变宽度　　　　　　　　　　(b) 改变渐变中心

图 2-58

3. 对位图填充使用填充变形工具

（1）使用钢笔工具和部分选择工具，在舞台中绘制出一个心形。

（2）打开【混色器】面板，设置填充类型为位图，并选择一幅作为填充的位图。使用颜料桶工具对其进行填充，见图 2-59（a）。

（3）在工具面板中选中填充变形工具，单击心形的填充区域，则填充的位图上出现一个带有手柄的矩形边框。

（4）将鼠标指针移到宽度手柄上，则鼠标指针变成双向箭头。沿位图的水平方向拖动宽度手柄，可以改变填充位图的宽度，见图 2-59（b）。

（5）将鼠标指针移到倾斜手柄上，则鼠标指针变成双向箭头。从位图的水平方向拖动倾斜手柄，可以改变填充位图的形状。拖动另一个倾斜手柄可以从位图的竖直方向倾斜位图，见图 2-59（c）。

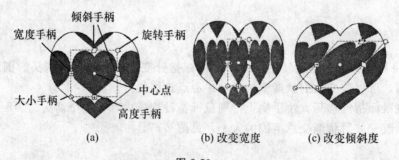

(a)　　　　　　　(b) 改变宽度　　　　　(c) 改变倾斜度

图 2-59

（6）将鼠标指针移到旋转手柄上，则鼠标指针变成 4 个弧形的箭头。围绕中心点拖动旋转手柄，可以旋转填充位图，见图 2-60（a）。

（7）将鼠标指针移到中心点上，则鼠标指针变成四向箭头。拖动中心点，可以改变填充位图的位置，见图 2-60（b）。

（8）将鼠标指针移到大小手柄上，则鼠标指针变成双向箭头。拖动大小手柄，可以等比例缩放填充位图的大小，见图 2-60（c）。

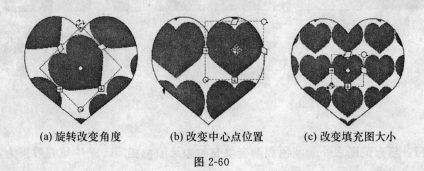

(a) 旋转改变角度　　　(b) 改变中心点位置　　　(c) 改变填充图大小

图 2-60

4．填充溢出

填充变形工具可以用来改变线性和放射状填充范围的大小，那么当设置的填充范围比填充区域小的时候怎么办呢？Flash 8 中新增加的填充溢出功能可以很方便地解决这个问题。

打开【混色器】面板，设置填充类型为线性或放射状，则在【类型】的下面会出现【溢出】。单击展开【溢出】下拉列表，列表中从上到下依次为【扩展】、【镜像】和【重复】3 种溢出模式，其中默认模式为【扩展】，见图 2-61。

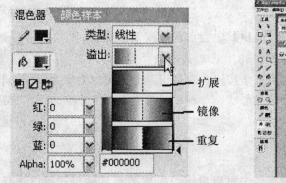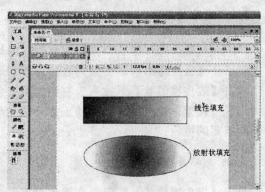

图 2-61

下面来看一下，分别使用 3 种不同溢出模式绘制出的线性渐变效果有什么不同。3 种溢出模式的效果如图 2-62 所示。

（1）分别在舞台上绘制出一个矩形和一个椭圆，并设置矩形的填充类型为线性填充，椭圆的填充类型为放射状填充，渐变颜色均为由黑色到白色。

（2）选中填充变形工具，分别拖动矩形的宽度手柄和椭圆的大小手柄，使填充范围变窄。

（3）在【混色器】面板中分别设定溢出模式为【扩展】、【镜像】和【重复】，观察舞台上的填充区域所发生的变化。

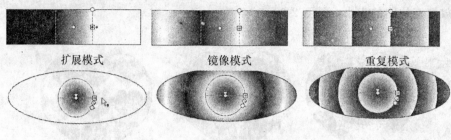

扩展模式   镜像模式   重复模式

图 2-62

【扩展】：填充范围之外的颜色和渐变填充的边缘颜色相同。图中填充效果为：黑色—由黑渐变白—白色。

【镜像】：以镜像方式重复填充范围内的颜色渐变。图中填充效果为：由黑渐变白—由白渐变黑—由黑渐变白。

【重复】：重复填充范围内的颜色渐变方式。图中填充效果为：由黑渐变白—由黑渐变白—由黑渐变白。

2.5.6 橡皮擦工具

橡皮擦工具是用来擦除笔触和填充的。单击舞台上想要擦除的地方，就可以对笔触或填充对象进行擦除。双击【工具】面板中的橡皮擦工具 ✐，可以一次性清除舞台上的所有内容。

1. 橡皮擦的形状和大小

选中橡皮擦工具，则【工具】面板的【选项】中会出现橡皮擦模式 🔍 和水龙头 🌂 两个按钮以及【橡皮擦形状】下拉列表，见图 2-63。

单击【橡皮擦形状】下拉列表右侧的下三角按钮，在弹出菜单中可以对橡皮擦的形状和大小进行设置。橡皮擦有圆形和正方形两种形状，每种形状都有 5 种大小，方便用户进行不同需要的擦除。

2. 橡皮擦的模式

单击【橡皮擦模式】按钮，在弹出的菜单中可以看出，橡皮擦有 5 种模式可以选择，分别是标准擦除、擦除填色、擦除线条、擦除所选填充和内部擦除，见图 2-64。

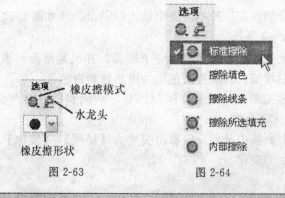

图 2-63   图 2-64

下面分别举例说明这 5 种模式的区别。

（1）先在舞台上画个一个房子的图像，它是由笔触和填充区域组成的。其中黑色线条为笔触，其他部分是填充区域，见图 2-65（a）中原图。

（2）选中橡皮擦工具，单击【工具】面板【选项】中的【橡皮擦模式】按钮，在弹出的菜单中选择【标准擦除】，拖动鼠标，在图像上进行擦除。可以看到橡皮擦经过的地方，笔触和填充都会被擦除，见图 2-65（a）中右图。

要判断是笔触还是填充，可以用滴管工具，把滴管移到笔触区域上，则鼠标指针变为右下角有铅笔的形状；如果移到填充区域，鼠标则变为右下角有一刷子的滴管。

（3）选中橡皮擦工具，单击【工具】面板【选项】中的【橡皮擦模式】按钮，在弹出的菜单中选择【擦除填色】，拖动鼠标，在图像上进行擦除。可以看到只会擦除填充区域，不会影响到笔触部分，见图 2-65（b）。

（4）选中橡皮擦工具，在【选项】中选择【擦除线条】，拖动鼠标，在图像上进行擦除。看到只擦除笔触，对填充没有影响，如图 2-65（b）。

（5）使用选择工具选中图像中的一部分（单击屋顶填充区域），选中橡皮擦工具，在【选项】中选择【擦除所选填充】，在图像上进行涂抹，看到只有选中区域被擦除，笔触和未选中部分没有影响，见图 2-65（c）。

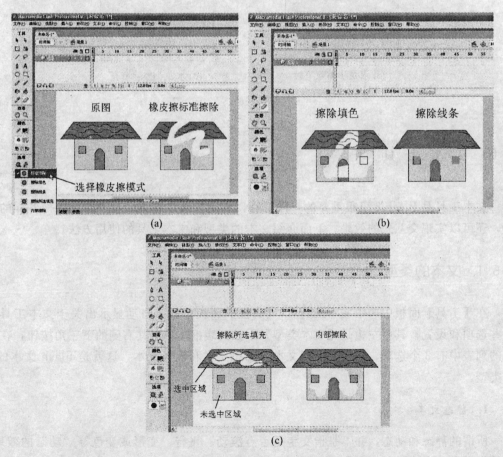

(a)　　　　　　　　(b)

(c)

图 2-65

（6）选中橡皮擦工具，在【选项】中选择【内部擦除】，在图像上进行擦除。注意橡皮擦起点只能是填充区域，而且只能擦除该起点所在的填充范围，对该填充范围以外的部分没有影响，如图 2-65（c）。

3. 水龙头

使用水龙头🔧可以通过单击来快速擦除相连的笔触或填充区域。对笔触和填充对象来说，水龙头的选择范围和使用选择单击的选择范围是一样的。所以使用水龙头擦除笔触和填充，就相当于先用选择工具 ▶ 单击选中要擦除的笔触或填充，再按一下键盘上的 Delete 键将其删除。例如使用水龙头进行擦除：

选中橡皮擦工具，单击【工具】面板【选项】中的【水龙头】按钮🔧，将鼠标指针移到舞台上，则鼠标指针变成水龙头形状。

单击房子的笔触区域，可以看到该笔触区域被完全擦除，见图 2-66（a）。

单击房子的填充区域，可以看到该填充区域被完全擦除，见图 2-66（b）。

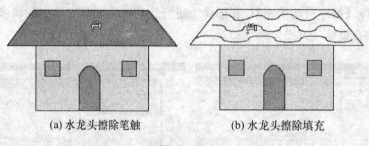

(a) 水龙头擦除笔触　　　　(b) 水龙头擦除填充

图 2-66

2.6　文本工具

文本工具是 Flash 8 里很重要的一件工具，利用它可以在 Flash 中加入各种各样的文字，还可以实现交互式的效果。下面介绍文本的类型和文本工具的使用方法。

2.6.1　文本的类型

在【工具】面板中选中文本工具后，【属性】面板中就会自动显示出关于文本工具的一些选项和设置，其中左边是【文本类型】下拉列表框，单击其右侧的下三角按钮，在弹出的列表中有 3 个选项，分别是静态文本、动态文本和输入文本，这就是 Flash 文本的 3 种类型。

1. 静态文本

所谓的静态和动态，并不是指文字是否有滚动、飞行、变形或变色等"动"的效果，而是指文字的内容会不会改变。我们平常所见的大部分 Flash 中的文字都是静态文本，例如网页中 Flash 广告里面的文字、Flash 游戏里的游戏介绍、操作说明等，它们一般都属于静态文本。如图 2-67 所示为网站上的 Flash 广告，上面的文字大多为静态文本。

图 2-67

2. 动态文本

动态文本就是可以随时变化的文字内容，它显示的内容是由 ActionScript 代码预先定义的变量来控制的，再通过代码随时改变变量的值，从而改变动态文本的显示内容，达到随时更新的效果。动态文本一般使用在游戏等一些需要随时改变或即时更新的 Flash 中。如图 2-68 所示为一个 Flash 黑白棋游戏，右边的文本框中会即时显示出所走的每一步得分，它就是一个动态文本。

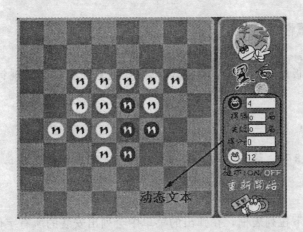

图 2-68

3. 输入文本

大家上网的时候可能都填过一些表单，在表单的文本框中可以输入文字。与此相似，Flash 中的输入文本可以让用户在其中填写一些资料，例如姓名、年龄等，再将填写的内容发送到服务器或者保存在该 Flash 里留作后用。如图 2-69 所示为一个 Flash 的网站留言板，可以通过输入文本将用户信息和留言内容提交到远程服务器上进行保存。

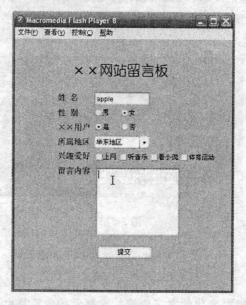

图 2-69

事实上，很多 Flash 中都同时使用到了静态文本、动态文本和输入文本。动态文本和输入文本的使用都离不开 Flash 中的动作语言——ActionScript 的支持，关于动作语言将在本书的第 7 章介绍。本章中主要介绍静态文本的创建和修改。

2.6.2　文本的属性

在【工具】面板里选中文本工具 **A**，则【属性】面板中会出现针对文本工具的一些选项设置。

1. 文本类型

文件类型包括 3 种：静态文本、动态文本和输入文本，参见 2.6.1 节。

2. 文本字体

单击【字体】下拉列表框，在弹出的菜单中会列出安装的所有字体，用户可以随意选择喜欢的字体。

3. 字体的大小、颜色

字体大小用来设置文字的大小，可以是 0～2500 之间的任意值。单击下拉列表框右侧的下三角按钮，在弹出的滑动条上可以拖动滑块以控制字体大小。滑块可以设置的范围是 8～96。文本颜色用来设置文本的颜色，方法和设置笔触和填充颜色一样。

4.　文本样式

文本有粗体和斜体两种样式，单击 **B** 按钮可以对文本应用或取消粗体，单击 *I* 按钮可以对文本应用或取消斜体，见图 2-70。

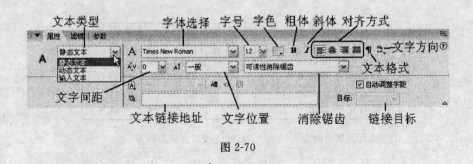

图 2-70

5.　对齐方式

对齐方式用来设置文本的对齐方式，有左对齐、居中对齐、右对齐和两端对齐 4 种方式，单击相应的按钮可以设置对齐方式。4 种对齐方式的效果如图 2-71 所示。

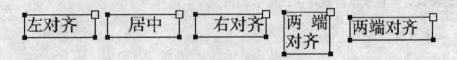

图 2-71

注意：在使用两端对齐时，文字会对齐到文本框的两端。如果文字长度超过文本框的一行，那么段落的最后一行不会对齐到两端；如果文字只有一行，那么该行也不会对齐到文本框的两端。

6.　文本格式

单击【编辑格式选项】按钮¶，会弹出【格式选项】对话框。在对话框中有【缩进】、【行距】、【左边距】和【右边距】4 个文本框。缩进是一个段落的首行缩进距离，行距是相邻两行文字之间的距离，左边距和右边距是文字与文本框边缘之间的距离，见图 2-72。

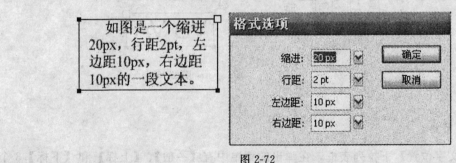

图 2-72

7. 文本方向

默认的文本方向是从左到右的水平方向，也可以创建由上到下竖直方向的文本。单击改变文本方向按钮，在弹出的菜单中可以设置文本的方向，见图 2-73。

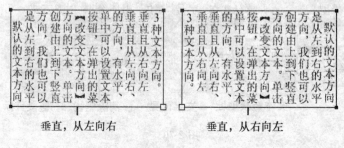

垂直，从左向右　　　　　　　　　垂直，从右向左

图 2-73

使用垂直方向文本时，【改变文本方向】按钮 的右边会多出一个【旋转】按钮 。该按钮的作用是改变数字、英文字母以及一些符号的方向，使文本符合一般阅读习惯，且结构更加紧凑。单击该按钮，使之呈现为凹陷状态，表示已经激活了旋转模式。要取消旋转模式，可再次单击该按钮，见图 2-74。

8. 文字间距

文字间距就是相邻两个文字之间的距离。对于水平方向的文本，文字间距是相邻两个文字之间的水平距离；对于垂直方向的文本，文字间距是相邻两个文字之间的垂直距离。文字间距的值可以设置为 −60～60 之间的任意数字。

在【属性】面板的右侧还有一个【自动调整字距】复选框，它也是用来调整间距的，不过并不是对所有的字体都有效，只有对那些内部含有文字微调信息的字体才会起作用。它的作用效果也很轻微。如图 2-75 中字母 V 和 A 的间距会随自动调整字距而产生细微的变化，而 V 和 B 之间则没有变化。

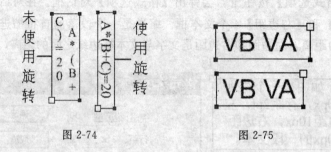

图 2-74　　　　　　　　　　　　　　图 2-75

9. 文字位置

单击【文字位置】下拉列表框，在弹出的菜单中有【一般】、【上标】和【下标】3 个

选项，分别代表文字的 3 种位置。文本字体和大小不变，只是左边的数字均为上标，右边的数字均为下标。

10. 文本链接地址和链接目标

水平方向的文本可以创建超链接。

选中文字之后，在【属性】面板底部的【URL 链接】文本框中输入想要链接到的 URL 地址，那么舞台上文字的下方就会自动添加上一段虚线，表示该文本是带有超链接的。在按 Ctrl＋Enter 键预览或在发布 Flash 后，文字的下方不会出现虚线，但如果将鼠标指针移到该文字上，鼠标指针形状会变成一只小手，单击则会转到相应的网页地址。

链接目标指的是具有链接功能的对象。可以从下拉菜单中选择目标名称，也可以直接输入目标名称。其中_blank 指打开一个新的浏览器窗口，并在该浏览器中显示所链接的网页；_self 指在该 Flash 所在的浏览器窗口中打开所链接的网页；_parent 和 _top 则多用于嵌套网页中；而如果直接输入名称，则用来打开具有该名称的窗口，见图 2-76。

图 2-76

11. 文本可选

在浏览网页或文档时，在一段文字上按下鼠标左键并拖曳可以选择文字，选中的文字以反色显示。在 Flash 8 里可以对静态文本和动态文本的可选状态进行设置。单击【可选】按钮可以更改文本的可选状态，当该按钮显示为凹陷状态时，表示其对应的文本可以被选中，反之则无法进行选择。

12. 消除锯齿

消除锯齿可以使文字呈现出不同的清晰度。对于字号大的文字，可以让其边缘变得平滑；而对于一些字号较小的文字，消除锯齿会让其变得模糊不清。

在 Flash MX 2004 这一版本中，消除锯齿功能很简单，只有消除和不消除两种选择。Flash 8 增强了这一功能，单击【字体呈现方法】下拉列表框，在下拉菜单中有【使用设备字体】、【位图文本】、【动画消除锯齿】、【可读性消除锯齿】和【自定义消除锯齿】5 种消除锯齿的方式可供选择，其中前 4 种方式的效果见图 2-77。

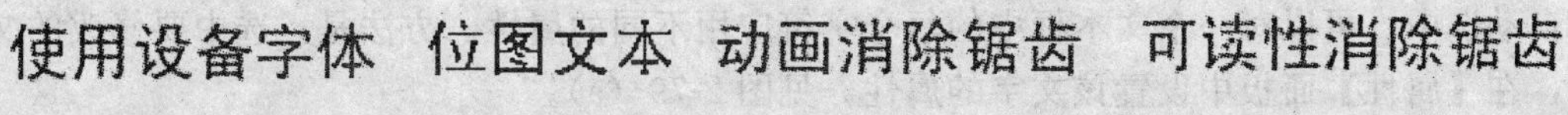

使用设备字体　位图文本　动画消除锯齿　可读性消除锯齿

图 2-77

2.6.3 创建文本

（1）选择文本类型为静态文本，设置好文本的，将鼠标指针移到舞台上，则鼠标指针形状变成"十"字形，并且右下角有一个 A 字。拖动鼠标，在舞台上绘制出一个矩形文本框。文本框的右上角有一个空心矩形，表示这是一个固定了宽度的文本框，可以通过拖动空心矩形调整文本框的宽度，见图 2-78（a）。

（2）在文本框中输入文字，可以看见超过文本框宽度的字自动转到了下一行，文本框的高度也自动增加了一行。

（3）双击文本框右上角的空心矩形，文本框的长度自动变为所输入文字的长度，文字也都自动排在了同一行。此时右上角的空心矩形变成了空心圆形，表示这是一个可扩展的文本框，见图 2-78（b）。

（4）在第一行文字后按一下键盘上的回车键。输入下一行文字。

单击空白区域退出编辑状态，文字的完成效果如图 2-78（a）、（b）所示。

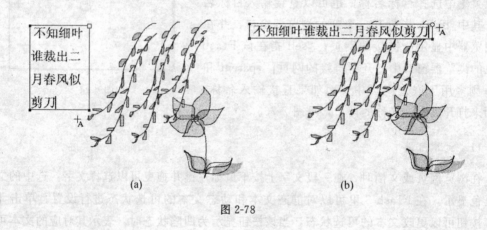

图 2-78

2.6.4 修改文本

（1）创建文本之后，使用选择工具选中该文本，则文本的四周会出现一个蓝色的矩形框，矩形框的每个角上都有一个实心的矩形手柄，拖动该手柄可以调整文本框的宽度（对于水平方向文本）或高度（对于垂直方向文本）。

改变宽度或高度以后，如果原来文本框是可扩展的，那么该文本框将会固定宽度或固定高度。

使用选择工具改变文本框的宽度之后，其高度也会根据文本框中的文字自动调整。

（2）双击文本框可以编辑文本框里的单个字符，同时【工具】面板中的文本工具也会被自动选中。可以对一个文本框中的每个字符应用不同的属性。方法是，选中要修改的文字，在【属性】面板中设置该文字的属性，见图 2-79（a）。

（3）也可以在【工具】面板中使用任意变形工具调整文本块的形状，还可以对文本块进行倾斜和旋转。对文字变形后其效果如图 2-79（b）所示。

(a)　　　　　　　　　　　　　　　　(b)

图 2-79

2.7 查看工具

在 Flash 中，舞台就是我们的画布。使用查看工具可以对舞台上的对象进行移动、放大、缩小等操作，但是这些操作不会改变舞台上原有对象的任何属性。

2.7.1 手形工具

有时需要制作的 Flash 尺寸太大，或者因为放大了舞台，导致图像无法全部显示出来，可以使用【工具】面板【查看】中的手形工具🖐平移舞台。这样方便局部查看或编辑图形。当然也可以用舞台的滚动条或鼠标中间的滑轮来平移舞台。

选中手形工具，向一个方向拖动舞台，则舞台被拖动到该方向，舞台上相反方向的图像进入视野。

如果在使用其他绘图工具画图时临时需要用到手形工具平移舞台，可以先按住空格键，然后单击工具面板中的🖐，平移舞台之后，松开空格键，会自动切换到原来的工具继续画图，见图 2-80。

图 2-80

2.7.2 缩放工具

可以通过改变舞台显示比例来查看舞台。使用缩放工具也可以改变舞台显示比例,它有放大和缩小两种模式。

选中【工具】面板【查看】中的缩放工具,在【选项】中会出现放大和缩小两个按钮,单击则选中相应模式。单击舞台,则舞台会以单击的位置为中心,放大一倍或缩小至1/2。

还可以使用缩放工具在舞台上拖出一个矩形框,则框内的图像会自动缩放到整个舞台大小。无论是放大还是缩小模式,都可以使用这种方法。按住键盘上的 Alt 键则可以切换放大和缩小模式,见图 2-81。

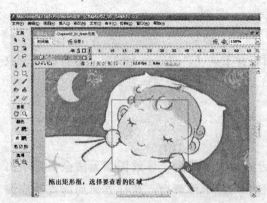

图 2-81

2.8 综合实例

前面已经介绍了 Flash 8 中的所有绘图工具,现在绘制"秋天的猫"作为实例,以便熟练掌握绘图工具的使用方法。

本例的基本绘制过程是:先用铅笔工具和钢笔工具套画出轮廓,再使用颜料桶工具进行填充。所以在绘制的时候尽量不要留空隙,以防出现空隙过大而无法填充的问题。

例中会较多地使用铅笔工具和钢笔工具进行绘制,包括猫身体上的线条、花纹以及树叶的脉络等。

例中不会使用到对象绘制模式,所以在绘制时,注意【工具】面板【选项】中的【对象绘制】按钮不要处于凹陷状态。

该图像稍稍复杂一些,绘制过程可分为三个部分。下面分别说明每个部分的具体操作。

1. 绘制猫的轮廓

(1) 打开 Flash 8,新建一个空白文件。保存该文件,并将其命名为"猫.fla"。

（2）选择椭圆工具，在【属性】面板中设置笔触颜色为紫色，填充为无色。笔触粗细为 2 磅，样式为实线。拖动鼠标，在舞台上绘制一个椭圆，作为猫的头部，见图 2-82。

（3）选中钢笔工具，单击该椭圆，则椭圆上出现 8 个锚记点。移动鼠标指针到椭圆上，当鼠标指针右下角出现加号时，单击椭圆，分别在椭圆的左边和右边添加两个锚记点。

注意：使用钢笔工具击锚记点，如果单击前该锚记点是平滑点或拐点则单击变为角点。如果单击前该锚点是角点，则单击后该锚记点被删除。若单击空白处，则添加一个锚记点，见图 2-83。

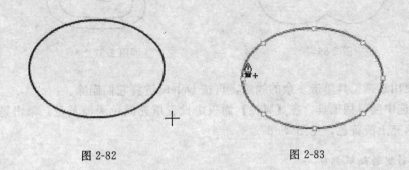

图 2-82　　　　　　　　　　　　　图 2-83

（4）选中部分选择工具，向左上方拖动刚刚添加的锚记点。按住 Alt 键分别调整该锚记点两端的切线手柄，以产生猫耳朵的轮廓。用同样的方法，绘制出另一只耳朵，见图 2-84。

（5）再调整猫耳朵两边锚记点的位置和切线手柄，使耳朵与头部的过渡变得自然，见图 2-85。

图 2-84　　　　　　　　　　　　　图 2-85

（6）选中铅笔工具，在【工具】面板的【选项】中选择平滑模式 S，绘制一条曲线，作为猫的身体部分，见图 2-86。

（7）选中选择工具，移动鼠标指针到身体曲线上，则鼠标指针右下方出现一个弧形。拖动鼠标以调整身体的弧度。

（8）再次使用铅笔工具，仍然选择平滑模式，绘制一条曲线，作为猫的尾巴。用选择工具调整尾巴的弧度，见图 2-87。

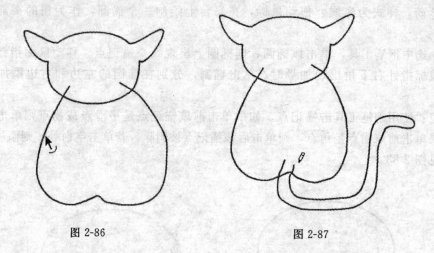

图 2-86　　　　　　　　　　　图 2-87

（9）使用选择工具单击多余的线条，再按 Delete 键将它们删除。

（10）选中颜料桶工具，在【属性】面板中设置填充颜色为淡黄色。单击猫的身体内部，使其填充上淡黄色，见图 2-88。

2. 绘制猫的细节部分

（1）保持笔触的属性不变，使用铅笔工具，在猫的头部、身体和尾巴上随意画出一些花纹。注意花纹要和身体的轮廓线闭合。

（2）选中颜料桶工具，在【属性】面板中设置填充颜色为深黄色。单击花纹与轮廓线包围的区域，为其填充上深黄色，见图 2-89。

图 2-88　　　　　　　　　　　图 2-89

（3）使用铅笔工具绘制出耳朵上和身体上的绒毛。

（4）使用线条工具绘制出猫的胡须。至此，一只猫的背影跃然而出。

绘制绒毛的时候可以将舞台放大，这样比较容易绘制细微之处，见图 2-90。

3. 添加树叶和文字

（1）使用钢笔工具或铅笔工具绘制一条树叶飘落的曲线轨迹，见图 2-91。

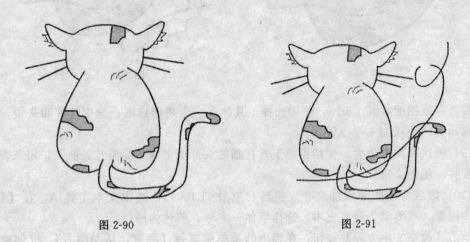

图 2-90　　　　　　　　　　　　　　图 2-91

（2）使用选择工具调整轨迹的弧度和位置，并拖出一个选择框，选中轨迹中的一小段线条，按 Delete 键将其删除，或用橡皮擦擦除。

（3）接下来开始绘制叶片。使用钢笔工具和铅笔工具绘制出叶片的形状和脉络，然后用颜料桶工具对叶片进行填充。因为叶片相对舞台较小，所以首先将舞台放大到 400% 的视图，在该视图下绘制叶片。

（4）选中钢笔工具，在【属性】面板中设置笔触颜色为紫色，粗细为 2 磅，样式为实线。填充颜色为橙色。

（5）用钢笔工具套在舞台的左下角绘制出叶片的轮廓。如果最后封闭了曲线，则叶片将自动被橙色填充，见图 2-92。

（6）使用铅笔工具在叶片内部随意绘制两条曲线，为叶片添加脉络，见图 2-93。

图 2-92　　　　　　　　　　　　　　图 2-93

（7）使用线条工具在叶片上绘制两条相交的直线，并删除轮廓上多余的线条，表示叶片已经残破。叶片内部再填充橙色。

如果绘制轮廓时已经自动填充了颜色，则只要删除残破处的填充区域即可，见图 2-94。

（8）使用铅笔工具在叶片旁绘制两条曲线，作为叶片掉在地上激起的灰尘，见图 2-95。

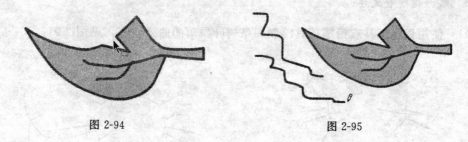

图 2-94　　　　　　　　　　　　　　　图 2-95

　　将舞台视图缩放到 100％，使用选择工具拖出一个矩形选框，选中叶片和灰尘，并将它们移动到轨迹线的末端位置。

　　（9）再次将舞台放大，使用铅笔工具在猫的头部由上向下绘制几条曲线，用来表示猫冷得发抖，见图 2-96。

　　（10）最后为该图画添加文字。将舞台缩放到 100％，选中文本工具 A，在【属性】面板中设置文本类型为静态文本，选择字体，字号，颜色为橙色。

　　单击【改变文本方向】按钮，在弹出的菜单中选择【垂直，从左向右】，以创建竖直方向的文字。

　　（11）单击【旋转】按钮，使其处于凹陷状态，否则省略号会横排。再单击舞台的左部，输入文字"秋天来了……"为本图点题。

　　（12）使用选择工具调整文本的位置，完成绘制，见图 2-97。

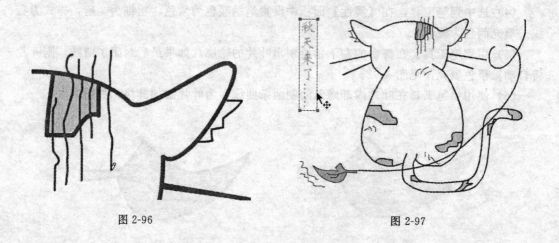

图 2-96　　　　　　　　　　　　　　　图 2-97

【本章小结】

　　本章介绍了位图和矢量图的区别以及优、缺点，将位图转化为矢量图的方法，基本绘图工具的使用，【属性】面板和【混色器】面板的使用；学习铅笔工具、钢笔工具、椭圆工具、颜料桶工具、线条工具、选择工具、部分选择工具和文本工具的使用方法，学习了用钢笔工具对锚记点的修改和删除方法，并着重练习了部分选择工具的配合使用，以及使用选择工具调整曲线弧度的方法。用钢笔工具和部分选择工具修改轮廓形状是很基础的操作，多练习，用起来才会得心应手。

习　题　2

1. 下面_____工具可以用来绘制笔触。

   A. 铅笔工具　　　　　　　　B. 线条工具

   C. 刷子工具　　　　　　　　D. 钢笔工具

2. 使用钢笔工具可以创建_____。

   A. 直线　　　　　　　　　　B. 曲线

   C. 笔触　　　　　　　　　　D. 填充

3. 锚记点可以分为_____、_____、_____三类。

   A. 平滑点　　　　　　　　　B. 拐点

   C. 角点　　　　　　　　　　D. 断点

4. 自己动手，使用绘图工具，绘制一些自己喜爱的卡通形象。

   用铅笔工具的伸直、平滑、墨水三种模式在舞台上画下面的自行车。

第 3 章　Flash 图形对象

【学习目的与要求】　在 Flash 动画中包含着各种各样的图像，可能是位图，也可能是矢量图。认识这些图形对象，了解各种对象的特征和用途，掌握图形对象的各种操作，是学好 Flash 的基本要求。

3.1　图形对象的类型

选中绘图工具后，【工具】面板的【选项】中会出现一个【对象绘制】按钮◎，该按钮未凹下时称为合并绘制模式。凹下时则称为对象绘制模式。两者有什么区别呢？

在 Flash 8 中，在合并绘制模式下绘制出的图形称为形状对象，而在对象绘制模式下绘制出的图形称为绘制对象。除了这两种图形对象之外，Flash 8 中还有另外几种图形对象。

3.1.1　形状对象

形状对象是一切图形对象的基础，它是由许多小点组成的图形。用选择工具或套索工具选中形状对象的一部分时，被选中的部分将布满小的网格点，这是形状对象的重要特征。

选中形状对象后，【属性】面板中将会出现该形状的笔触及填充属性，以及选中部分的宽度、高度和坐标。使用绘图工具绘制出的笔触或填充都属于形状对象，见图 3-1。

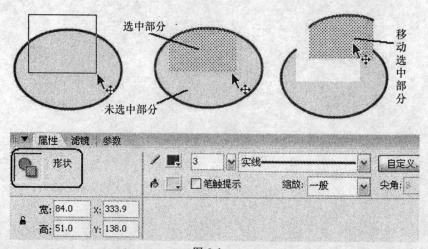

图 3-1

可以拖曳移动选中的部分，使形状对象产生分裂，分裂后的每一部分仍然是形状，可以对其继续分裂。

绘图时我们还发现两个或多个形状对象发生重叠时，会产生融合和消除等现象，这就是形状对象的另一个重要特征。

形状对象可以分为笔触和填充两部分，下面分别介绍笔触、填充以及它们之间发生重叠时的关系。

1. 笔触和笔触

使用线条工具在舞台上先后绘制一条绿色的直线和一条红色的直线，并使它们交叉，每条直线从交叉点处分为两段。

使用选择工具单击线条，可以看见选中的并不是整个线条，而是从交叉点处分开的一段，可以将其拖动至舞台上的其他位置，见图 3-2。

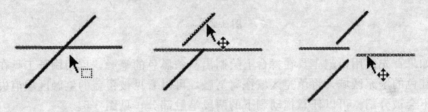

图 3-2

执行主菜单中的【编辑】｜【撤消】命令数次，或者按 Ctrl+Z 可以撤销操作，将直线撤销到原始交叉状态。双击其中的一条直线，则整条直线被选中。将选中的直线拖离原位置，可以看见两条直线都没有因为曾经交叉过而受到影响，见图 3-3。

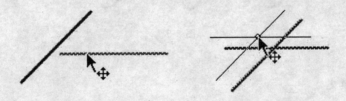

图 3-3

如果两条颜色相同的直线发生交叉，仍然可以单击选中并拖离从交叉点处分开的每条线段，但是如果双击某一条直线，可以看见两条直线都被选中了，无法再单独将某条直线拖离原位置，这说明两条直线发生了融合。

2. 笔触和填充

笔触和填充之间有一个先后的关系，即在填充上绘制笔触，还是在笔触上绘制填充，或者说是将笔触置于填充之上，还是将填充置于笔触之上。这两种做法所产生的效果是不相同的。

（1）首先使用刷子工具，在舞台上绘制出一个红色的填充区域，再使用铅笔工具在填充区域上绘制一条黑色的笔触。该笔触与填充区域有两个交叉点，并从交叉点处分成三段。可以单击选中并拖动其中的任意一段，且不会影响到填充的形状。

按 Ctrl+Z 将舞台撤销到原始状态，单击笔触一侧的填充区域，拖动该区域，使其离开原位置。这说明填充区域被笔触分割成了两块，即使双击填充也不能选中整个填充区域，只能选中该侧的填充和紧贴该填充区域的笔触部分，见图 3-4。

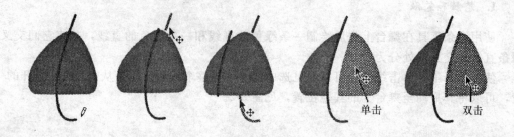

图 3-4

（2）如果首先使用铅笔工具在舞台上绘制出一条黑色的笔触，再用刷子工具在笔触上绘制一个红色的填充区域，将填充区域拖离笔触，可以看见被覆盖的笔触区域消失了，并且填充也不会被分割。可以任意拖动剩下的两段笔触部分，见图 3-5。

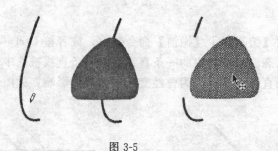

图 3-5

3. 填充和填充

填充和填充之间也具有先后的关系，如果两个填充对象发生了重叠，那么后绘制的填充对象会覆盖先前绘制的填充对象。

选中矩形工具，在【属性】面板中设置笔触无色，填充黑色，在舞台上绘制一个矩形；再选中椭圆工具，设置笔触无色，填充灰色，在矩形上方绘制一个圆形，见图 3-6。

图 3-6

使用选择工具单击灰色的圆形填充区域，并向右方拖动，可以看到矩形上与圆形的重叠部分被消除了。调换绘制的顺序，可以看到圆形上的重叠部分被消除了，见图 3-7。

图 3-7

如果将本来不重叠的两个形状对象移动到一起，那么被移动的对象总是处于上方，其下方的形状对象重叠部分将会被消除。这与上面所说的绘制的先后顺序的道理是一样。

如果两个形状对象的颜色相同，那么它们将会融合在一起，成为一个整体的形状对象。如图 3-8 所示为由相同颜色的圆形和矩形组成的一个形状对象，只能拖动这一整体，而无法单独选中其中的某一部分。它们之间也没有先后关系。

使用形状对象之间的这些关系，可以绘制出很多有用的效果。例如绘制一个有白云和月亮的夜空图，在绘制之前注意不要让【对象绘制】按钮处于凹陷状态。

（1）选中矩形工具，笔触无色，填充线性渐变，在【混色器】中设置蓝—白渐变。在舞台上半部拉出一个矩形作为夜空的背景，见图 3-9。

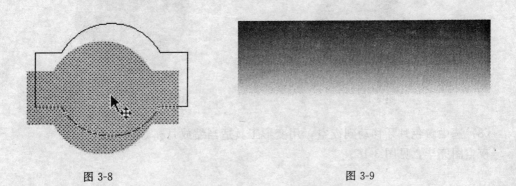

图 3-8　　　　　　　　　　　　　　　　图 3-9

（2）再选中椭圆工具，笔触无色，填充白色，在夜空中画一个白色的椭圆，见图 3-10。

（3）用选择工具选中白色椭圆，按住 Ctrl 键向右拖动，复制白色椭圆，接着向上、向右继续拖动，拖出一个云彩的形状，松开鼠标画出一个白色的云朵，见图 3-11。

图 3-10　　　　　　　　　　　　　　　图 3-11

（4）用选择工具再次选中该云朵，按住 Ctrl 键向右上拖动，复制出另一个云朵，用变形工具适当把它变小，或者再次用白色绘制圆拖动出另一个云朵，见图 3-12。

（5）在舞台下方空白处，用椭圆工具，笔触无色，填充黄色，按住 Shift 键画一个圆，见图 3-13。

图 3-12   图 3-13

（6）再用椭圆工具，换另一种填充色，在黄色圆上画一个圆，使黄色圆出现月牙形状，见图 3-14。

（7）用选择工具把上面的圆选中移开，看到黄色的月牙。按 Delete 键删除上面的圆，见图 3-15。

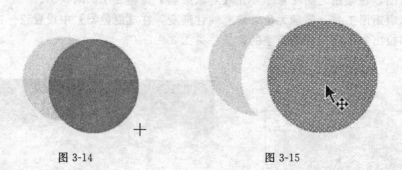

图 3-14   图 3-15

（8）选中黄色月牙移动到夜空，用变形工具适当缩放月亮修改大小。

夜空图完毕，见图 3-16。

图 3-16

3.1.2 绘制对象

绘制对象是 Flash 8 中新增加的一项概念，使用【对象绘制】功能所绘制出的图形，均为绘制对象。

选中任意一种绘图工具，单击【工具】面板【选项】中的【对象绘制】按钮，使其处于凹陷状态，在舞台上绘制一个图形，可以看到，这些图形在选中后都有一个蓝色的矩形边框。

选中绘制对象后，【属性】面板中将会出现该绘制对象的笔触和填充属性，以及宽度、高度和坐标等信息，可以在此处更改它们的各种属性，见图 3-17。

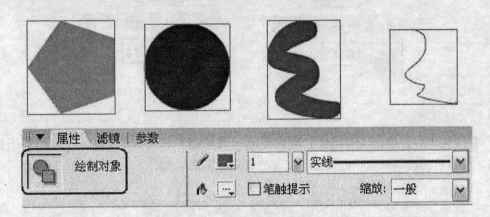

图 3-17

修改绘制对象的方法和修改形状对象的方法一样，可以使用各种修改工具对绘制对象进行相应的修改，例如可以使用选择工具调整轮廓的形状，也可以使用橡皮擦工具进行擦除。修改之后的图形仍然是绘制对象，见图 3-18。

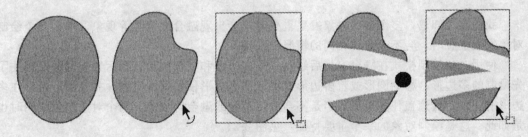

图 3-18

绘制对象和形状对象有什么区别呢？

如果将形状对象比喻为由无数粒沙子所组成的图形，那么绘制对象就相当于用一个透明的玻璃箱将这些沙子装在一起，但仍然保持原来每一粒沙子的属性以及这些沙子所组成的形状。由于箱子的作用，我们无法通过选择工具或套索工具选中绘制对象的某一部分，只能选中完整的对象。

选中舞台上的形状对象，选择主菜单中的【修改】|【合并对象】|【联合】命令，则该形状对象转化为绘制对象，这相当于将沙子装到玻璃箱中，见图 3-19。

双击舞台上的绘制对象，则进入该绘制对象的编辑界面（相当于进入玻璃箱的内部），这时舞台上的对象就是形状，可以在这里作任何适用于形状对象的修改。

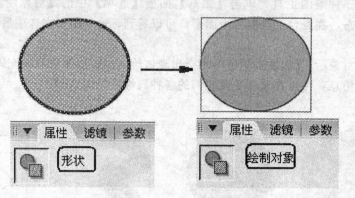

图 3-19

修改完毕后，单击【时间轴】面板上方的【后退】按钮 ⇦ （相当于来到箱子的外面），可以看到绘制对象已经发生了相应的改动，见图 3-20。

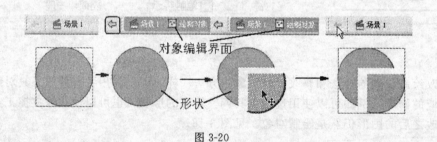

图 3-20

我们已经知道，多个形状对象发生重叠时，会出现融合或消除等现象。那么多个绘制对象发生重叠时，会不会出现相同的情况呢？

使用对象绘制模式在舞台上先后绘制一个多边形和一个圆形，则后绘制的圆形挡住了先绘制的多边形。移动圆形或者多边形，圆形和多边形依旧保持完整，并且圆形始终在多边形的上方，会遮盖住多边形，但是不会发生消除或融合等现象。两个对象颜色相同时也是如此。这是绘制对象的一个重要特征，见图 3-21。

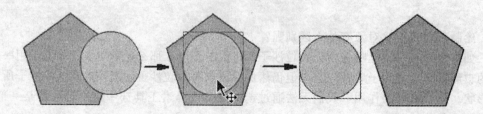

图 3-21

3.1.3　位图

　　Flash 是矢量图绘制工具，使用 Flash 8 的绘图工具是无法创建位图的。但是可以通过导入位图的方法，在 Flash 中使用位图。

　　导入位图的方法是选择主菜单中的【文件】｜【导入】｜【导入到舞台】命令，打开【导入】对话框，在对话框中选择一幅图片，单击【打开】按钮，则此图片被导入到舞台上。

　　单击该位图，可以看到位图的周围出现灰色背景的点状线边框，同时在【属性】面板中可以看到此位图的宽度、高度以及坐标等信息，见图 3-22。

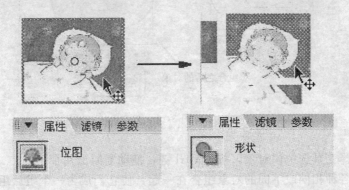

图 3-22

　　也可以在舞台上同时放置多个位图对象，并且它们之间不会相互影响。后导入的位图总是处于上层，发生重叠时会挡住其下方的位图。像绘制对象一样，它们之间不会产生融合或消除等现象。

　　如果要修改位图，可以先通过主菜单中的【修改】｜【分离】命令，将位图对象转化为形状对象，然后可以对分离后的形状对象执行任何适合于形状对象的修改。

3.1.4　组

　　如果一幅图像是由多个对象一起组成的，绘制好之后，当把该图应用到其他更复杂的图像中时，因为图中含有多个对象，难免会不小心移动了某一个对象的位置，从而使图发生变化，为保证它们之间的相对位置不变可以将它们捆绑组合在一起，使它们成为一个整体，这个整体就称为组。

　　使用选择工具选中舞台上需要组合的所有对象，选择主菜单中的【修改】｜【组合】命令；则这些对象成为一个组，组的周围出现像绘制对象一样的蓝色边框。同时在【属性】面板左上方出现组的标志，并显示出该组合对象的宽度、高度以及坐标等信息。

　　举例说明：

　　（1）用椭圆工具，设置黑色笔触，黄色填充，单击对象绘制按钮 ⬚，使其凹下。画一个椭圆（小鸡的身体），再画一个圆（小鸡的头），一个椭圆（小鸡的翅膀）。用变形工具调整翅膀的两端大小。

（2）用多边形工具，设置三边，画一个三角形（小鸡的嘴），用变形工具旋转到合适位置。

（3）用铅笔工具，笔触黑色，画出小鸡的眼睛和脚。

（4）用选择工具框选画好的对象，选择菜单【修改】｜【组合】命令，成为一个对象，见图 3-23。

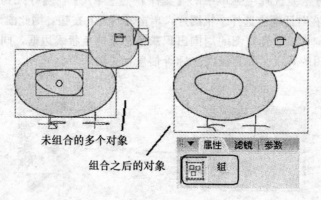

未组合的多个对象

组合之后的对象

图 3-23

（5）用选择工具选中该对象，按住 Ctrl 键，拖动复制出几个小鸡。

也可以将各种相同或不同的对象组合在一起，使它们成为一个组。组和组之间不会发生融合或消除等现象，见图 3-24。

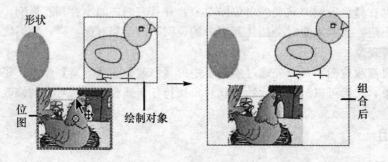

形状

位图

绘制对象

组合后

图 3-24

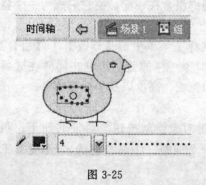

图 3-25

如果想取消多个对象的组合关系，选择主菜单中的【修改】｜【取消组合】命令，则这些对象还原为组合之前的状态，可以单独对它们进行移动或修改。

如果不想取消组合关系，但是需要单独修改该组中的一个对象，可以双击该组合对象，进入它的编辑界面，同时在【时间轴】面板上方显示出组的标志，说明当前编辑的是一个组合对象。单击组中的各对象，则【属性】面板中会出现该对象的类型和属性，可以单独对各对象进行移动或修改，见图 3-25。

完成编辑后，单击【时间轴】面板上方的【后退】按钮 ⇦，或双击组中的空白区域，退出该组合对象的编辑状态，这时组中的所有对象又成为一个整体。

3.2　合并多个绘制对象

多个形状对象之间存在融合与消除关系，虽然这可能会给绘画带来不便，但是也可以利用它制作一些特殊的效果，如前面画月亮和云朵。而绘制对象之间则不存在融合与消除关系，无法通过该方式绘制出所需要的效果。因此，Flash 8 特意增加了合并对象这一功能，利用它可以很方便地将多个绘制对象进行各种方式的合并。

3.2.1　联合

使用联合功能可以将一个或多个绘制对象转化为同一个绘制对象。

舞台上有两个绘制对象，其中正五边形对象在圆形对象的上方，它们不会发生融合或消除现象，可以自由移动它们的位置。

同时选中这两个绘制对象，选择主菜单中的【修改】│【合并对象】│【联合】命令，则这两个绘制对象成为一个绘制对象。

双击联合后的绘制对象，进入它的编辑界面。可以看到，原来的两个绘制对象在这里已经成为了形状对象，并且发生了消除现象。这就是【联合】命令的实质，见图 3-26。

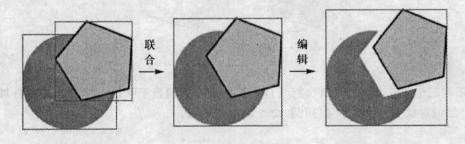

图 3-26

3.2.2　交集

使用【交集】命令可以很容易地得到多个绘制对象之间的交集（即公共区域）。执行交集命令之后，舞台上剩下的仍然是绘制对象。

同时选中舞台上两个绘制对象，选择主菜单中的【修改】│【合并对象】│【交集】命令，得到这两个绘制对象的公共部分，见图 3-27。

该公共部分的笔触和填充属性，与执行【交集】命令之前处于最上层的绘制对象的属性相同。例如上面两个绘制对象中，正五边形处于上方。执行【交集】命令后，所得到的公共部分的笔触和填充属性与正五边形的属性相同。

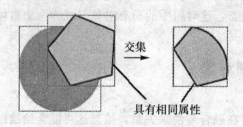

图 3-27

3.2.3 打孔

【打孔】命令相当于按照最上层的绘制对象的形状，在所有的对象上打一个孔。该操作将删除多个绘制对象中最上层的对象，以及该对象和其他对象之间的公共部分。

舞台上有两个绘制对象，其中圆形在正五边形的上方。选择主菜单中的【修改】｜【合并对象】｜【打孔】命令，得到打孔之后的对象，见图 3-28。

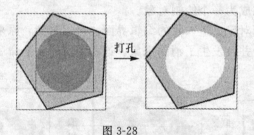

图 3-28

如果对三个或三个以上对象执行【打孔】命令，则相当于除最上层之外的所有对象都被最上层的对象一一执行了【打孔】命令，见图 3-29。

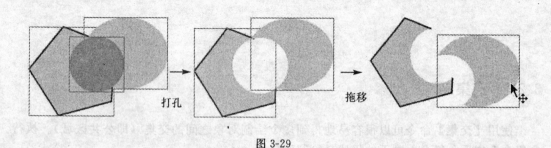

图 3-29

3.2.4 裁切

【裁切】命令相当于按照最上层绘制对象的形状，裁切其下面所有对象的形状。该操作将删除多个绘制对象中最上层的对象，以及该对象与其他对象之间的非公共部分。

舞台上两个绘制对象中，矩形在圆形的上方。选择主菜单中的【修改】|【合并对象】|【裁切】命令，得到裁切之后的对象，见图 3-30。

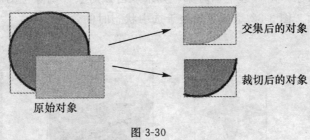

图 3-30

对两个绘制对象分别执行裁切和交集命令，所得到的对象形状是一样的，均为它们的公共部分，区别在于交集命令所得到的对象与之前处于最上层的绘制对象的属性相同，而裁切命令所得到的对象与之前处于最下层的绘制对象的属性相同。

裁切和打孔都会删除最上层的绘制对象，但除此之外，打孔命令会删除最上层对象与其他对象之间的公共部分，而裁切命令则会删除最上层对象与其他对象之间的非公共部分。从图 3-31 可以很清楚地看出这一点，打孔和裁切之后的对象，正好可以组合成原来除最上层之外的完整形状。

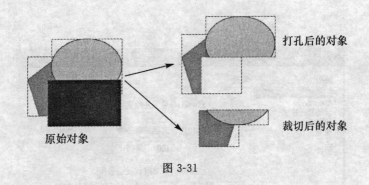

图 3-31

3.3　对象的基本操作

我们对 Flash 中的图形对象已经有了初步的认识，下面将学习针对这些对象的基本操作。熟练掌握这些基本操作，对以后的熟练绘图有很大的帮助。

3.3.1　选择对象

在对任何对象执行操作之前，都需要选中该对象。使用【工具】面板中的选择工具

和套索工具 都可以选择对象。使用选择工具可以通过单击或拖曳出矩形选取框以选中相应对象，而套索工具只能靠拖曳出自由形状的选取框以选中对象。

这里着重说明非形状对象的选取方法。

非形状对象在选中状态下，其周围一般都会出现一个矩形线框。使用选择工具 单击任何未锁定的对象，即可选中该对象；如果双击该对象，则除位图对象之外，一般进入此对象的编辑界面。图 3-32 是各对象处于选中状态时的效果。

  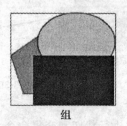 

形状　　　　　　绘制对象　　　　　　组　　　　　　位图

图 3-32

1. 接触感应

选择主菜单中的【编辑】|【首选参数】命令，打开【首选参数】对话框（见图 3-33）。在左边的列表框中单击【常规】，右边的面板中出现【接触感应选择和套索工具】复选框。该选项对形状对象不起作用，因为形状对象不是一个整体，而是由一个个散点组成的。

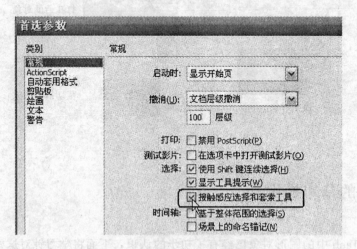

图 3-33

当选中该复选框时，如果一个对象的任何一部分被选取框选中，则该对象被选中。

如果取消选中该复选框，则只有选取框完全包围一个对象时，该对象才能被选中，见图 3-34。

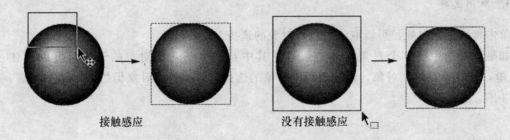

接触感应　　　　　　　　　　没有接触感应

图 3-34

2. 隐藏边缘

当一个对象被选中后，该对象上会附加上许多网格点，绘制对象和组周围会出现矩形线框，以表示其处于被选中状态。但有时这些附加的图形对实际显示产生影响，使我们无法看出该对象的最终效果。

图 3-35 是一个形状对象的原始状态和被选中状态，从图中可以明显地看出，被选中以后，我们根本无法识别该对象的笔触部分是实线还是点状线。

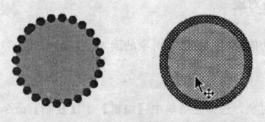

图 3-35

这时可以在选中对象后，选择主菜单中的【视图】│【隐藏边缘】命令，或按 Ctrl＋H 组合键，则被选中对象将以原始状态显示，但是它仍然处于被选中状态，可以对其进行修改，见图 3-36。

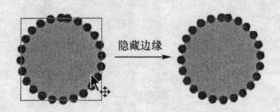

隐藏边缘

图 3-36

如果要恢复对象的被选中状态视图，则再次执行【视图】│【隐藏边缘】命令即可。

3. 取消选择

单击舞台的空白处，可以取消对所有对象的选择。

如果同时选中了多个对象，但是想取消其中某一个或几个对象的选择，可以按住 Shift 键，依次单击这些对象，则取消相应对象的选择，未单击的对象仍然处于选中状态，见图 3-37。

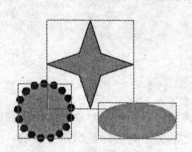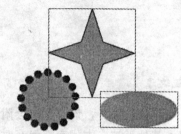

按住Shift键单击取消某个对象的选取

图 3-37

3.3.2 复制和粘贴对象

使用复制和粘贴功能可以创建已有对象的副本，且副本具有和原对象一样的属性。

1. 复制并粘贴

选中想要复制的对象，选择主菜单中【编辑】｜【复制】命令，把该对象复制到剪贴板中。再选择【编辑】｜【粘贴到中心位置】，在舞台的中心位置创建该对象的副本，见图 3-38。

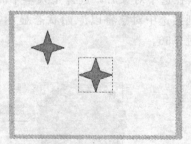

图 3-38

如果需要在舞台的原位置创建该对象的副本，则应该执行【编辑】｜【粘贴到当前位置】命令，这样创建出来的新对象和原来的对象具有相同的位置，便于以后创建动画时，在不同帧之间保证对象的精确对齐。当然也可以先选中，再按住 Ctrl 或 Alt 键拖曳出副本。

2．直接复制

使用直接复制命令，会直接在舞台上创建一个副本，只是与原对象相比，新对象的位置向右和向下移动了 10 个像素，见图 3-39。

直接复制

图 3-39

3．选择性粘贴

在复制对象以后，可以将对象以原来的方式进行粘贴，也可以将复制的对象以位图的形式进行粘贴。

对舞台上的对象进行复制后，选择主菜单中的【编辑】｜【选择性粘贴】命令，打开【选择性粘贴】对话框。在此处可以指定剪贴板中的对象将以何种方式粘贴到 Flash 中。

在列表框中选择【Flash 绘画】，则剪贴板中的对象将以原始对象的类型进行粘贴。例如复制绘制对象，粘贴后则产生新的绘制对象。

在列表框中选择【设备独立位图】，则剪贴板中的对象将以一幅位图的形式粘贴到舞台上，该位图所表现的内容是剪贴板中对象的外观，见图 3-40。

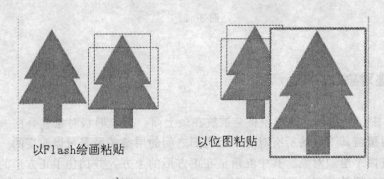

以Flash绘画粘贴　　　　　以位图粘贴

图 3-40

3.3.3　删除对象

选中需要删除的对象，选择主菜单中的【编辑】｜【清除】命令即可。但最方便的方法是选中对象后直接按键盘上的退格键（Backspace）或 Delete 键。

3.3.4 移动对象

对象的位置是可以随意移动的。使用选择工具在对象上按下鼠标左键，并拖动至合适的位置，再松开鼠标左键，则该对象被移动到相应的位置。

如果需要精确移动对象的位置，可以使用键盘上的方向键进行移动，每次可以移动1个像素的位置，但是这种移动的方法比较慢。还有一种方法是按住 Shift 键，再使用方向键移动对象，则每次移动 10 个像素。可以两种方法配合使用，以精确调整对象的位置。

另外还可以利用【属性】面板或【信息】面板移动对象的位置。可以直接在文本框中输入对象的 x、y 坐标值，以更改它们在舞台上的位置，见图 3-41。

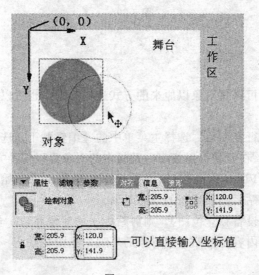

图 3-41

3.3.5 层叠对象

在 Flash 中，最新创建的对象将会被放在最上面。当非形状对象重叠在一起时，处于上层的对象将覆盖其下层的所有对象，但它们之间的层叠关系是可以改变的。

舞台上有两个绘制对象，其中五角星在正方形的上方，并挡住了正方形的一部分。如果想交换它们的层叠顺序，让正方形到五角星的上方，则应该先选中五角星，再选择主菜单中的【修改】|【排列】|【下移一层】命令，将正方形移动到五角星的上方。或者直接右击五角星，在快捷菜单中依次选择【排列】|【下移一层】命令，也可以达到相同的效果，见图 3-42。

反之，选中正方形，让它上移一层也具有同样的效果。对于三个或三个以上的对象，使用【排列】菜单项下的【移至顶层】和【移至底层】命令，可以将选中的对象移到所有对象的最上层或最下层。

如果舞台上有形状对象或其他对象，则形状对象始终在最下方，如果想把它置于上方，则应首先把它转化为绘制对象或是组，再移动即可。

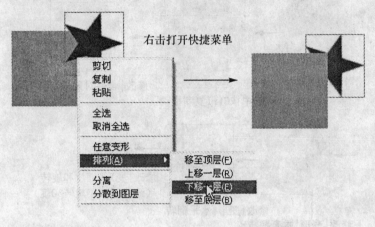

图 3-42

3.3.6　变形对象

我们知道，使用任意变形工具 ⊡ 可以改变一个对象的形状。这里介绍利用主菜单中的【修改】|【变形】命令和【变形】面板改变对象的形状。

1. 使用【修改】|【变形】命令

选中想要变形的对象，依次单击主菜单中的【修改】|【变形】命令，在弹出的子菜单中可以看见关于变形对象的一些命令。这些命令从上到下依次是【任意变形】、【扭曲】、【封套】、【缩放】、【旋转与倾斜】、【缩放和旋转】、【顺时针旋转 90 度】、【逆时针旋转 90 度】、【垂直翻转】、【水平翻转】、【取消变形】。

【任意变形】、【扭曲】、【封套】、【缩放】、【旋转与倾斜】等命令，其作用与使用任意变形工具一样，需要手动调节。

选择【缩放和旋转】，则弹出【缩放和旋转】对话框。输入缩放比例和旋转角度，然后单击【确定】按钮，则所选对象直接按所输入的值围绕变形点进行精确的缩放和旋转，无需再进行手动调节。

2. 使用【变形】面板

选择主菜单中的【窗口】|【变形】命令，打开【变形】面板。在【变形】面板中可以进行对象的缩放、旋转和倾斜等操作。

在宽度 ↔ 和高度 ↕ 文本框中分别输入缩放的宽度和高度比例，其中 100％ 为原大小。选中【约束】复选框，则对象按照其原始长宽比例进行缩放；取消该选项，可以单独指定宽度或高度的缩放比例。

【垂直翻转】、【水平翻转】则是将所选对象围绕中心点进行垂直方向或水平方向的镜像翻转，其效果见图 3-43。

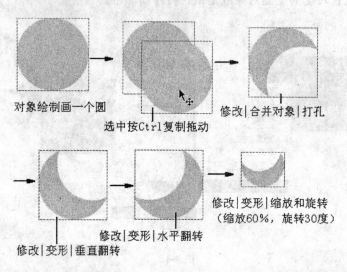

图 3-43

选择【取消变形】，可以让变形后的对象恢复到原来的状态。

在【旋转】和【倾斜】输入框中分别输入旋转或倾斜的角度，其中是 ⬂ 向右倾斜，⬃ 是向下倾斜。按回车键，则所选对象进行相应改变。

【变形】面板下方分别是【复制并应用变形】按钮 🔳 和【重置】按钮 🔳。单击【复制并应用变形】按钮，则舞台上产生一个新的对象，且该对象具有【变形】面板中所设置的属性；单击【重置】按钮，相当于执行【修改】|【变形】子菜单中的【取消变形】命令，将变形后的对象恢复到原始状态。

下面使用【变形】面板，将一片花瓣进行多次旋转和复制，产生一朵花的形状。操作如下：

（1）画一个椭圆形状，用红—黄从上到下线形填充，见图 3-44。

（2）用任意变形工具 🔲 的扭曲选项，将花瓣变成上大下小的形状，见图 3-45。

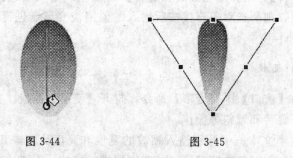

图 3-44   图 3-45

（3）把旋转中心点移动到下面的中心位置，见图 3-46。

（4）选择【窗口】|【变形】，打开变形面板，变形角度 45°，单击右下方的【复制并应用变形】按钮 🔳，见图 3-47。

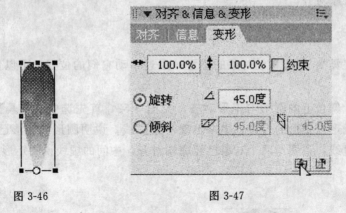

图 3-46　　　　　　　　　　　　　　　　图 3-47

（5）多次单击则一朵花形成，见图 3-48。

（6）选择工具选中整个花朵，用变形工具对其进行缩放，见图 3-49。

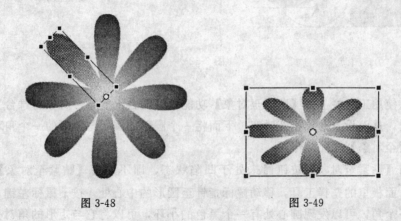

图 3-48　　　　　　　　　　　　　　　图 3-49

（7）选择工具选中整个花朵，按住 Ctrl 键拖动复制出副本。把副本的填充改为红—黄放射状。利用变形工具缩放使副本变小，见图 3-50。

（8）移动副本到花的中心，形成第二层花瓣，见图 3-51。

图 3-50　　　　　　　　　　　　　　　图 3-51

3.3.7　对齐对象

在 Flash 8 中，可以通过拖动对象使它们对齐，也可以使用【对齐】面板让对象相对于舞台或其他对象对齐。

1. 手动对齐

使用选择工具 可以移动对象的位置，通过移动它们的位置，可以使多个对象相互对齐。

例如，想让舞台上的圆形与矩形对齐，见图3-52，首先选中【工具】面板中的选择工具，再拖动圆形至矩形的旁边。如果出现一条虚线，说明圆形和矩形已经在某处对齐。例如下边有条虚线，说明这两个对象已经底端对齐，中间的虚线说明矩形的右侧也与圆形的左侧对齐。

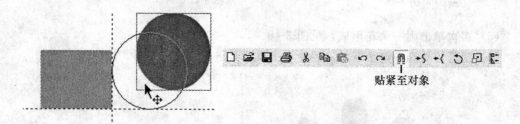

图 3-52

还可以使用工具栏上的【贴紧至对象】功能，使舞台上的某一对象与舞台上的其他对象彼此贴紧，从而设置对象相互对齐。下面将一个圆形的圆心与矩形的一个角对齐，用来说明【贴紧至对象】功能的作用。

（1）当【贴紧至对象】按钮未处于凹陷状态，即不使用【贴紧至对象】功能。单击【工具】面板里的选择工具，移动鼠标指针至圆形的中心处，按下鼠标左键，拖动圆形至矩形的一个角，可以发现圆心处有一个黑色的小环，可以将它与矩形的角对齐。然而手工移动鼠标指针去对齐，是很难准确定位的。

（2）单击【贴紧至对象】按钮，使其处于凹陷状态，再单击选择工具，移动鼠标指针至圆心处，按下鼠标左键不放，拖动圆形，使其圆心对准矩形的一个角，我们可以看到圆心处有一个黑色的小环，当圆心处于矩形的对齐范围时，该圆形会被自动吸附过去，小环也明显变大。松开鼠标时，圆的中心就与矩形的一个角对齐了，见图3-53。

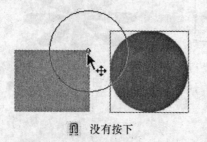

图 3-53

如果拖动圆形的轮廓处，移动到矩形的一个角，也会出现黑色小环，可以将该点与其他对象轮廓上的任意点对齐。

2. 使用【对齐】面板

选择主菜单中的【窗口】｜【对齐】命令，打开【对齐】面板。可以看到该面板中有【对齐】、【分布】、【匹配大小】、【间隔】4 个选项组，每一组中都有几个按钮，右侧还有一个【相对于舞台】按钮，见图 3-54。下面分别对这些选项组中的按钮进行介绍。

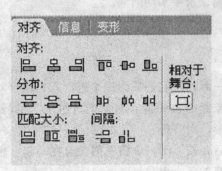

图 3-54

（1）【对齐】选项组可以实现选中对象的对齐，从左到右依次为：左对齐、水平对齐、右对齐、上对齐、垂直对齐、底对齐。

三个对象的对齐效果如图 3-55 所示。

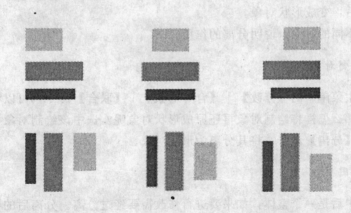

图 3-55

两组图形对象的对齐方式分别为左对齐、水平对齐、右对齐、上对齐、垂直对齐、底对齐。此时【相对于舞台】按钮并未处于凹陷状态，所以它们的对齐方式仅与图形对象之间的摆放位置有关，并非以舞台为基准。

单击【相对于舞台】按钮，使其呈凹陷状态，此模式下对象的对齐方式是以舞台的左、水平中、右、上、垂直中、下为基准的。

（2）【分布】选项组中的操作实现的是选中对象的分布情况，从左到右依次为：顶部分布、垂直居中分布、底部分布、左侧分布、水平居中分布、右侧分布。

（3）【匹配大小】选项组中的操作实现的是选中对象的大小匹配，从左到右依次为：匹配宽度、匹配高度、匹配宽和高。非【相对于舞台】状态下，将自动按照所选对象中尺寸最大的一个对象进行等高或等宽调整；在【相对于舞台】状态下，将按照舞台的尺寸进行匹配。

（4）【间隔】选项组中的操作是用来调节选中对象之间的间隔，使其间隔一样。从左到右依次为：垂直平均间隔、水平平均间隔。

3.3.8　组合对象

将若干个对象组合在一起，使它们成为一个组，就是组合对象。可以将形状、绘制对象、位图、文本等各种对象组合在一起，对它们进行统一的操作，就像操作一个对象一样，例如复制、删除、变形、对齐等。

可以在框选多个对象后，按 Ctrl＋G 将它们组合在一起，也可以按 Ctrl＋Shift＋G 取消组合，即还原成组合之前的各个对象。

3.3.9　分离对象

只有形状对象是不能被分离的，其他任何对象都可以进行分离，有的对象甚至可以进行多次分离。对于不同的对象，分离的效果也不相同，但是它们都有一个共同点，就是进行若干次分离后，变成形状对象。

下面针对不同的对象，说明分离的作用。

1. 分离绘制对象

通过执行主菜单中的【修改】|【合并对象】|【联合】命令，可以将形状对象转化为绘制对象。那么怎样将绘制对象再还原成形状对象呢？选中该绘制对象，选择主菜单中的【修改】|【分离】命令，将其分离为形状对象。

2. 分离位图

位图被选中后是一个整体，如果要进行修改需要经过分离。分离后的位图也变成了形状对象，并且该形状对象都是填充部分，没有笔触部分。

特别需要说明的是，如果使用滴管工具，单击未分离的位图，则所获得的只是滴管单击处的颜色信息，此时再单击其他形状对象或绘制对象，则该对象的填充区域将以该颜色进行纯色填充。

右击该位图，在弹出的快捷菜单中选择【分离】命令，将位图分离。使用滴管工具单击分离后的位图，再单击其他形状对象或绘制对象，则该对象以位图方式填充，见图3-56。

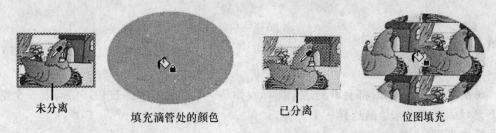

未分离
填充滴管处的颜色
已分离
位图填充

图 3-56

3. 分离组

第一次对组进行分离时，会将组中的对象分开，这与【取消组合】命令具有同样的功能。但是【分离】和【取消组合】是两个不同的概念，组在【取消组合】命令分开对象之后，再次执行【分离】命令，则所有的对象会按照自己的方式进行分离，例如组中的绘制对象将进一步分离为形状，见图 3-57。

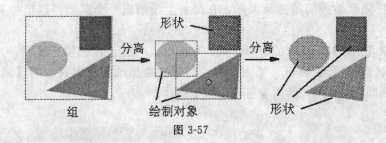

形状
分离
分离
组
绘制对象
形状

图 3-57

4. 分离文本

文本可以通过【修改】｜【分离】命令，将文本转化为单独的文本块甚至是形状对象。

如果一个文本框中有多个字符，则第一次对其执行分离命令时，会将每一个字符放在单独的一个文本块中，但是它们的位置和形状都不会改变。再次执行分离，则所有的字符转化为形状对象，可以对其使用复杂的填充效果，见图 3-58。

动画设计
Ctrl+B
动画设计
文本分离成单独的文本块
Ctrl+B
动画设计
动画设计
再次分离后成形状对象
对形状进行七彩线性填充

图 3-58

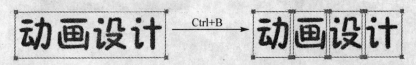

3.4 对象绘制实例

每次启动 Flash 8 时都会看到这个图标，像是一个红色的水晶按钮，中间有一个空心的 F 形状。下面就来绘制这样一个图标。

操作步骤：

（1）打开 Flash 8，选择主菜单中的【文件】|【新建】命令，在弹出的【新建文档】对话框【常规】选项卡中选择【Flash 文档】，单击【确定】按钮，新建一个名为"未命名－1"的空白 Flash 文件。

（2）选择主菜单中的【文件】|【保存】命令，在弹出的【另存为】对话框中选择文档保存的路径，在【文件名】中填入"flash 标志.fla"，在【保存类型】中选择"Flash 8文档"。单击【保存】按钮，保存该文件。以后中途可以随时按 Ctrl＋S 保存文件，以防因突然断电等意外原因而丢失未保存的操作。

（3）选中【工具】面板中的椭圆工具，在【属性】面板里设置笔触为无色，任选一种填充色。按住 Shift 键的同时拖动鼠标，在舞台上绘制出一个圆形，这里称其为圆形 A，见图 3-59。

（4）选中【工具】面板中的选择工具，单击以选中圆形 A 的填充区域。

（5）打开【混色器】面板，见图 3-60，将填充类型改为放射状，则【混色器】面板的下方会出现颜色渐变条，其两端有两个颜色指针。

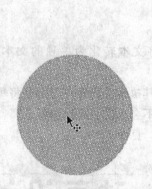

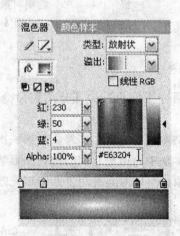

图 3-59　　　　　　　　　　　图 3-60

单击颜色渐变条，新添加两个颜色指针，从左到右分别设置 4 个颜色指针的颜色十六进制值为＃FFFFFF、＃FFC6E7、＃63204、＃89 1 E05，可以在选中颜色指针后，直接填入该指针的颜色十六进制值输入框内。

拖动颜色指针以调整它们的位置，则圆形 A 也会随指针位置的改变而发生变化，可以直接看到调节的效果，见图 3-61。

提示：选中圆形 A 后，该圆形上会出现很多白色的点，表示已经被选中，但是影响

图像的显示，使我们不能看到真正的效果，此时可选择主菜单中的【视图】|【隐藏边缘】命令（或按 Ctrl＋H），取消白点的显示，且圆形 A 仍然处于被选中状态。

（6）选择主菜单中的【修改】|【形状】|【柔化填充边缘】命令，打开【柔化填充边缘】对话框，见图 3-62。

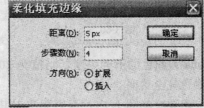

图 3-61　　　　　　　　　　　　　　　图 3-62

设置距离为 10 px，步骤数为 6，方向为扩展。单击【确定】按钮，为圆形 A 柔化填充边缘。与前图相比，可以很明显看出柔化填充边缘之后的效果，见图 3-63。

提示：【柔化填充边缘】命令是为了让圆形的边缘与舞台之间的过渡变得圆滑。

（7）再次选中椭圆工具，在【属性】面板里设置笔触为无色，填充为白色。单击【工具】面板【选项】中的【对象绘制】按钮，使其处于凹陷状态。

按住 Shift 键，同时拖动鼠标，在已有圆形的上面再绘制出一个比圆形 A 稍小一点的圆形 B。使用选择工具将圆形 B 拖到圆形 A 的上部，见图 3-64。

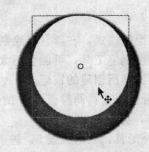

图 3-63　　　　　　　　　　　　　　　图 3-64

提示：因是对象绘制，所以圆形 B 是独立的，对圆形 A 不会有任何影响，可以对其内部进行各种操作。

（8）双击圆形 B，进入圆形 B 的编辑状态。此时圆形 A 暗淡显示。

用选择工具拖出一个矩形选框，选中矩形 B 的下半部分，按 Delete 键将其删除，只保留圆形 B 的上半部分。这时将圆形 B 改名为半圆 B，见图 3-65。

（9）在【混色器】面板中设置填充类型为线性，设置左边和右边的颜色指针均为白色，左边指针的 Alpha 值为 100％，右边指针的 Alpha 值为 0％。选中颜料桶工具，在半圆 B 内从上向下拖动鼠标，创建竖直方向的渐变效果，见图 3-66。

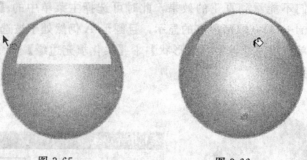

图 3-65   图 3-66

提示：Alpha 为颜色的不透明度，当值为 100％，表示完全不透明，当其值为 0％的时候，表示该颜色完全透明。

拖动起点一定要在半圆 B 内，否则无法对其进行填充。如果对填充效果不满意可使用填充变形工具对填充范围进行修改。

（10）单击【时间轴】面板上的【场景1】或【后退】按钮 ⇦，退出半圆 B 的编辑状态，返回总舞台。

（11）接着来绘制图标上的 F 形状。选中【工具】面板中的钢笔工具 ♢，在【属性】面板中设置笔触颜色为深红色，笔触粗细为 4 磅，样式为实线，见图 3-67。

图 3-67

仍然使用对象绘制模式，在舞台上绘制一条 S 形弧线，我们称为弧线 S。

提示：开始使用钢笔工具，可能会不太熟练，需要多多练习，并配合使用部分选择工具，以调整用钢笔工具所创建的锚记点。

（12）使用部分选择工具调整弧线 S 的形状，使其变得圆滑，且更加接近 Flash 8 图标上 F 形状的弧线，见图 3-68。

（13）使用选择工具，双击弧线 S，进入弧线 S 的编辑状态。单击选中弧线 S，选择主菜单中的【编辑】｜【直接复制】命令，将弧线 S 复制，并移动到原弧线的右下方。复制的曲线为弧线 S2，见图 3-69。

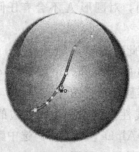
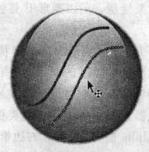

图 3-68   图 3-69

提示： 一定要在弧线 S 的编辑状态下对其进行复制。【直接复制】命令相当于先复制再粘贴。

（14）选中部分选择工具，单击弧线 S2，将其左下角的锚记点拖到与弧线 S 左下角对齐的位置，则弧线 S2 被拉长，见图 3-70。

（15）选中线条工具，单击【工具】面板【选项】中的【对象绘制】按钮，使其不再处于凹陷状态，以取消对象绘制模式。

使用线条工具，连接弧线 S 和弧线 S2，并在弧线 S2 上绘制出两条水平方向和一条竖直方向的直线。字母 F 的雏形已经出来了，见图 3-71。

图 3-70　　　　　　　　　　　　图 3-71

（16）选中部分选择工具，分别单击各线段，连接它们端点的锚记点，见图 3-72。

（17）使用选择工具，单击选中线条上的多余部分，按 Delete 键将其删除，见图 3-73。

 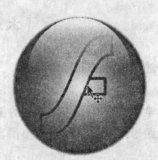

图 3-72　　　　　　　　　　　　图 3-73

提示： 为了后面的填充要手动封闭空隙，如果跳过这一步，后面可能出现无法填充的问题，如果看不清楚可以将舞台放大。

（18）选中颜料桶工具，设置填充为白色，然后单击 F 形状内部，将其填充为白色。

提示： 如果无法进行填充，可以选择颜料桶工具的【封闭大空隙】填充，或重新手动封闭空隙，见图 3-74。

（19）单击【时间轴】面板上的【场景 1】或【后退】按钮 ⇦，退出弧线 S 的编辑状态，返回场景 1 的总舞台。此时弧线 S 已经变成了形状 F。

（20）此时舞台上有圆形 A、半圆 B 和形状 F 三个对象。使用选择工具单击半圆 B，则半圆 B 的四周出现一个蓝色的矩形框。

选择主菜单中的【修改】|【排列】|【移至顶层】命令，将半圆 B 移动到形状 F 的上层，使半圆 B 的半透明区域遮盖住形状 F 的上部，见图 3-75。

图 3-74

图 3-75

（21）使用选择工具调整三者的位置，得到 Flash 8 图标的最终效果。最后可以用鼠标框选图标，然后用【修改】|【组合】命令将其组合起来成为一个对象。

在本例的制作过程中，我们练习了椭圆工具、颜料桶工具、填充变形工具、钢笔工具、线条工具、选择工具和部分选择工具的使用，并使用了无色、纯色、线性和放射状 4 种填充类型；学习了柔化填充边缘和手动封闭空隙的方法，并引入了一个重要的概念：对象绘制。

【本章小结】

本章主要讲述了各种图形对象的类型、使用对象绘制、合并多个绘制对象以及图形对象的基本操作。

通过本章的学习，应认识 Flash 8 的图形对象，了解各种图形对象之间的区别和联系，并学会针对图形对象的一些基本操作，为后面深入的学习打下坚实的基础。

习　题　3

1. 下面_____图形对象是在 Flash 8 中新添加的。

   A. 形状　　　　　　　　　B. 绘制对象

   C. 位图　　　　　　　　　D. 组

2. 下面_____命令可以将形状转化为绘制对象。

   A. 组合　　　　　　　　　B. 分离

   C. 联合　　　　　　　　　D. 裁切

3. 在【变形】面板中可以进行下列_____操作。

　　A. 缩放　　　　　　　　　B. 旋转

　　C. 倾斜　　　　　　　　　D. 翻转

4. 【裁切】和【交集】命令、【裁切】和【打孔】命令分别有什么区别?

5. 【贴紧至对象】命令有什么作用?

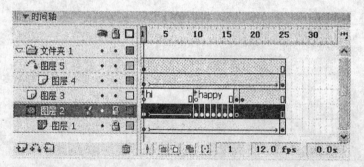

第4章 动画基础

【学习目的与要求】　本章将学习 Flash 中的重要的内容——帧、图层与场景，这些内容是动画制作基础的深化，很好地理解补间动画、形状动画、遮罩动画、引导路径动画的特点，掌握它们的制作方法是提高 Flash 动画制作技能的关键。

4.1　动画的舞台结构及道具组合

动画是一种动态生成一系列相关画面的处理方法。利用人眼视觉上的暂留特性，按一定的速率播放静止的图形或图片就会产生运动的视觉效果。实验证明，如果动画或电影的画面刷新率为每秒 24 帧左右，也即每秒放映 24 幅画面，则人眼看到的是连续的画面效果。

如果利用简单 GIF 动画制作软件将预先制作好的一张张连续的图片一并导入，设定好每张图片的显示时间，然后将这些图片集成在一起，就是 GIF 动画。它的播放就是将导入的图片按照设定的时间一一显示，造成视觉上的效果。GIF 动画的整个制作过程（包括图像的绘图和图片在动画中的等待时间的设定）是手动完成的，如果动画效果较为复杂，制作过程将非常繁琐，而且制作的 GIF 动画文件的容量也非常大。

正是因为 Flash 克服了这方面的缺点，才得到了广泛的应用。Flash 采用的技术就是避免人工组合图片这种繁琐的工作，只要定义起始和结束关键帧，Flash 就会根据指令和帧的数量来调整图片的变化过程和动画完成的时间，使制作工作变得轻松而简便。

4.1.1　时间轴面板

一部 Flash 动画就像一部小电影，时间轴就是用来组织和控制影片内容在一定时间内如何播放。时间轴面板如图 4-1 所示。

图 4-1

时间轴面板分成四个部分：顶区、图层区、时间轴区、状态区。

1. 顶区

由两行组成，如图 4-2 所示。

图 4-2

第一行是切换行，只要单击相应的文件名就可以在几个 .fla 或 .swf 文件之间进行切换。

第二行从左向右是当前场景的名称、编辑场景和编辑元件间的切换、场景显示比例。

2. 图层区

每个图层都包含一些舞台中的动画元素（包括声音或 action 指令语句），上面图层中的元素遮盖下面图层中的元素。

图层区的最上面有三个图标： 用来控制图层中的元件是否可见；单击 后该图层被锁定，图层中的所有的元件不能被编辑； 是轮廓线，单击后图层中的元件只显示轮廓线，填充将被隐藏，这样能方便编辑图层中的元件。下面有新建和删除按钮。

图层有以下几种：

- 层文件夹，图标是 ，组织动画序列的组件和分离动画对象，有两种状态， 是打开时的状态， 是关闭时的状态。
- 引导层，图标是 ，使"被引导层"中的元件沿引导线运动，该层下的图层为"被引导层"。
- 遮罩层，图标是 ，使被遮罩层中的动画元素只能透过遮罩层被看到，该层下的图层就是"被遮罩层"，层图标是 。
- 普通层，图标是 ，放置各种动画元素。

3. 时间轴区

Flash 影片将播放时间分解为帧，用来设置动画运动的方式、播放的顺序及时间等。默认时是每秒播放 12 帧，如图 4-3 所示。

在时间轴面板上，每 5 帧有个"帧序号"标识，常见"帧符号"意义如下：

- 关键帧：定义了动画变化的起点和终点，逐帧动画的每一帧都是关键帧。而补间动画在动画的重要点上创建关键帧，再由 Flash 自己创建关键帧之间的内容。实心圆点 是有内容的关键帧，即实关键帧。而无内容的关键帧（即空白关键帧）则用空心圆 表示。

帧的操作可以在选定某帧后，选择菜单【插入】│【时间轴】命令或用快捷菜单来进

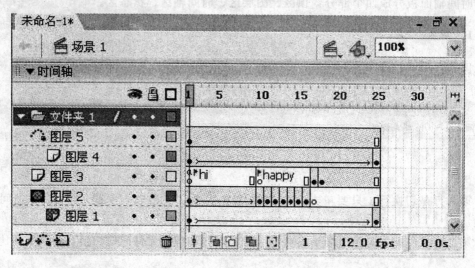

图 4-3

行插入、删除、转换的操作。

- 普通帧（过渡帧）：显示为一个个的单元格。无内容的帧是空白的单元格，有内容的帧显示出一定的颜色。不同的颜色代表不同类型的动画，如动作补间动画的帧显示为浅蓝色，形状补间动画的帧显示为浅绿色，静止关键帧后的帧显示为灰色。关键帧后面的普通帧将延续该关键帧的内容。
- 帧标签：用于标识时间轴中的关键帧，用红色小旗加标签名表示，如 。
- 帧注释：用于为自己或处理同一文件的其他人提供提示，用绿色的双斜线加注释文字表示，如 。
- 播放头：指示当前显示在舞台中的帧。将播放头沿着时间轴移动，可以轻易地定位当前帧，用红色矩形表示 ，红色矩形下面的红色细线所经过的帧表示该帧目前正处于"播放帧"。

4. 状态框

状态栏位于时间轴的最下方，指示所选的帧编号、当前帧频以及到当前帧为止的运行时间。

最左边的是一组"帧显示模式"按钮，也就是所谓的"描图纸"或者"洋葱皮"功能，它能将某个动画过程以一定透明度完整显示出来，而且还可以进行"多帧编辑"，见图 4-4。

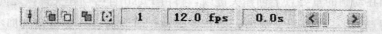

图 4-4

4.1.2 场景

1. 打开场景面板

时间轴面板下面，占据界面最大的区域就是"场景"，如图 4-5 所示。

时间轴面板好比是个"导演工作台"，那么，场景就是受"工作台"控制的"舞台"，随着"工作台"上内容的变化，"舞台"上的内容也将同步变化。

可以在"舞台"中编辑当前"关键帧"中的内容，包括设置对象的大小、透明度、变形的方式和方向等。

如图 4-5 所示场景中表示的是几种常见的动画元素。

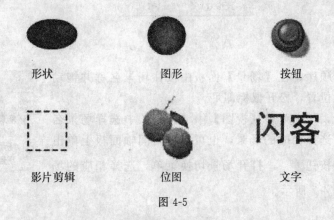

图 4-5

根据需要，可以增、删"场景"。"多场景"动画适合较复杂的作品或者舞台上的动画元素差别较明显的情况。Flash 将按照它们的先后顺序播放，此外，还可以利用指令交互地实现不同场景间的跳转。

增、删"场景"以及为"场景"命名是在【场景】面板中进行的。下面介绍一下【场景】面板的功能和使用方法：执行【窗口】｜【设计面板】｜【场景】命令，打开场景面板。

打开后的【场景】面板如图 4-6 所示，【场景 1】下的几个场景都是新增的几个场景。

2. 操作场景面板

在场景面板中可以进行下列操作：

- 复制场景，先选中要复制的场景，再单击 按钮，就可以复制出一个和原场景一样的场景。复制出的场景还可以进行再复制。
- 增加场景，单击 增加场景按钮，可以添加一个新的场景。
- 删除场景，选中要删除的场景，单击 ，就可以删除该场景。
- 更改场景名称，在【场景】面板中双击场景名称，然后输入新名称，按回车键确认。

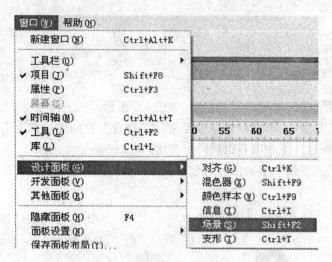

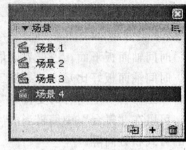

图 4-6

- 更改场景顺序，在【场景】面板中按住场景名称并拖动到不同的位置，松开鼠标即可。
- 转换场景，可在菜单【视图】|【转到】中选择场景名称，可以选择相应的场景，也可以在时间轴面板上单击场景切换按钮 ，打开场景切换菜单，选择相应的场景，如图 4-7 所示。

图 4-7

4.1.3　帧内容

有了"导演工作台"和"舞台"，还要有"演员"才能演出一幕有声有色"舞台剧"。场景中的动画元素就是"演员"，一般常用的有以下几种：

1. 矢量图形

矢量图形是在场景中用鼠标或压感笔画出的图形。由一个个单独的"节点"构成一个"矢量路径"，每一个"矢量路径"都有其各自的属性，如位置、颜色、透明度、形状等。对矢量图进行缩放时，图形对象仍保持原有的清晰度和光滑度，不会发生任何偏差。矢量图形是 Flash 中最基本的动画元素。

2. 位图图像

在 Flash 中导入的 *．gif，*．jpg，*．png 等格式的图片是位图图像。图片由像素构成，像素点的多少将决定位图图像的显示质量和文件大小。位图图像的分辨率越高，其显示越清晰，文件所占的空间也就越大。对位图图像进行缩放时，图像质量出现明显变化，如常见的"锯齿状"等，位图在 Flash 中多用作背景。

3. 文字对象

单击工具箱中的【文本工具】 A ，在【属性】面板上选好要输入的文本类型、字体大小、颜色、排版方式等，就可以在场景中输入文字。

Flash 的文本对象有三种类型：

- 静态文本字段：显示不会动态更改字符的文本。
- 动态文本字段：显示动态更新的文本，如体育得分、天气报告。
- 输入文本字段：用户可以将文本输入到表单或调查表中。

4. 声音对象

在动画中添加声音，可以使作品更有吸引力。Flash 支持的声音文件有 WAV（仅限 Windows）、AIFF（仅限 Macintosh）、MP3（Windows 或 Macintosh）。如果机器上装有 QuickTime 4 或更高的版本，还可以支持更多的格式。

5. 按钮对象

按钮在实现 Flash 交互性方面有非常重要的作用，通过按钮，可以实现场景之间的跳转、指定实例的动作、定义与各种按钮状态关联的图形等。按钮要实现交互性功能，必须在创建好的按钮实例上添加动作脚本语句。

6. 影片剪辑

剪辑影片是 Flash 中的小型影片，它有自己的时间轴和属性，可以用动作脚本控制播放、跳转等。它可以包含交互式控件、声音甚至其他影片剪辑实例，也可以将影片剪辑实例放在按钮元件的时间轴上，以创建动画按钮。

7. 动作脚本语句

动作脚本是 Flash 的脚本撰写语言，通过它就可以随心所欲地创建影片、实现场景之间的跳转、指定和定义实例的各种动作等。

动作脚本语句可以添加在时间轴、实例、按钮上。如果添加在时间轴上，在时间轴面板的相应帧上，会出现一个 "a" 字，如图 4-8 所示。

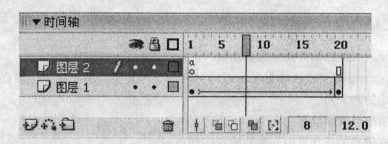

图 4-8

在影片剪辑、按钮上添加动作脚本语句的方法是：先选择要添加的对象，然后在【动作】面板中进行定义。

4.2 逐帧动画

从本节起，将逐步介绍 Flash 中的五种常见的动画形式：逐帧动画、形状补间动画、动作补间动画、遮罩动画、引导线动画。

本节着重介绍逐帧动画，这是一种常见的动画形式，其原理是在"连续的关键帧"中分解动画动作，也就是每一帧中的内容不同，连续播放而成动画。

由于逐帧动画的帧序列内容不一样，这不仅增加制作负担而且最终输出的文件量也很大，但它的优势也很明显：因为它类似于电影播放模式，非常适合动作很细腻的动画，如3D 效果、人物或动物身体动作等效果。

4.2.1 逐帧动画的基础知识

1. 逐帧动画的概念和在时间轴上的表现形式

在时间轴上逐帧绘制帧内容称为逐帧动画，由于是一帧一帧地画，所以逐帧动画具有非常大的灵活性，几乎可以表现任何想表现的内容。

逐帧动画在时间轴上表现为连续出现的关键帧，如图 4-9 所示。

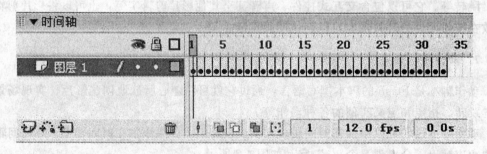

图 4-9

2. 创建逐帧动画的几种方法

（1）用导入的静态图片建立逐帧动画

用 .jpg、.png 等格式的静态图片连续导入到 Flash 中，就能建立一段逐帧动画（参考实例：奔跑的豹子）。

（2）绘制矢量逐帧动画

用鼠标或压感笔在场景中一帧帧地画出帧内容。

（3）文字逐帧动画

用文字作帧中的元件，实现文字跳跃、旋转等特效。

（4）指令逐帧动画

在时间轴面板上，逐帧写入动作脚本语句来完成元件的变化。

（5）导入序列图像

可以导入 .gif 序列图像、.swf 动画文件或者利用第 3 方软件（如 swish、swift 3D 等）产生的动画序列。

3. 绘图纸功能

（1）绘图纸的功能

绘图纸是一个帮助定位和编辑动画的辅助功能，这个功能对制作逐帧动画特别有用。通常情况下，Flash 在舞台中一次只能显示动画序列的单个帧。使用绘图纸功能后，就可以在舞台中一次查看两个或多个帧了。

如图 4-10 所示，这是使用绘图纸功能后的场景，可以看出，当前帧中内容用全彩色显示，其他帧内容以半透明显示，这看起来好像所有帧内容是画在一张半透明的绘图纸上，这些内容相互层叠在一起。当然，这时只能编辑当前帧的内容。

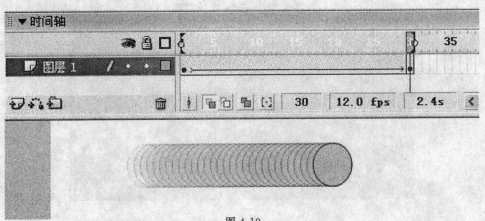

图 4-10

（2）绘图纸按钮的介绍

● 【绘图纸外观】按钮：按下此按钮后，在时间轴的上方，出现 绘图纸外观标记。拉动外观标记的两端，可以扩大或缩小显示范围。

● 【绘图纸外观轮廓】按钮：按下此按钮后，场景中显示各帧内容的轮廓线，填充色消失，特别适合观察对象轮廓，另外可以节省系统资源，加快显示过程。

● 【编辑多个帧】按钮：按下后可以显示全部帧内容，并且可以进行"多帧同时编辑"。

● 【修改绘图纸标记】按钮：按下后，弹出菜单，菜单中有以下选项：

【总是显示标记】选项：会在时间轴标题中显示绘图纸外观标记，无论绘图纸外观是否打开。

【锚定绘图纸】选项：会将绘图纸外观标记锁定在它们在时间轴标题中的当前位置。通常情况下，绘图纸外观范围是和当前帧的指针以及绘图纸外观标记相关的。通过锚定绘图纸外观标记，可以防止它们随当前帧的指针移动。

【绘图纸 2】选项：会在当前帧的两边显示两个帧。

【绘图纸 5】选项：会在当前帧的两边显示五个帧。

【绘制全部】选项：会在当前帧的两边显示全部帧。

4.2.2　逐帧动画的创建

【例 4-1】　奔跑的豹子。

实例简介： 茫茫雪原上，有一只矫健的豹子在奔跑跳跃，这是一个利用导入连续位图而创建的逐帧动画，如图 4-11 所示。

要点： 导入位图的方法、创建逐帧动画、创建文字对象、利用洋葱皮工具移动多帧元件的操作方法。

图 4-11

步骤 1　创建影片文档

执行【文件】|【新建】命令，在弹出的对话框中选择【常规】|【Flash 文档】选项后，点击【确定】按钮，新建一个影片文档，在【属性】面板上设置文件大小为 400×260 像素，【背景色】为白色，如图 4-12 所示。

步骤 2　创建背景图层

选择第一帧，执行【文件】|【导入】|【导入到舞台】命令，将"雪景．bmp"图片导入到场景中。选择第 8 帧，按 F5 键，增加过渡帧，使帧背景内容延续到第 8 帧。

步骤 3　导入 .gif 动画

新建一个图层，选择第一帧，执行【文件】|【导入】|【导入到舞台】命令，将"奔跑的豹子"系列图片导入，此时，会弹出一个对话框，询问"是否导入序列中的所有图像？"选择【是】，Flash 会自动把 .gif 中的图片序列按序以逐帧形式导入场景的左上角，如图 4-13 所示。

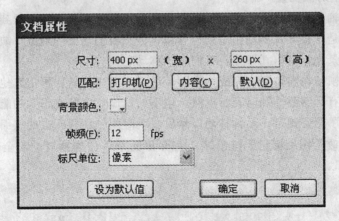

图 4-12

图 4-13

如图 4-14 所示是导入后的动画序列，它们被 Flash 自动分配在 8 个关键帧中。

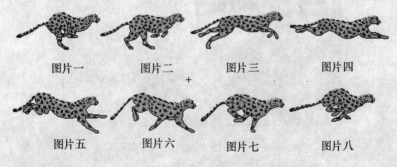

图片一　　　　图片二　　　　图片三　　　　图片四

图片五　　　　图片六　　　　图片七　　　　图片八

图 4-14

步骤 4　调整对象位置

此时，时间轴区出现连续的关键帧，从左向右拉动播放头，就会看到一头勇猛的豹子在向前奔跑，但是，被导入的动画序列位置尚未处于我们需要的地方，缺省状况下，导入的对象被放在场景坐标"0，0"处，我们必须移动它们。

当然可以一帧帧调整位置，完成一幅图片后记下其坐标值，再把其他图片设置成相同坐标值，这需要有足够耐性和时间。当然，也不妨试试"多帧编辑"功能。

先把"雪景"图层锁定，不再移动。然后按下时间轴面板下方的【编辑多个帧】按钮 ，再单击【修改绘图纸标记】按钮 ，在弹出的菜单中选择【绘制全部】选项，如图4-15 所示。

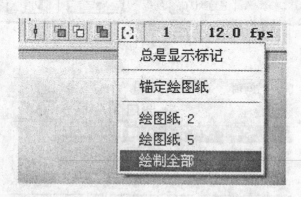

图 4-15

最后执行【编辑】 |【全选】命令，此时时间轴和场景效果如图 4-16 所示。

图 4-16

用鼠标左键按住场景左上方的豹子拖动，就可以把8帧中的图片一次全移动到场景中央了。

步骤5 设置标题文字

在场景中新建一个图层，单击工具箱中的【文字工具】 A ，设置【属性】面板上的文本参数如图4-17所示，文本类型为【静态文本】，字体为【隶书】，字体大小为35，颜色为深蓝色。在文本框中输入"奔跑的豹子"五个字，居中放置。

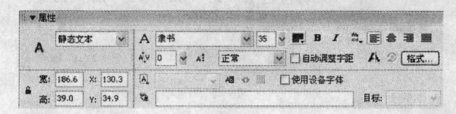

图4-17

步骤6 测试存盘

执行【控制】|【测试影片】命令（快捷键Ctrl＋Enter），观察动画效果，如果满意，执行【文件】|【保存】命令，将文件保存成"奔跑的豹子.fla"文件，如果要导出Flash的播放文件，执行【文件】|【导出】|【导出影片】命令。

4.3 形状补间动画

形状补间动画是Flash中非常重要的表现手法之一，运用它，可以变幻出各种奇妙的、不可思议的变形效果。

本节从形状补间动画基本概念入手，认识形状补间动画在时间轴上的表现，了解补间动画的创建方法，学会应用"形状提示"使图形的形变自然流畅。

4.3.1 形状补间动画的概念

1. 形状补间动画的概念

在一个关键帧中绘制一个形状，然后在另一个关键帧中更改该形状或绘制另一个形状，Flash根据二者之间的帧的值或形状来创建的动画被称为"形状补间动画"。

2. 构成形状补间动画的元素

形状补间动画可以实现两个图形之间颜色、形状、大小、位置的相互变化，其变形的灵活性介于逐帧动画和动作补间动画二者之间，使用的元素多为用鼠标或压感笔绘制出的形状，如果使用图形元件、按钮、文字，则必先"打散"才能创建变形动画。

3. 形状补间动画在时间轴面板上的表现

形状补间动画建好后，时间轴面板的背景色变为淡绿色，在起始帧和结束帧之间有一个长长的箭头，如图 4-18 所示。

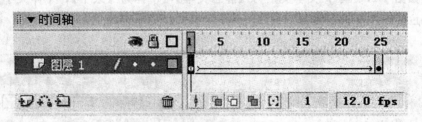

图 4-18

4. 创建形状补间动画的方法

在时间轴面板上动画开始播放的地方创建或选择一个关键帧并设置要开始变形的形状，一般一帧中以一个对象为好，在动画结束处创建或选择一个关键帧并设置要变成的形状，再单击开始帧，在【属性】面板上单击【补间】旁边的小三角，在弹出的菜单中选择【形状】，此时，时间轴上的变化如图 4-18 所示，一个形状补间动画就创建完毕。

5. 认识形状补间动画的属性面板

Flash 的【属性】面板随鼠标选定的对象不同而发生相应的变化。建立一个形状补间动画后，单击帧，【属性】面板如图 4-19 所示。

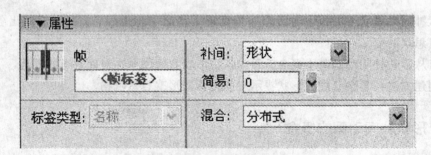

图 4-19

形状补间动画的【属性】面板上只有两个参数：

（1）【简易】选项

单击其右边的 按钮，会弹出滑动杆，拖动上面的滑块可以调节参数值，当然也可以在文本框中直接输入具体的数值，设置后，形状补间动画会随之发生相应的变化。

* 在 −1～100 的负值之间，动画运动的速度从慢到快，朝运动结束的方向加速补间。
* 在 1～100 的正值之间，动画运动的速度从快到慢，朝运动结束的方向减慢补间。
* 默认情况下，补间帧之间的变化速率是匀速的。

（2）【混合】选项

【混合】选项中有两项供选择：

- 【角形】选项：创建的动画中间形状会保留有明显的角和直线，适合于具有锐化转角和直线的混合形状。

- 【分布式】选项：创建的动画中间形状比较平滑和不规则。

4.3.2 形状补间动画的创建

形状补间动画看似简单，实则不然，Flash 在"计算"2 个关键帧中图形的差异时，远不如我们想象中的"聪明"，尤其前后图形差异较大时，变形结果会显得很乱，这时，"形状提示"功能会大大改善这一情况。

1."形状提示"的作用

在"起始形状"和"结束形状"中添加相对应的"参考点"，使 Flash 在计算变形过渡时依一定的规则进行，从而较有效地控制变形过程。

2.添加"形状提示"的方法

先在形状补间动画的开始帧上单击一下，再执行【修改】|【形状】|【添加形状提示】命令，该帧的形状上就会增加一个带字母的红色圆圈，相应地，在结束帧形状中也会出现一个"提示圆圈"。用鼠标左键单击并分别按住这 2 个"提示圆圈"，放置在适当位置，安放成功后，开始帧上的"提示圆圈"变为黄色，结束帧上的"提示圆圈"变为绿色，安放不成功或不在一条曲线上时，"提示圆圈"颜色不变，如图 4-20 所示。

没加形状提示

添加形状提示后未调整位置时的状态

调整位置后开始帧处变黄色

调整位置后结束帧变绿色

图 4-20

说明：在制作复杂的变形动画时，"形状提示"的添加和拖放要多方位尝试，每添加一个"形状提示"，最好播放一下变形效果，然后再对"变形提示"的位置作进一步的调整。

3.添加"形状提示"的技巧

- "形状提示"可以连续添加，最多能添加 26 个。

- 将"形状提示"从形状的左上角开始按逆时针顺序摆放，将使"变形提示"工作得更有效。

- "形状提示"的摆放位置也要符合逻辑顺序。例如，起点关键帧和终点关键帧上各有一个三角形，使用 3 个"形状提示"，如果它们在起点关键帧的三角形上的顺序为 abc，那么在重点关键帧的三角形上的顺序就不能是 acb，也要是 abc。

- "形状提示"要在形状的边缘才能起作用，在调整"形状提示"位置前，要打开工具栏上【选项】下面的【吸附开关】，这样会自动把"形状提示"吸附到边缘上，如果发现"形状提示"仍然无效，则可以用工具栏上的【缩放工具】 🔍 单击形状，放大到足够大，以确保"形状提示"位于图形边缘上。

● 另外，要删除所有的"形状提示"，可执行【修改】|【形状】|【删除所有提示】命令。删除单个形状提示，可用鼠标右键单击它，在弹出菜单中选择【删除提示】。

至此，"形状补间动画"的相关知识已都介绍给大家了，下面来一起动手制作一个实例，体会一下形状补间动画的奇妙。

【例 4-2】 添加形状提示练习。

实例简介： 前面谈到，为得到流畅自然的形状变形动画，可以添加"形状提示"，本例是专为此而设计的练习。

要点： 如何添加"形状提示"及创建形状补间动画。

如图 4-21 所示，同样是"形状变形"，其中右边的变形用了变形"参考点"，从中可以看出变形效果有明显的差异。

图 4-21

步骤 1　创建新文档

执行【文件】|【新建】命令，新建一个影片文档，设置舞台尺寸为 300×200 **像素**，设置【背景色】为蓝色♯0000FF。

步骤 2　创建变形对象

要在场景中写两个数字"1"，让它们同时变形，一个加"形状提示"，一个不加"形状提示"，看看这两个变形有什么不同。

先在图层 1 的场景左边输入数字"1"，在【属性】面板上，设置文本格式为静态文本、字体为隶书、字号为 100、颜色为白色。再建一个图层 2，在场景右边输入数字"1"，参数同上，此层是添加"形状提示"层。然后在两个图层的第 40 帧处添加关键帧，各输入数字"2"，在第 60 帧处添加普通帧，使变形后的文字稍做停留。

步骤 3　把字符转为形状

逐一选取各层数字的第 1、第 40 帧，执行【修改】|【分离】命令，把数字打散，

转为形状。

步骤 4　创建补间动画

在图层 1 和图层 2 的第 1 帧处各自建立形状补间动画。

步骤 5　添加"形状提示"

选择图层 2 的第 1 帧，执行【修改】｜【形状】｜【添加形状提示】命令 2 次，见图 4-22。

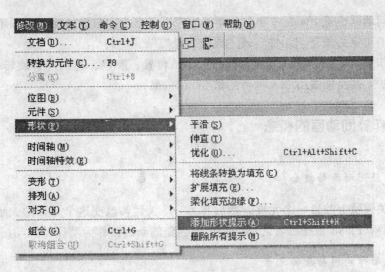

图 4-22

确认工具箱中的【对齐对象】按钮处于被按下状态，调整第 1、第 40 帧处的"形状提示"，如图 4-23 所示。

图 4-23

步骤 6　添加文字说明

新建一层，在两个渐变的下面分别写上"未加形状提示"、"加用形状提示"的说明。

在第 60 帧处加普通帧。

至此，这个实例制作完成，测试一下，看看效果，便能体会到添加形状提示的巧妙之处。

4.4 动作补间动画

动作补间动画也是 Flash 中非常重要的表现手段之一，与形状补间动画不同的是，动作补间动画的对象必须是"元件"或"成组对象"。

运用动作补间动画，可以设置元件的大小、位置、颜色、透明度、旋转等种种属性，配合别的手法，甚至能做出令人称奇的仿 3D 的效果。

4.4.1 动作补间动画的概念

1. 动作补间动画的概念

在一个关键帧上放置一个元件，然后在另一个关键帧改变这个元件的大小、颜色、位置、透明度等，Flash 根据二者之间的帧的值创建的动画被称为动作补间动画。

2. 构成动作补间动画的元素

构成动作补间动画的元素是元件，包括影片剪辑、图形元件、按钮、文字、位图、组合等，但不能是形状，只有把形状"组合"或者转换成"元件"后才可以做"动作补间动画"。

3. 动作补间动画在时间轴面板上的表现

动作补间动画建立后，时间轴面板的背景色变为淡紫色，在起始帧和结束帧之间有一个长长的箭头，如图 4-24 所示。

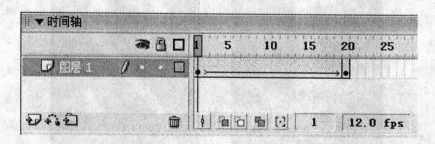

图 4-24

4. 形状补间动画和动作补间动画的区别

形状补间动画和动作补间动画都属于补间动画。前后都各有一个起始帧和结束帧，两者之间的区别如表 4-1 所示。

表 4-1

	动作补间动画	形状补间动画
在时间轴上的表现	淡紫色背景加长箭头	淡绿色背景加长箭头
组成元素	影片剪辑、图形元件、按钮、文字、位图等	形状，如果使用图形元件、按钮、文字，则必先打散再变形
完成的作用	实现一个元件的大小、位置、颜色、透明等的变化	实现两个形状之间的变化，或一个形状的大小、位置、颜色等的变化

5. 创建动作补间动画的方法

在时间轴面板上动画开始播放的地方创建或选择一个关键帧并设置一个元件，一帧中只能放一个项目，在动画要结束的地方创建或选择一个关键帧并设置该元件的属性，再单击开始帧，在【属性】面板上单击【补间】旁边的小三角，在弹出的菜单中选择【动作】，或单击右键，在弹出的菜单中选择【创建补间动画】，就建立了"动作补间动画"。

6. 认识动作补间动画的【属性】面板

在时间轴"动作补间动画"的起始帧上单击，帧属性面板会变成如图 4-25 所示。

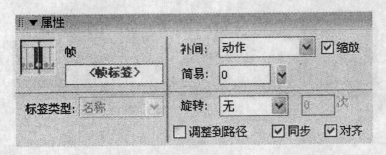

图 4-25

（1）【简易】选项

用鼠标单击【简易】右边的 ▼ 按钮，弹出拉动滑杆，拖动上面的滑块，可设置参数值，当然也可以直接在文本框中输入具体的数值，设置完后，补间动作动画效果会以下面的设置作出相应的变化：

- 在 −1～100 的负值之间，动画运动的速度从慢到快，朝运动结束的方向加速补间。
- 在 1～100 的正值之间，动画运动的速度从快到慢，朝运动结束的方向减慢补间。
- 默认情况下，补间帧之间的变化速率不变。

（2）【旋转】选项

有 4 个选择，选择【无】（默认设置）可禁止元件旋转；选择【自动】可使元件在需要最小动作的方向上旋转对象一次；选择【顺时针】（CW）或【逆时针】（CCW），并在后面输入数字，可使元件在运动时顺时针或逆时针旋转相应的圈数。

（3）【调整到路径】

将补间元素的基线调整到运动路径，此项功能主要用于引导线运动。在下一节中会介绍此功能。

（4）【同步】复选框

使图形元件实例的动画和主时间轴同步。

（5）【对齐】选项

可以根据其注册点将补间元素附加到运动路径，此项功能也主要用于引导线运动。

4.4.2　动作补间动画的创建

【例 4-3】　飞行的飞机。

实例简介：巍巍群山，茫茫云海，白云缓缓飘过，一架飞机由近而远飞去，渐渐消失在远方，如图 4-26 所示。本例制作不难，但通过它，可以掌握创建动作补间动画、制作元件由大变小及元件透明度变化的效果的方法。

图 4-26

步骤 1　设置影片文档属性

执行【文件】|【新建】命令，在弹出的面板中选择【常规】|【Flash 文档】选项后，点击【确定】按钮，新建一个影片文档，在【属性】面板上设置文件大小为 650×255 像素，【背景色】为白色。

步骤 2　创建背景图层

执行【文件】|【导入】|【导入到舞台】命令，将名为"山峰．jpg"的图片导入场景中。用【箭头工具】调整图片在舞台上的位置，使其居于舞台的中央。如果图片大小不合适，再选择【任意变形工具】调整图片大小。选择第 100 帧，按 F5 键，添加普通帧。

步骤 3　创建飞机元件

执行【插入】|【新建元件】命令，新建一个图形元件，名称为"飞机"。这时进入新元件编辑场景，选择第一帧，执行【文件】|【导入】|【导入到舞台】命令，将名为"飞机．png"图片导入到场景中。

步骤4 创建白云元件

执行【插入】│【新建元件】命令，新建一个图形元件，名称为"白云"。这时进入新元件编辑场景，选择第一帧，执行【文件】│【导入】│【导入到舞台】命令，将名为"白云．png"的图片导入到场景中。

步骤5 创建飞行效果

单击时间轴右上角的【编辑场景】按钮，选择【场景1】，转换到主场景中。新建一层，把库里名为"飞机"的元件拖到场景的左侧，执行【修改】│【变形】│【水平翻转】命令，将飞机元件实例水平翻转。在【属性】面板上打开【颜色】旁边的小三角，设置【Alpha】值为80%，如图4-27所示。

图 4-27

飞机向远处飞去，应该越来越小，越来越模糊，这种效果是如何做出来的呢？选中图层2的第100帧，按F6键，添加一个关键帧，在【属性】面板中设置飞机的大小，【W】是飞机的宽值，为32；【H】是飞机的高值，为18.9；【X】、【Y】则是飞机在场景中的X、Y坐标，分别是628.5，51.0，如图4-28所示。

图 4-28

在【属性】面板上，设置【Alpha】值为20%。

用鼠标右键单击图层2的第一帧，选择【创建补间动画】。

步骤6 创建白云飘过的效果

新建一层，从库中拖出名为"白云"的元件，放置在背景图右侧的山峰处，设置【Alpha】值为80%，在第100帧处添加关键帧，把元件移到场景的左上方，设置【Alpha】值为40%。

用鼠标右键单击图层的第一帧，选择【创建补间动画】。

执行【控制】｜【测试影片】命令，观察动画效果，如果满意，执行【文件】｜【保存】命令，将文件保存为"飞机.fla"。如果要导出 Flash 的播放文件，执行【文件】｜【导出】｜【导出影片】命令，保存为"飞机.swf"文件。

4.5 遮罩动画

在 Flash 的作品中，常常看到很多眩目神奇的效果，如水波、万花筒、百叶窗、放大镜、望远镜等，都是透过某种形状看风景的，这就是"遮罩"效果。

4.5.1 遮罩动画的概念

1. 什么是遮罩

遮罩动画是 Flash 中的一个很重要的动画类型，很多效果丰富的动画都是通过遮罩动画来完成的。在 Flash 的图层中有一个遮罩图层类型，为了得到特殊的显示效果，可以在遮罩层上创建一个任意形状的"视窗"，遮罩层下方的对象可以通过该"视窗"显示出来，而"视窗"之外的对象将不会显示。

2. 遮罩的作用

在 Flash 动画中，"遮罩"主要有两种用途：一个是用在整个场景或一个特定区域，使场景外的对象或特定区域外的对象不可见；另一个是用来遮罩住某一元件的一部分，从而实现一些特殊的效果。

3. 创建遮罩的方法

（1）创建遮罩

在 Flash 中没有一个专门的按钮来创建遮罩层，遮罩层其实是由普通图层转化的。只要在某个图层上单击右键，在弹出菜单中选择【遮罩层】，使命令的左边出现一个小勾，该图层就会生成遮罩层，"层图标"就会从普通层图标□变为遮罩层图标▧，系统会自动把遮罩层下面的一层关联为"被遮罩层"，在缩进的同时图标变为▨，如果想关联更多层被遮罩，只要把这些层拖到被遮罩层下面就可以了，如图 4-29 所示。

（2）构成遮罩和被遮罩层的元素

遮罩层中的图形对象在播放时是看不到的，遮罩层中的内容可以是按钮、影片剪辑、图形、位图、文字等，但不能使用线条，如果一定要用线条，可以将线条转化为"填充"。

被遮罩层中的对象只能透过遮罩层中的对象看到。在被遮罩层，可以使用按钮、影片剪辑、图形、位图、文字、线条等。

（3）遮罩中可以使用的动画形式

可以在遮罩层、被遮罩层中分别或同时使用形状补间动画、动作补间动画、引导线动

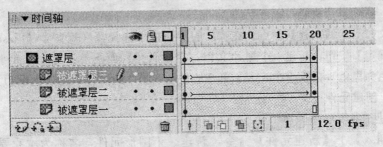

图 4-29

画等动画手段，从而使遮罩动画变成一个可以施展无限想象力的创作空间。

4. 应用遮罩时的技巧

- 遮罩层的基本原理是：能够透过该图层中的对象看到"被遮罩层"中的对象及其属性（包括它们的变形效果），但是遮罩层对象中的许多属性如渐变色、透明度、颜色和线条样式等却是被忽略的。例如，不能通过遮罩层的渐变色来实现被遮罩层的渐变色变化。

- 要在场景中显示遮罩效果，可以锁定遮罩层和被遮罩层。

- 可以用"Actions"动作语句建立遮罩，但这种情况下只能有一个"被遮罩层"，同时，不能设置 _ Alpha 属性。

- 不能用一个遮罩层试图遮蔽另一个遮罩层。

- 遮罩可以应用在 .gif 动画上。

- 在制作过程中，遮罩层经常挡住下层的元件，影响视线，无法编辑，可以按下遮罩层时间轴面板的显示图层轮廓按钮▣，使之变成▢，使遮罩层只显示边框形状。这种情况下，还可以拖动边框调整遮罩图形的外形和位置。

- 在被遮罩层中不能放置动态文本。

4.5.2 遮罩动画的创建

【例 4-4】 要学做闪客。

实例简介：伴着"唰——"一声，一道白光迅速掠过一排文字，这是经常在广告或电视中看到的效果，如图 4-30 所示。

图 4-30

要点：字体的两次打散、将字体转为形状、创建遮罩动画。

步骤 1　创建影片文档

执行【文件】|【新建】命令，在弹出的对话框中选择【常规】|【Flash 文档】选项后，单击【确定】按钮，新建一个影片文档，在【属性】面板上设置文件大小为 550×400 像素，背景色为黑色（在教程中，为了更好地显示场景中的内容，背景色设为了深绿色）。

步骤 2　创建元件

（1）创建"我要学做闪客"元件。

执行【插入】|【新建元件】命令，新建一个图形元件，名称为"我要学做闪客"。单击工具箱中的文字工具 A，在场景中输入"我要学做闪客"六个字，在【属性】面板中，设置文字参数如图 4-31 所示。

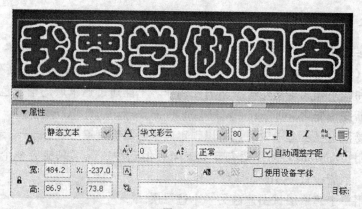

图 4-31

选中字体，执行【修改】|【分离】命令两次，把字体打散，再选择颜料桶工具，把字体中心填充成红色。文字效果如图 4-32 所示。

图 4-32

（2）创建"辉光"元件。

执行【插入】|【新建元件】命令，新建一个图形元件，名称为"辉光"。执行【窗口】|【设计面板】|【混色器】命令，打开【混色器】面板，设置【填充样式】为线性，将三个色标全部设置为白色，第1和第3个的【Alpha】值为0，中间的为74％（可按需设置）。设置完后，在场景中画一个无边矩形，大小为40×230，如图4-33所示。

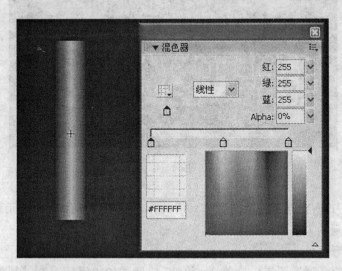

图 4-33

步骤3 导入音乐文件

执行【文件】|【导入】|【导入到库】命令，将名为"sound2．mp3"的音乐文件导入库中。

步骤4 创建动画

单击时间轴右上角的场景1按钮，切换到主场景。

本例的主场景1中共有4个图层，从下向上一层一层地做。

（1）创建"底层文字"层将图层1重新命名为"底层文字"。

从库里把"我要学做闪客"的元件拖到场景中，在第60帧处添加普通帧，这一层起显示文字的作用。

（2）创建被遮罩层。

新建一个"辉光"图层，从库里把"辉光"元件拖到场景中，放在"我要学做闪客"元件实例的左边。选择工具栏上的【任意变形工具】，单击【选项】中的【旋转与倾斜】按钮，将鼠标放在"辉光"元件实例的任意一个角，拖动鼠标旋转一定角度，使"辉光"元件实例产生一定的倾斜度。在第30、第60帧处添加关键帧，在第30帧处把"辉光"元件实例拖到"我要学做闪客"元件实例的右边，在第1帧和第30帧处建立动作补间动画，如图4-34所示。

（3）创建遮罩层。

新建一个【遮罩层】图层，复制"底层文字"层的第1帧中的元件实例，选择【遮罩层】的第1帧，执行.【编辑】|【粘贴到当前位置】命令，用鼠标右键单击【遮罩层】，

图 4-34

选择【遮罩层】，设置此层为遮罩层，这一层的作用是用字体作为遮罩元素，用它来控制辉光在场景中出现的大小和位置。

（4）设置声音。

新增一个"声音层"图层，在第 1、第 30 帧处添加关键帧，在【属性】面板上设置声音选项，如图 4-35 所示。

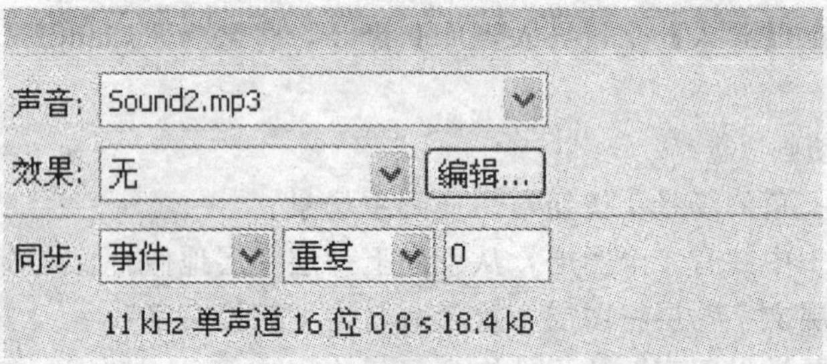

声音:	Sound2.mp3	⌄
效果:	无	⌄	编辑...
同步:	事件 ⌄	重复 ⌄	0

11 kHz 单声道 16 位 0.8 s 18.4 kB

图 4-35

至此就已经创建好了"我要学做闪客"这个动画，时间轴面板如图 4-36 所示。

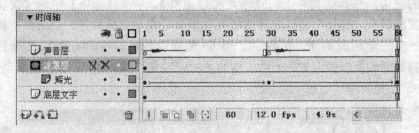

图 4-36

4.6 引导路径动画

在前面介绍的一些动画效果，如飞机从山峰上飞过、辉光掠过文字等，这些动画的运动轨迹都是直线的。在生活中，有很多运动是弧线或不规则的，如月亮围绕地球旋转、鱼儿在大海里遨游等，在 Flash 中能不能做出这种效果呢？答案是肯定的，这就是"引导路径动画"。

将一个或多个层链接到一个运动引导层，使一个或多个对象沿同一条路径运动的动画形式称为"引导路径动画"。这种动画可以使一个或多个元件完成曲线或不规则运动。

4.6.1 引导路径动画的基本知识

1. 创建引导路径动画的方法

(1) 创建引导层和被引导层。一个最基本"引导路径动画"由两个图层组成，上面一层是"引导层"，它的图层图标为，下面一层是"被引导层"，图标为，与普通图层一样。

在普通图层上单击时间轴面板中的【添加运动引导层】按钮，该层的上面就会添加一个引导层，同时该普通层缩进成为"被引导层"，如图 4-37 所示。

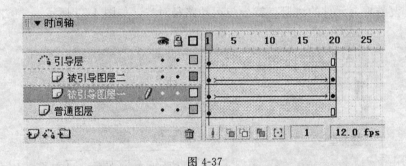

图 4-37

(2) 引导层和被引导层中的对象。引导层是用来指示元件运行路径的，所以"引导层"中的内容可以是用钢笔、铅笔、线条、椭圆工具、矩形工具或画笔工具等绘制出的线段。

而"被引导层"中的对象是跟着引导线走的，可以使用影片剪辑、图形元件、按钮、文字等，但不能应用形状。

由于引导线是一种运动轨迹，不难想象，"被引导"层中最常用的动画形式是动作补间动画，当播放动画时，一个或数个元件将沿着运动路径移动。

(3) 向被引导层中添加元件。"引导动画"最基本的操作就是使一个运动动画"附着"在"引导线"上，所以操作时特别得注意"引导线"的两端，被引导的对象起始、终点的两个"中心点"一定要对准"引导线"的两个端头，如图4-38所示。

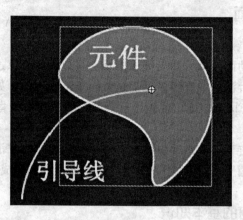

图 4-38

在图4-38中，我们特别把"元件"的透明度设为50％，使你可以透过元件看到下面的引导线，"元件"中心的十字星正好对着线段的端头，这一点非常重要，是引导线动画顺利运行的前提。

2.　应用引导路径动画的技巧

（1）被引导层中的对象在被引导运动时，还可作更细致的设置，例如运动方向，在【属性】面板上，选中【路径调整】复选框，对象的基线就会调整到运动路径。而如果选中【对齐】复选框，元件的注册点就会与运动路径对齐，如图4-39所示。

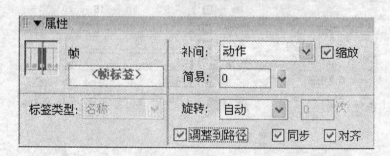

图 4-39

（2）引导层中的内容在播放时是看不见的，利用这一特点，可以单独定义一个不含"被引导层"的"引导层"，该引导层中可以放置一些文字说明、元件位置参考等，此时，引导层的图标为 。

（3）在做引导路径动画时，按下工具箱中的【对齐对象】按钮 ，可以使"对象附着于引导线"的操作更容易成功，拖动对象时，对象的中心会自动吸附到路径端点上。

（4）过于陡峭的引导线可能使引导动画失败，而平滑圆润的线段有利于引导动画成功制作。

（5）向被引导层中放入元件时，在动画开始和结束的关键帧上，一定要让元件的注册点对准线段的开始和结束的端点，否则无法引导。如果元件为不规则形，可以点击工具箱中的【任意变形工具】 ，调整注册点。

（6）如果想解除引导，可以把被引导层拖离"引导层"，或在图层区的引导层上单击右键，在弹出的菜单上选择【属性】，在对话框中选择【正常】，作为正常图层类型，如图4-40 所示。

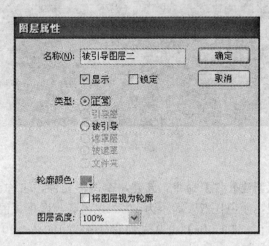

图 4-40

（7）如果想让对象作圆周运动，可以在"引导层"画一根圆形线条，再用【橡皮擦工具】擦去一小段，使圆形线段出现两个端点，再把对象的起始、终点分别对准端点即可。

（8）引导线允许重叠，比如螺旋状引导线，但在重叠处的线段必须保持圆润，让Flash 能辨认出线段走向，否则会使引导失败。

4.6.2　引导路径动画的创建

【例 4-5】　海底世界。

实例简介：海底是令人神往的神秘世界，现在就用 Flash 来试着描绘这个世界。这个实例中包括了动作补间动画、形状补间动画、遮罩动画、引导路径动画等 4 种动画形式，制作上要比前面几节中的实例难度大一些。然而，它能综合复习前面学过的内容，操作原理也是我们熟悉的，效果如图 4-41 所示。

要点：综合应用 4 种动画形式、创建透明水泡、创建多层遮罩。

步骤 1　创建影片文档

新建一个影片文档，设置舞台尺寸为 450×300 像素，背景色为深蓝色。

步骤 2　创建元件

本例中的元件较前面的实例要多一些，我们把它们分成"水泡部分"、"海底部分"、"游鱼部分"三大部分来叙述。先来创建和水泡有关的部分。

（1）创建"单个水泡"元件。

图 4-41

　　执行【插入】|【新建元件】命令，新建一个图形元件，名称为"单个水泡"。先在场景中画一个无边的圆，颜色任意，大小为 30×30 像素，再在【混色器】面板中，添加两个色标，颜色全为白色，【Alpha】值从左向右依次为 100%、40%、10%、100%，如图 4-42 所示，选择【颜料桶工具】，在画好的圆的中心偏左上的地方单击一下，如对填充的颜色不满意，可以用【填充变形工具】进行调整。

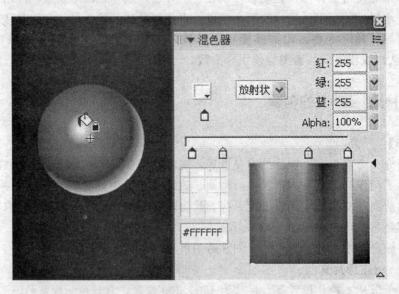

图 4-42

　　(2) 创建"一个水泡及引导线"元件。

　　执行【插入】|【新建元件】命令，新建一个影片剪辑，名称为"一个水泡及引导

线"。单击【添加引导层】按钮，添加一个引导层，在此层中用铅笔工具从场景的中心向上画一条曲线，在第 60 帧处添加普通帧。按下工具箱中的【对齐对象】按钮，选中被引导层的第 1 帧，从【库】中将名为"单个水泡"的元件，拖放在引导线的下端，在第 60 帧添加关键帧，把"单个水泡"元件实例移到引导线的上端并设置【Alpha】值为 50%，如图 4-43 所示。

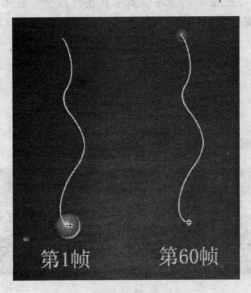

图 4-43

（3）创建"成堆的水泡"元件。

执行【插入】｜【新建元件】命令，新建一个影片剪辑，名称为"成堆的水泡"。从库中拖入数个"一个水泡及引导线"元件，任意改变大小和位置，图 4-44 仅供参考。

图 4-44

(4) 创建"游鱼"元件。

执行【插入】│【新建元件】命令，新建影片剪辑，名称为"游鱼"。在场景中共设 4 层，图层名称分别为"鱼头"、"中间鱼尾"、"上面鱼尾"、"下面鱼尾"。

在各图层中画出鱼的各部分形状，如图 4-45 所示。"鱼头"层中是鱼的眼睛和圆滚滚的身子，为了体现鱼游动时的婀娜多姿，把鱼尾分成上、中、下三部分，画好后在第 7、第 14 帧处各添加关键帧，把鱼头、鱼尾位置形状稍作改变，在第 1、第 7、第 14 帧处创建补间形状动画。为了保持动作连贯，第 20 帧和第 1 帧中的形状是完全一样的。

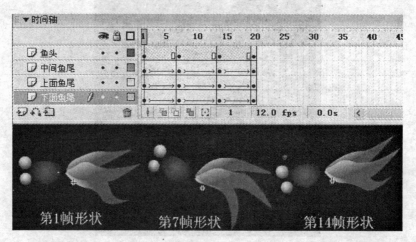

图 4-45

(5) 创建"鱼及引导线"元件。

执行【插入】│【新建元件】命令，新建一个影片剪辑，名称为"鱼及引导线"。此元件只有引导层和被引导层两层，单击时间轴面板上的【添加运动引导层】按钮，新建引导层。在引导层中用铅笔工具画一条曲线，作为鱼儿游动时的路径，选择引导图层的第 100 帧，按 F5 键，使图层中的帧延伸到第 100 帧。在被引导层中拖入库中名为"游鱼"的元件，用【任意变形工具】调整"游鱼"元件实例的大小，选择第 100 帧，按 F6 键，插入关键帧，分别调整第 1 帧和第 100 帧中的"游鱼"元件实例到引导线的两端，在第 1 帧建立补间运动动画，其位置如图 4-46 所示。

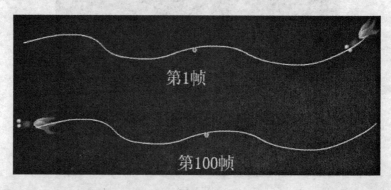

图 4-46

在【属性】面板上，选中【路径调整】、【同步】和【对齐】复选框，如图 4-47 所示。

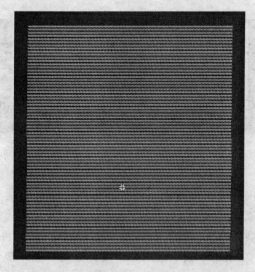

图 4-47

（6）创建"海底"元件。

执行【插入】｜【新建元件】命令，新建一个图形元件，名称为"海底"。选择第 1 帧，然后再执行【文件】｜【导入】｜【导入到舞台】命令，将名为"海底．bmp"的图片导入场景中。

（7）创建"遮罩矩形"元件。

执行【插入】｜【新建元件】命令，新建一个图形元件，名称为"遮罩矩形"。在场景中画一个 500×4 的无边矩形，因为"遮罩层"中的图形在播放时不会显示，所以设置颜色为任意。

复制并粘贴这个矩形，向下移一点位置，使其变成两个，再复制并粘贴这两个矩形，再向下移一点位置，使其变为 4 个，如此循环，在粘贴过程中，选中所有矩形，在【属性】面板中查看图形高度，直至创建出一个 500×540 的矩形，如图 4-48 所示。

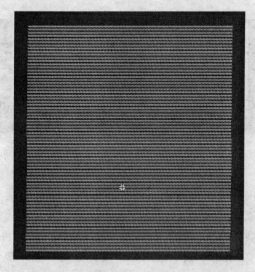

图 4-48

（8）创建"水波效果"元件。

水波荡漾的效果是用遮罩动画的手法做的，看着挺漂亮，实际制作也很简单，只用 3

层就完成了。里面有两个小技巧，在下面的制作过程中会着重介绍。

执行【插入】|【新建元件】命令，新建一个影片剪辑，名称为"水波效果"，如图 4-49 所示。

图 4-49

从【库】面板里将名为"海底"的图形元件拖放到场景中，在【属性】面板上设置元件的【X】值为 0，【Y】值为 0，在时间轴上单击右键，在弹出菜单中选择【复制帧】，在第 100 帧添加普通帧。

然后新建一个图层，在这层的第 1 帧上单击鼠标右键，在弹出菜单中选择【粘贴帧】，就把刚才的元件粘到第二层中了，选中该层中的实例，在【属性】面板上设置它的【X】值为 0，【Y】值为 1，【Alpha】值为 80%。

注意：这里是一个技巧。第二层图片与第一层图片的位置差决定水波荡漾的大小。位置差越大，水波越大，其【Alpha】值的大小决定水波的清晰程度，【Alpha】值越大，水波越清晰，反之越模糊。

图 4-50 是第一层和第二层中，两张图片在 X、Y 轴的位置对比。

图 4-50

要实现水波荡漾，仅有两层图片是不行的，还要用遮罩动画实现光线的明暗变化才行，这样才能产生水的流动感。

新建一层，在第 1 帧上拖入【库】中名为"遮罩矩形"的元件，注意下面的边缘对着"海底图片"的下边缘。在第 100 帧上添加关键帧，拖动"遮罩矩形"元件实例，使其上边缘对着"海底图片"的上边缘，在第 1 帧创建补间动作动画，如图 4-51 所示。

右击该图层名称，在弹出的快捷菜单中选择【遮罩层】命令。至此，这个动画所需的基本构件已经制作完成，接下来还必须在场景中把各个构件"组装"起来。

单击时间轴右上方的【编辑场景】按钮，选择场景 1 切换到主场景中。在主场景中一共需要 5 个图层，我们由下而上一层一层地介绍，请随时参考后面的图层。

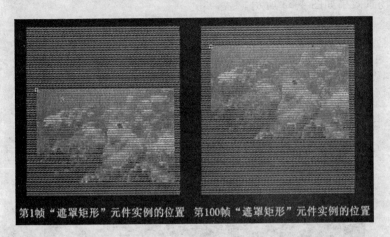

第1帧"遮罩矩形"元件实例的位置 第100帧"遮罩矩形"元件实例的位置

图 4-51

步骤 3 创建动画

(1) 创建背景层。

从库中把名为"水波效果"的元件拖到场景中,在第134帧添加普通帧,该层命名为"背景"。

(2) 创建水泡层。

新建名为"水泡"的图层,在第1帧,从【库】中将"成堆的水泡"影片剪辑元件拖到场景中来,数目、大小、位置任意;在第30帧插入关键帧,调整该帧上"成堆的水泡"影片剪辑元件的数量、大小及位置,在第134帧添加普通帧。

(3) 创建游鱼层。

新建名为"鱼"的图层,从库里把名为"鱼及引导线"的元件拖放到场景的左侧,数目、大小、位置任意。

(4) 创建音乐对象。

新建名为"声音"的图层,执行【文件】|【导入】|【导入到库】命令,将名为"流水声.mp3"的音乐文件导入到库中,选择第1帧,在【属性】面板上设置声音属性,在【声音】下拉列表中选择【流水声.mp3】,在【声音循环】下拉列表中选择【重复】选项,在【循环次数】文本框中,输入"999",如图4-52所示。

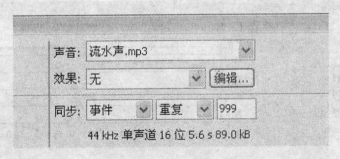

图 4-52

这时，场景效果如图 4-53 所示。

图 4-53

从场景中可以发现，在制作过程中免不了会在场景外放置一些对象（在场景外就有一条鱼），这些"场外对象"在本地播放器中不会出现。而当在网上发布 .swf 文件时，由于网站（尤其各种论坛）默认的 .swf 文件的尺寸不尽相同，有的会显示出"场外对象"。这好比一个舞台剧演出时，幕后的演员也暴露出来，非常不美观，怎么办呢？

在介绍"遮罩动画"时，曾提到过"遮罩"的另外一个作用是"用来遮罩全部场景或某个特殊区域"，那么，下面就试试用遮罩来为我们管理舞台界面！

（5）创建遮罩层。

新增一个图层，在场景中画一个无边矩形，大小为 450×300，盖住全部场景，用鼠标右键单击图层的名称，在弹出的菜单中选择【遮罩层】，此时下面的声音层自动缩进被遮罩了，用鼠标左键分别按住下面的各层，向上略移一点点，松手，各层就会自动缩进被遮罩了，如图 4-54 所示。

这样，在播放时，就只能看到场景中的情形，场景外的元件被遮罩了。

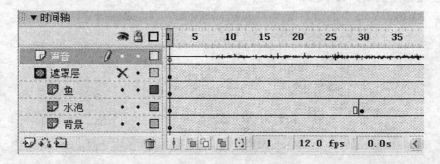

图 4-54

【本章小结】

本章主要介绍了时间轴面板、补间动画、形状动画、遮罩动画等的特点，通过在每节中提供的实例，学会做一些简单的动画效果，将学过的知识融会贯通，通过实践操作，进一步加深理解和记忆。

习　题　4

1. 要对遮罩层和被遮罩层进行编辑，把它们_____即可，开锁则关闭遮罩图层的显示，要再次显示遮罩效果，可以把遮罩层和被遮罩层再次锁定。

  A．显示　　　　　　　B．锁定　　　　　　　C．隐藏　　　　　　　D．开锁

2. 要想将外部的图层移动到图层文件夹中，可以_____图层到目标图层文件夹中，图层文件夹图标颜色会变深，松开鼠标即可完成操作。移出图层的操作与之相反。

  A．移动　　　　　　　B．拖曳　　　　　　　C．拷贝　　　　　　　D．复制

3. _____先在一点定义实例（或组、文本块）的属性，如位置、大小等，然后在另一点改变这些属性。

  A．逐帧动画　　　　　B．形状补间　　　　　C．补间动画　　　　　D．运动动画

4. 补间动画是创建随时间移动或更改的动画的一种有效的方法，并能最大限度地减小所生成的文件的大小。在补间动画中，Flash 只保存_____的内容。

  A．关键帧　　　　　　B．帧　　　　　　　　C．空白关键帧　　　　D．空白帧

第 5 章 元件和实例

【学习目的与要求】 了解了动画的基本制作之后，还需要掌握 Flash 中的一个重要内容——元件的使用。元件是可以重复利用的图像、文本、动画或按钮。熟练使用元件是提高 Flash 动画制作技能的关键。通过本章学习，要掌握 Flash 元件库的正确使用方法、元件之间的相互转换以及元件的编辑。

5.1 元件和实例的概念

5.1.1 元件和实例的概念

先做个试验，请用【椭圆工具】在"舞台"上随便画个圆，那么，这个图形在"舞台"上算是一种什么"元素"？

依照上面的说法，可以把它笼统地称为"动画元素"。准确地说，它仅仅是一个"矢量图形"，它还不是 Flash 管理中的最基本单元——元件，或者说，它还不是个"基本演员"。

可以进一步让"圆"作"形状变形"，它确实也能生成一个动画，难道这还算不上"演员"？确实，Flash 动画中活跃着不少"形状变形"的动画效果，有的绘画高手把图形画成"逐帧变化"的动画序列，做成如同美术电影般的动画片，但是，就其每一帧中的"图形元素"来说，它们不是"元件"。

现在，选择这个圆，看看它的【属性】面板，如图 5-1 所示，发现它被 Flash 叫做"形状"（Shape），它的属性也只有"宽度"、"高度"和"坐标值"。

在 Flash 中，"形状"可以改变外形、尺寸、位置，能进行"形状变形"，其用途相当有限。

要使"动画元素"得到有效管理并发挥更大作用，就必须把它转换为"元件"。

选择这个"椭圆形状"，执行【修改】|【转换为元件】命令，或者按键盘上的 F8键，默认时【名称】为"元件 1"，选择【行为】为【图形】，单击【确定】，把"形状"转为图形元件。

执行【窗口】|【库】命令（快捷键 Ctrl+L），进入"后台"——，发现【库】中有了第一个项目：元件 1。

接着，选择"舞台"上的这个对象，发现这个对象已经不像如图 5-1 所示的"离散状"了，而是变成了一个"整体"（被选中后，周围会出现一个矩形框），它的【属性】面

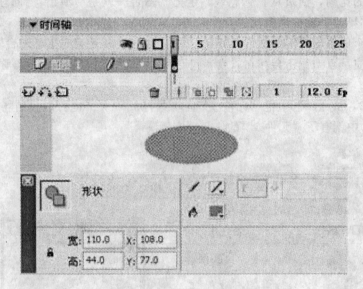

图 5-1

板也丰富了很多，如图 5-2 所示。

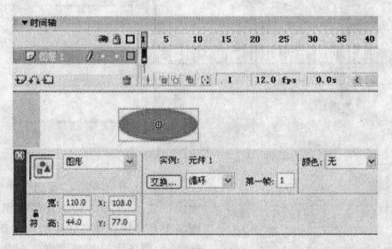

图 5-2

　　我们发现：这个对象能够转换"角色"，与其他演员"交换"身份，还有序列帧播放选项、颜色设置等。另外，它还能进行 Flash 功能最全面的"动作变形"了。

　　说到"元件"，就离不开【库】，因为"元件"仅存在于【库】中，把【库】比喻为后台的"演员休息室"或"化妆间"应该比较贴切。

　　"休息室"中的演员随时可进入"舞台"演出，无论该演员出场多少次甚至在"舞台"中扮演不同角色。动画发布时，其播放文件仅占有"一名演员"的空间，节省了大量资源。

　　上面讲到"元件"仅存于【库】中，那么什么是"实例"呢？

沿用上面的比喻，演员从"休息室"走上"舞台"就是"演出"。同理，"元件"从【库】中进入"舞台"就被称为该"元件"的"实例"。

不过，这个比喻与现实中的情况有点不同，"演员"从后台走上"舞台"时，"后台休息室"中的"演员原型"还会存在，或者我们可以把走上前台的"演员"称之为"副本演员"也即实例。

请看图5-3，从【库】中把"元件1"向场景拖放4次（也可以复制场景上的实例），这样，"舞台"中就有了"元件1"的4个"实例"。

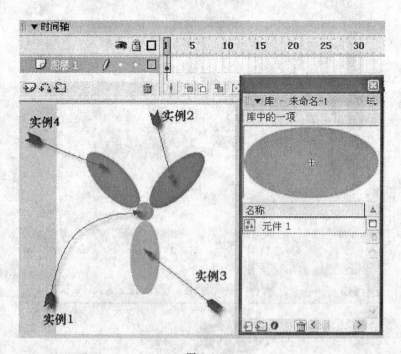

图 5-3

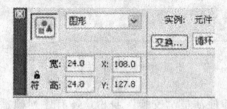

图 5-4

试着分别把各个"实例"的颜色、方向、大小设置成不同样式，具体操作可以用不同面板配合使用。图5-3中的"实例1"可以在【属性】面板中设置其"宽"、"高"参数，如图5-4所示。

"实例2"改变了外形及颜色属性，这些属性的改变可以通过【变形】面板和【属性】面板设置，具体设置如图5-5（图中，【属性】面板仅显示部分）所示。

注意：对于实例的位置、外形、旋转、倾斜等属性的编辑可以直接用鼠标进行，但利用相关面板可以精确设置属性的数值。

同"实例2"一样，"实例3"也在【变形】面板和【属性】面板中进行设置，具体属性值设置如图5-6所示（图中，【属性】面板仅显示部分）。

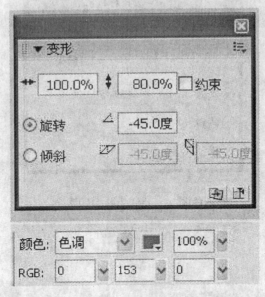

图 5-5

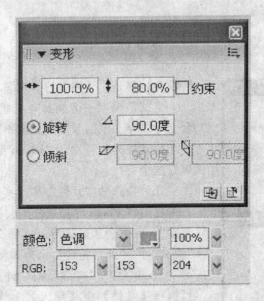

图 5-6

　　"实例 4"的设置情况如图 5-7 所示（图中，【属性】面板仅显示部分）。

　　在【变形】面板的操作中，还需注意"约束"选项，如果该选项被选中，那么实例的"宽"、"高"将同步改变。另外，"旋转"设置框中"正"号是顺时针旋转，而"负"号是逆时针旋转。

　　实例不仅能改变外形、位置、颜色等属性，还可以通过【属性】面板改变它们的"类型"，如图 5-8 所示。

　　再分别选择 4 个"实例"，观看它们的【属性】面板，你将发现，它们的"身份"始

图 5-7

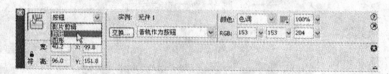

图 5-8

图 5-9

终没变，都是"元件1的实例"。

也就是说，一个演员，它们的"副本演员"在舞台上可以穿上不同服装，扮演不同角色。这是 Flash 的一个极其优秀的特性，"Flash 导演"一定要掌握并运用好这个特性。

几种特殊的"元件"和"实例"：

在制作 Flash 时，往往不会满足于自己创建"动画元素"，有时会从外部导入。那么，这些从外部加盟的"演员"的"舞台特性"又是如何的呢？

Flash 允许"聘请"的"外来演员"范围相当大，可执行【文件】|【导入】|【导入到库】命令，在弹出的【导入】对话框中打开【文件类型】下拉菜单，可以看到，Flash 支持图像、声音、视频等几十种格式，图 5-9 中显示了其中最常见的三种。

5.1.2　元件和实例的创建

这些"外来演员"被请进"舞台"后，与在 Flash 环境中产生的元件情况不太一样，大致有以下几种情况：

（1）位图被导入"舞台"后，在【库】中直接为其创建一个"元件"对象，而它在"舞台"上的图片也就被称为"某元件的实例"，但这种"实例"的能力有限，它实际上是一种"成组的元素"（关于"成组"后面将会介绍），除了可以作"动作变形"及改变位置、大小、方向，什么也干不了。要想成为真正的"舞台演员"，还需要选中它，然后按键盘上的 F8 键，把它重新定义为一个新"元件"。

（2）声音被导入"舞台"后，在"舞台"上什么也看不到。在【库】中，声音自动被定义为"元件"，它在"舞台"上的"实例"应用，可以在帧的【属性】面板中设置。对于声音在"舞台"上的每个"实例"，可以"斩头去尾"并进行其他的特效处理，而不影响声音"元件"在【库】元件中的原来特征。利用这一特点，可以仅用一个声音文件在动画中得到不同的声音效果。由于音乐文件一般较大，因此可以节省大量资源。

（3）视频被导入"舞台"后，同样在【库】中为其定义了一个"元件"，它在"舞台"上的"实例"仅能改变位置、大小，它实际上是一个"封装"了的"动画序列"。

（4）矢量图形被导入"舞台"后仅出现在"舞台"中，【库】中没有其相应"元件"。"舞台"中的矢量图形保留了原来绘制过程中的全部"路径"结构，这是动画制作中最为得心应手的动画元素。

（5）当在【场景】中输入一段文字后，它以一种较特殊的"组合"方式出现，在未把"组合"解散前，仍然可以编辑它，包括文字内容、字体、字号、颜色等属性。更为重要的是，还可以赋予文本对象以特定"角色"，那就是"静态文本"、"动态文本"、"输入文本"等，缺省的是"静态文本"。而一经解散"组合"，它就同一般的图形"素材"无异。

元件的类型和创建元件的方法：

"元件"是"舞台"的"基本演员"，要想实现自己的"动画剧本"，就得组建"演出班子"，那么，这个"演出班子"中可以有哪些类型的"演员"呢？在 Flash 中，主要有"图形"、"按钮"、"动画剪辑"三种。

这三种"基本演员"在"舞台"上的表演能力是各不相同的，后面章节中将有详尽阐述及范例，在此，先作初步介绍。

- "图形元件"好比"群众演员"，到处都有它的身影，能力却有限。
- "按钮元件"是个"特别演员"，它无可替代的优点在于使观众与动画更贴近，也就是利用它可以实现"交互"动画。
- "影片剪辑元件"是个"万能演员"，它能创建出丰富的动画效果，能使导演想得到的任何灵感变为现实。

1．创建图形元件（Graphic）

能创建"图形元件"的元素可以是导入的位图图像、矢量图形、文本对象以及用 Flash 工具创建的线条、色块等。

选择相关元素，按键盘上的 F8 键，弹出【转换为符号】对话框，在【名称】中可输入元件的名称，在【行为】中选择【图形】，如图 5-10 所示，单击【确定】按钮。这时，在【库】中生成相应"元件"，在"舞台"中，元素变成了"元件的一个实例"。

"图形元件"中可包含"图形元素"或者其他"图形元件"，它接受 Flash 中大部分变化操作，如大小、位置、方向、颜色设置以及"动作变形"等。

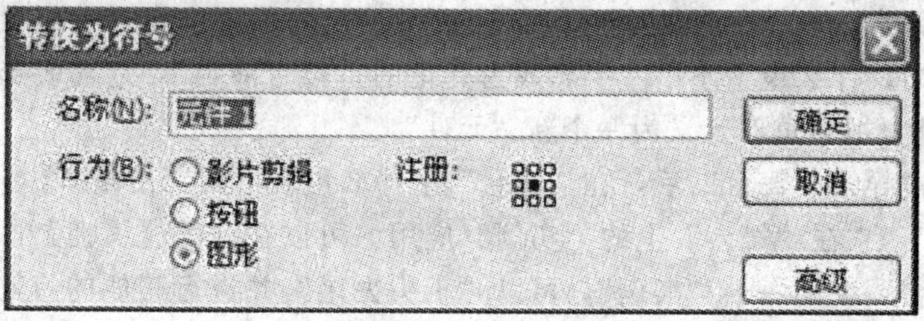

图 5-10

2. 创建按钮元件（Button）

能创建"按钮元件"的元素可以是导入的位图图像、矢量图形、文本对象以及用 Flash 工具创建的任何图形，选择要转换为"按钮元件"的对象，按键盘上的 F8 键，弹出【转换为符号】对话框，在【行为】中选择【按钮】，如图 5-11 所示，单击【确定】按钮，即可完成"按钮元件"的创建。

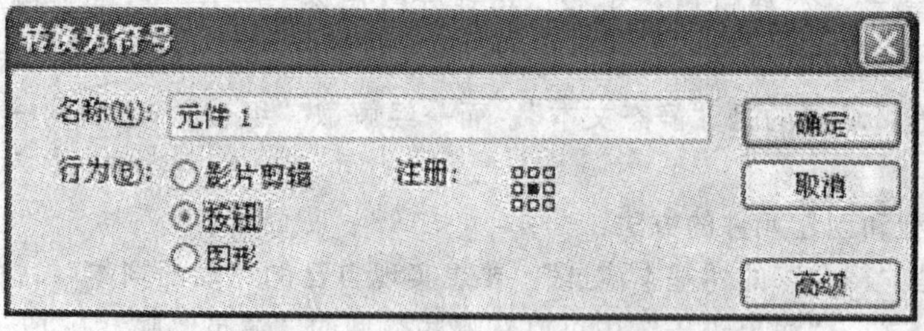

图 5-11

"按钮元件"除了拥有"图形元件"的全部变形功能，其特殊性在于它具有：3 个"状态帧"：分别是"一般"、"鼠标经过"、"按下"，在这 3 个状态帧中，可以放置除了按钮元件本身以外的所有 Flash 对象；1 个"有效区帧"，其中的内容是一个图形，该图形决定着当鼠标指向按钮时的有效范围。

按钮可以对用户的操作作出反应，所以是"交互"动画的主角。

3. 创建影片剪辑元件（Movie Clip）

"影片剪辑元件"就是平时常所说的"MC"（Movie Clip）。

可以把"舞台"上任何看得到的对象，甚至整个"时间轴"内容创建为一个"MC"，而且还可把这个"MC"放置到另一个"MC"中。

还可以把一段动画（如逐帧动画）转换成"影片剪辑"元件。

从上看出，创建"影片剪辑元件"相当灵活，而创建过程非常简单：选择"舞台"上需要转换的对象，按键盘上的 F8 键，弹出【转换为符号】对话框，在【行为】中选择【影片剪辑】，如图 5-12 所示，单击【确定】按钮。

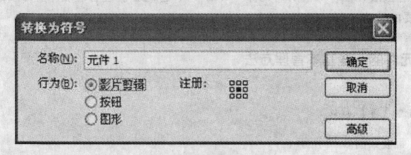

图 5-12

4. 创建空白元件

以上创建元件的过程全部是从已有对象进行"转换"，而多数情况下，尤其是"按钮元件"及"影片剪辑元件"，我们常常先创建一个"空白元件"，然后编辑元件的内容，Flash 提供多种方法进行"空白元件"的创建：

在确定舞台上没有任何东西被选取的情况下执行【插入】│【新建元件】命令，或者按快捷键 Ctrl＋F8，可打开【创建新元件】对话框，在对话框中输入元件名称，选择元件的类型，单击【确定】按钮，即可进入新元件编辑模式。

也可以通过【库】面板底部的【新建元件...】按钮及菜单【新建元件...】打开【创建新元件】对话框。

在新元件编辑模式中，元件名字会在舞台左上角显示，窗口中包含一个"十"字，它代表了元件的"定位点"。这时可以利用【时间轴】、绘图工具或导入其他素材来创建、编辑元件的具体内容。

完成新元件内容的制作后可以单击左上角的场景标签退出元件编辑模式。

创建元件的方式可随意选择，应该根据操作时的情况，灵活取用。

5.2 管理、使用"元件库"

5.2.1 "库"的概述

前面多次提到了【库】，在操作过程中，【库】是使用频度最高的面板之一，缺省情况下，【库】被安置在"面板集合"中。鉴于它的重要性，建议把【库】从"面板集合"中取出，让它单独存放于"舞台"上。

打开【库】的快捷键为 F11 键或者 Ctrl＋L 组合键，它是个"开关"按钮，重复按下F11 键能在【库】窗口的"打开"、"关闭"状态中快速切换。

【库】可以随意移动，放置在认为最合适的地方，【库】还可以设置大小模式，【库】面板上还有"库菜单"，以及元件的"项目列表"和编辑按钮，在保存 Flash 源文件时，【库】的内容同时被保存。

【库】存放着动画作品的所有元件，灵活使用【库】，合理管理【库】对动画制作无疑是极其重要的。

5.2.2　元件的一些基本管理方法

1. 熟悉【库】面板

【库】面板如图 5-13 所示。

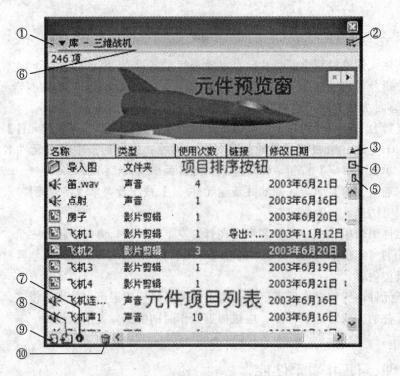

图 5-13

　　在图 5-13 中，除了元件预览窗、排序按钮及元件项目列表，就是【库】操作按钮，解释如下：

①　一拖动它，能够随意地移动【库】面板。如果【库】包含在"面板集"中，只有拖动此处才可脱离"面板集"。

②　一单击它能打开库面板菜单。

③　一元件项目列表"排序"切换按钮。

④　一单击它，能切换到"宽"模式，【库】面板将以最大化显示。

⑤　一单击它，能切换到"狭"模式，它是缺省【库】宽度，占"舞台"空间较少。

⑥　一单击小三角或者"库"名能将面板"折叠"起来，再次单击可"展开"。

⑦　一单击它能打开【元件属性】对话框，在对话框中可改变元件的属性。

⑧　一单击它能在【库】中新增文件夹。

⑨ — 单击它，会弹出【添加新元件】对话框，用来新增元件。

⑩ — "删除"按钮，单击它能删除被选的元件。

利用【库】面板上的各种按钮及【库】面板菜单，能够进行元件管理与编辑的大部分操作。

2. 使用"元件项目列表"

Flash【库】中的"元件项目列表"采用我们熟悉的"可折叠文件夹"树状结构。一个较大的动画作品，往往拥有几百个元件，利用【库】中"项目列表"这一特性为动画中所有元件作有序归类，是个不错的方法，图 5-14 就是一个 MTV 作品的【库】项目情况。

图 5-14

把"演员休息室"打理得如此有条理，不仅有利于管理和使用，而且能显示"导演" "管理有方"。

作品最终发布后，一定不能放弃源文件，因为源文件保留着大量的劳动成果，很多情况下，还会取用其中的一些元件。这时，可以通过执行【文件】|【导入】|【打开外部库】命令打开一个对话框，选择目标源文件，单击【确定】按钮后，Flash 就会在"舞台"打开一个单独的【库】，这时可以把需要的元件往当前文档的【库】中"拖放"，以后就可使用这些元件了。在这种情况下，有条不紊的"元件项目列表"将带来莫大的方便。

"元件项目列表"的文件夹还可以"嵌套"，但过于复杂的文件夹嵌套，感觉反而不太方便。

图 5-15

技巧：把元件移到某个已经存在的文件夹中，可以用鼠标按着该元件往该文件夹拖放，而批量元件放进某个不存在的文件夹时，可以先选择相关"元件项目"，然后打开面板菜单，选择【移至新文件夹】命令，见图 5-15。

想选择连续的多个项目时，可以按下键盘上的 Shift 键，然后单击连续的首尾元件；想选择不相邻的多个项目时，可以按下键盘上的 Shift 键，然后逐个单击需要选择的元件。

3．元件排序

当向【库】内添加新元件时，它不是出现在列表的上面，它在列表中的位置似乎是"随机"安排的，不利于查找，这是怎么回事呢？

因为缺省时，【库】的"元件项目列表"是按"元件名称"排列的，英文名与中文名混杂时，英文在前，中文按其对应的字符码排列，显然，这种排列方式不利于查找元件。

在图 5-13 中"元件项目列表"的顶部，有 5 个"项目按钮"，它们是【名称】、【类型】、【使用次数】、【链接】、【修改日期】，其实它们是一组"排序"按钮。单击某一按钮，"项目列表"就按其标明的内容排列，再单击图 5-13 中的 3，可以切换为"反序"，有了这 6 个按钮，就能满足任何查看要求。

在实际操作中，还得讲究一点技巧，比如，现在想"看看哪些元件创建后从未修改过"，可以单击【修改日期】按钮，"元件项目"就按创建时及编辑时的时间排序，你可能发现排序结果不合要求，再单击图 5-13 中的 3 进行反序，就一目了然了。

进行元件项目排序时，最好先把【库】最大化，单击图 5-13 中的 4 即可使【库】最大化。

4．元件的使用次数

单击图 5-13 中的 2，能展开【库】菜单，如图 5-15 所示。

技巧：在任何软件中，充分利用右键快捷菜单往往会使操作更为便利。在【库】的"元件项目列表"中选择某一元件，用鼠标右键单击它，打开一个快捷菜单，菜单中有各种元件的操作命令。

在面板菜单中，单击【立即更新使用次数】命令，Flash 就会搜索"舞台"从开场到剧终的全部过程，然后在【库】中列出"演员"的"出场次数"，而单击【保持最新使用次数】命令，就能实时监视"舞台"中的操作过程，动态更新"使用数"，不过得耗费一些系统资源。

图 5-16 是一个例子，【库】中元件的"使用次数"，

图 5-16

就是该演员的出场次数，也就是元件在场景中的实例数。"使用次数"越高，说明导演越善用"人才"，充分挖掘了"演员"资源。

5. 元件及文件夹更名

先选择某元件或文件夹，打开图 5-15 所示的【库】菜单，单击【重命名】命令，或者直接在某元件或文件夹的"名称"处双击，输入新的名称，按回车键确认，这样就能为元件或文件夹更名。

不过，使用后一种方法时得当心，如果"双击"时鼠标处在元件的"类型图标"上，那么其结果将是打开该元件的编辑场景。

在 Flash 环境中，一般情况下可能无需关注"元件名"，Flash 会自动将新元件以【元件 1】、【元件 2】、【元件 3】等规则命名。

元件更名不仅便于识别，还有一个更重要的理由：有时候需要从已有的动画作品中"借演员"，当把该元件粘贴进"舞台"时，极有可能与当前【库】中某元件重名，这时会出现如图 5-17 所示的警告窗口，其中有两个单选框，如果选择【不要替换现有项目】，"借用演员"失败，而选择【替换现有项目】，那么原来的"演员"被清除出【库】，一去而不复返，一旦单击【确定】，其结果不可恢复。

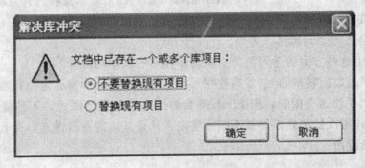

图 5-17

还有一种情况，现在有相当多的 Flash 动画辅助软件，在它们的输出文档中，也进行了"元件"命名。比如，Swish 的输出文档有时包含上百个"元件名"。当把这些动画导入时，经常会出现"元件重名"的情况，操作不慎，将造成不好的后果。最为惨痛的教训是你为之辛苦制作的元件，一下子全毁了，与此同时，"舞台"上的所有"实例"应用，全被"新面孔"替换。

技巧：碰到这种情况，试图用【撤消】命令撤销操作是徒劳的，请千万别【保存】文件。补救的措施是：执行【文件】｜【还原】命令，一切恢复原样。不过，在上一次存盘后的操作成果却永远付之东流了。一个良好的习惯是：一段时间的正常操作后，及时保存文档。

6. 用"图标"识别元件类型

Flash 的"元件列表"中，除了【类型】这一"列名称"，还提供了更详细的元件

图 5-18

"类别图标",如图 5-18 所示。可以从这些图标的外观很容易地识别元件的类型,有时利用"识别图标",再结合【类型】排序,是查找"元件"的最快捷手段。

5.3　元件和实例的灵活应用

平心而论,Flash 提供的变形手段并不多。一般来说也就是"状态和动作"变形、"遮罩和引导线"动画等几种。然而呈现在我们面前的 Flash 世界是如此五彩缤纷、千变万化、生机无限。

当基本掌握 Flash 后,继续深入的"切入点"很多,比如:

- 学习、借鉴别人的制作思路及技巧;
- 提高自己处理图形、图像的能力;
- 挖掘 Flash 变形手段的表演潜力;
- Action Script（AS）动画编程的开发应用;
- 动画在网站上的运用;
- 形成自己的动画风格;等等。

在进行以上这些方面的学习前,必须具备扎实的基本功。

"某某效果是如何制作的?"答案往往不止一种。奇妙的构思必定由扎实的基本功作为支撑。Flash 的手段是有限的,但 Flash 舞台的创作空间是无限的,不怕做不到,就怕想不到。动画制作层次的提升还得靠不断地实践,从最基础的东西做起,那就是"元件"和"实例"的灵活应用。

5.3.1　两种不同的编辑界面

动画素材的创建和编辑是制作过程中常遇到的,Flash 的编辑界面有两种:

一种是标准的编辑界面,其特点是它与"舞台"分离的,如同一个独立的"道具加工场"。

打开【编辑】菜单,单击其中的【编辑元件】命令以及【编辑所选项目】命令,都能进入这种界面,也可通过【库】面板菜单中的【编辑】命令进入这一种编辑界面。

另一种是"舞台"上的编辑界面,其特点是它"附着"在"舞台"上,编辑界面的背景是"透明的"。

打开【编辑】菜单,单击【在当前位置编辑】命令或者直接双击"舞台"上的"实例",就能进入这一种编辑界面。

下面通过一个例子,以说明两种编辑界面的特点。

如图 5-19 所示,这是用 Moho 做的一个动画,现在需要在画面左上角添加文字标题"moho",使标题的外观与画面配合得更美观些。

图 5-19

　　选取文字，按键盘上的 F8 键，把文字对象转换为图形元件"元件 1"，该对象已经变成"元件 1"的实例。接着用鼠标选择该实例，用鼠标右键单击它，选择【编辑】命令，如图 5-20 所示。

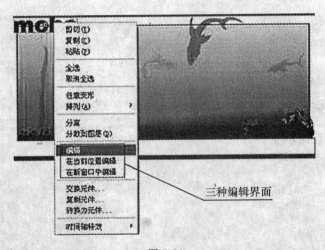

图 5-20

　　注意：图中的"快捷菜单"中有三种编辑命令，其中【编辑】命令是进入元件"编辑模式"，它没有打开专门的编辑窗口，而【在新窗口中编辑】同【编辑】命令的意义相似，所不同的仅仅在于【在新窗口中编辑】命令会在 Flash 中打开一个新窗口，所以这里仍然归结为两种编辑界面。

　　这时打开的是"标准编辑界面"，如图 5-21 所示。

　　我们发现，在这种编辑界面中根本无法完成编辑的目的，因为没有"舞台"的实景作为参考。

　　单击编辑器左上角的标签按钮【场景1】，退出元件编辑场景，回到主场景 1。

　　现在"双击"该实例，就进入了"当前位置编辑界面"。

　　我们发现，在这种编辑界面中，很适合完成各种编辑，如图 5-22 所示。

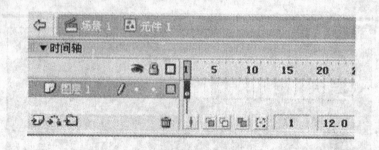

moho

图 5-21

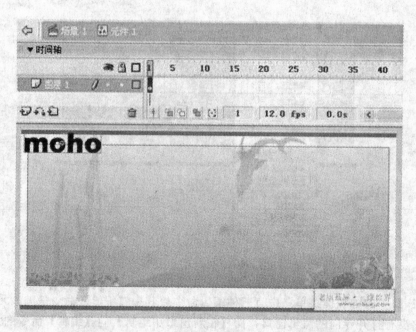

图 5-22

技巧：具体操作方法是，先把文字"打散"，用选择工具参考画面框选文字一部分，填充为绿色，其余填充为白色，再用墨水瓶工具使白色部分填上灰黑边线。单击左上角的【场景 1】按钮，回到主场景 1，效果如图 5-23 所示。

现在我们明白，当创建"空白"元件时，或者该元件的内容无需以"舞台"作为参考时，宜采取"标准编辑界面"，这种界面能使对象内容更清楚，视觉上也舒服。反之，元件中的内容必需参照"舞台"实景的，就只能用"当前位置编辑界面"。

图 5-23

5.3.2 元件和实例的内在关系

如果问："上例对于'moho'对象的编辑,是针对'元件'还是'实例'?"

答案应该是针对"元件"。查看【库】中的【元件 1】,它的形态确实改成了编辑后的结果。

所以,对元件的编辑,同时改变了其实例的形态。

为了对"元件"和"实例"的内在关系有更深的理解,下面再举个例子。

例如,"场景"上有如图 5-24 所示的一个图形实例,在对"元件"或"实例"未作任何编辑时,它们是完全一样的。

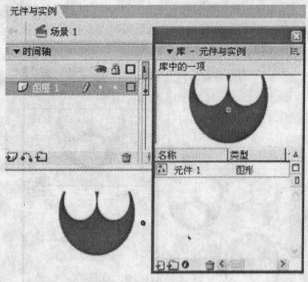

图 5-24

现在对"实例"做一些操作:把实例缩小,并复制 3 份,分别将它们的方向、颜色、透明度作一些变化,如图 5-25 所示。

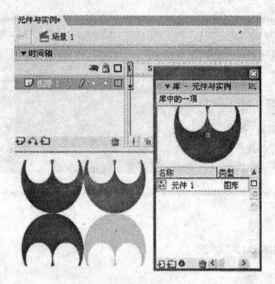

图 5-25

从图 5-25 中可以看到，尽管对"实例"作了改变，但【库】中元件仍保持原样。接下来，用鼠标双击"场景"中的任何一个"实例"，就进入了"元件"编辑界面。现在在"元件编辑界面"中为图形添加上一个白色圆形。

编辑结果影响到元件以及所有实例。

单击【场景 1】按钮，返回到主场景 1，你会发现，"实例"及"元件"被赋予了新的特征，如图 5-26 所示。

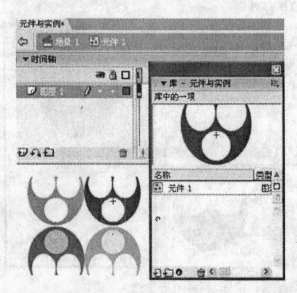

图 5-26

技巧：在时间轴上方有个"标签栏"。未进入编辑界面时，是在【场景 1】中进行的，操作对象是舞台的"实例"。双击某"实例"后,操作对象是"元件 1"了。请注意"标签栏",现在是【场景 1】和【元件 1】。通过单击"标签栏",可以掌握当前所在的"舞台层次"。

可以继续在"舞台"上对"实例"进行各种变形操作,"万变不离其宗",所有"实例"全摆脱不了"元件"的新特征,如图 5-27 所示。

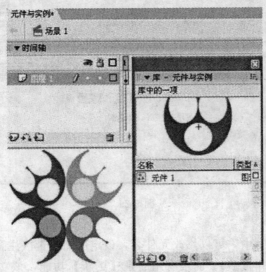

图 5-27

一个"元件"在"舞台"上的"实例"应用次数是无限的,每一个"实例"可以被赋予不同的外在特征,"实例"的变化,不影响它的"元件";而"元件"的变化,影响到它的所有"实例"。这是个极其重要的特点,被大量应用在动画制作中。

5.3.3　元件和实例的属性

第一次打开 Flash 时,"舞台"空间显得很狭小,操作界面被大量的"面板群"所占据。你可以布置自己的舞台环境,以使"舞台"占据最大的空间,但是有两个面板应该保留在"舞台"上:【库】和【属性】面板。

在【库】中,用鼠标右键单击某元件,选择【属性】,可打开【元件属性】对话框,如图 5-28 所示。

图 5-28

这 3 种"基本元件"的属性只允许作元件类型的从新设定。比较而言，其他"元件"的属性面板内容比它们丰富多了。图 5-29 是"位图"元件的"属性面板"。

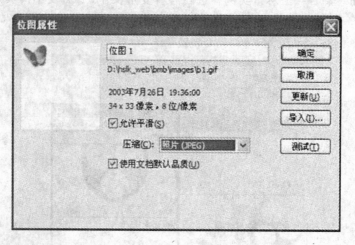

图 5-29

在"位图属性面板"中，可以修改元件名，设定压缩质量（注意，这里的压缩设置可以被"发布设置"的操作覆盖）。而最有用的是【更新】功能，该功能可以让我们选择另一幅图像替换现有图片，而且在现有图片已经被"打散"的情况下仍然有效。

图 5-30 是"声音元件"的"属性面板"。

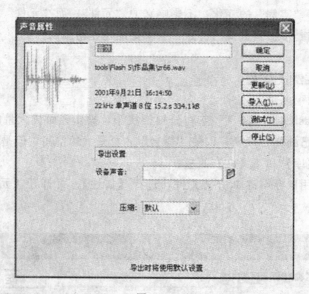

图 5-30

在声音属性面板中，可以了解声音元件的信息，还可以对声音元件的属性作一些设置，主要包括：从外部替换更新、输出格式设置、压缩方式设置、测试等。

由于本书其他章节对这些内容有专门讨论，这里不再赘述。

　　从上面的简单介绍，我们能悟出一个道理：3 个"基本元件"的属性最简单，而且它们的属性设置是一样的，除此之外的各种元件属性，却各具不同的内容。

　　下面看看"实例"的属性面板。

　　实例属性面板与动作面板被放在操作界面的底部，这样的布局确实给用户带来莫大的方便。Flash 还加了个"伸缩"按钮，如图 5-31 所示。

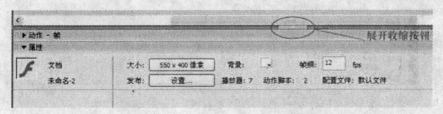

图 5-31

　　为了区别"元件属性面板"，我们暂且把这个属性面板称为"场景属性面板"，因为它实时提供"场景"中某一对象的属性，随着选择"场景"中的不同对象，它就变为相应的面板，当什么也没选时，它为"文档"的【属性】面板。

　　如图 5-32 所示是"图形实例"的【属性】面板。当选择某一"图形实例"时，它就会出现。

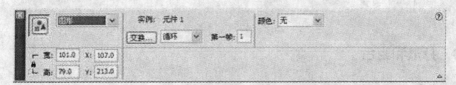

图 5-32

　　从图 5-32 中可知，图形实例可以与"按钮"、"影片剪辑"实例互换角色，设置外形尺寸、位置，与其他元件交换，以及颜色变化。

　　其中要说明的是，在【交换】右边的下拉列表中有 3 个"播放模式"选项，分别是【循环】、【播放一次】、【单帧】，它为"图形实例"提供了一个可控的播放功能。

　　例如，这个实例内包含 3 个关键帧，选择【循环】模式后，这 3 个帧连续播放，在右边的【第一帧】为设置从哪一帧开始播放。设置播放 1 次后，播放到第 3 帧即停止。而选择"单帧"后，这个实例永远停在第 1 帧。

　　如图 5-33 所示是"按钮实例"的【属性】面板。当选择某一"按钮实例"时，它就会出现。

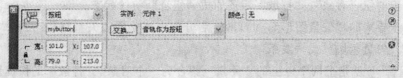

图 5-33

Flash 动漫设计基础

按钮实例除了与图形实例相同的属性外，还可以设置"实例名"。一旦有了"实例名"，意味着实例可以为 Action Script（AS）指令所控制。

另外，在【交换】右边的下拉列表中提供了 2 个按钮形式的选项。

如图 5-34 所示是"影片剪辑实例"的【属性】面板。当选择某一"影片剪辑实例"时，它就会出现。

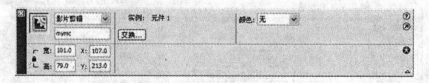

图 5-34

影片剪辑实例的属性除了比"图形实例"多了个"实例名"设置框，从表面看来比图形实例简单，其实它的蓬勃生机蕴藏在它的内部功能上，下面将以例子说明这一点。

相比于"元件"的属性来说，它们的"舞台属性"存在极大的个体差异。

这又使我们悟出另一个道理：这些基本元件一旦从后台走上"舞台"（实例），它们就尽显个性、各领风骚。这同样也说明了它们各自的能力和作用上的差异。

可以毫不夸张地说，一个动画的制作，至少有一半的操作是在场景和属性面板中进行的。

5.3.4　打散和组合

在 Flash 的所有操作术语中，你听到最多的可能是"打散"了。或许你已经知道："打散能使位图变成填色类型的分散色块或线条，便于编辑其中的内容"。不错，但是"打散"的含义远非这些。除了位图，"打散"至少还有以下几种情况：

- 对于"文本对象"，"打散"后变为单个的"字符"对象；再一次"打散"，变成"轮廓线"图形。
- 对于"图形实例"，"打散"后与"元件"脱离了内在关系，从此它成了舞台中的一个"孤立元素"。
- 对于"按钮实例"，"打散"后变成一个单帧的元素，显示为原按钮第 1 帧的内容。
- 对于"影片剪辑"，"打散"后变成一个单帧的元素，其内容为原 MC 中第 1 帧，如果有多个图层，那么为第 1 帧的内容叠加。
- 对于"组合对象"，"打散"后还原成"组合"前的状态。
- 对于导入的"矢量图形"，"打散"后分离为独立的"矢量路径"；再"打散"，变为"矢量色块"或"线条"。

而"组合"，就是把两个以上的"元素"集合为一个对象。"打散"的快捷键是 Ctrl＋B；"组合"的快捷键是 Ctrl＋G。

那么，"组合"是不是"打散"的反操作？有点类似，但不是一回事。

例如，当把"打散"的位图"组合"，得到的是"分散色块与线条"的集合，位图的"打散"是不可"逆转"的。

把"图形"、"按钮"、"影片剪辑"打散后的结果全是图形元素，"组合"操作只能得到"图形的集合"，根本恢复不了原元件类型。

【取消组合】命令是不是与"打散"一样呢？不一样。【取消组合】命令挺简单，它仅是"组合"的"反操作"。

上面说的"打散类似于组合的反操作"是指：在多数情况下，"打散"可以替代【取消组合】命令，完全可以用"打散"取代【取消组合】命令。

那么"打散"和"组合"在动画制作中有多大意义？

可这么说："打散"和"组合"是动画制作中最基本的手段，如果你从未用到过"打散"和"组合"，那么你显然还缺乏一种灵活组织动画元素的技巧。

5.3.5　元件类型的转换与实例对象的交换

灵活运用元件或实例的这种特点，能使动画效果得到更丰富的表演手段或大大提高制作效率。

元件的类型"转换"是在【库】中进行的。选择待转换元件，打开【属性】面板，选择目标类型，就能完成转换。元件类型"转换"仅于 3 种基本元件。

从上面"元件的属性"讨论中我们已经知道：任何对"元件"的操作，从根本上改变了"元件"的属性，并影响到其"实例"。这时，在"舞台"上所有该元件的"实例"将赋予新的属性。

那么，在"转换"以前就有该元件的实例应用，会怎样呢？

例如，如果原来是"影片剪辑"（MC），现在转换为"按钮"，那么该实例可以赋予按钮指令，原 MC 中的 ActionScript 指令及"动画序列"失效。其他几种情况可以依此类推，所以如果在"舞台"中已经有"实例"运用，尽可能不要进行元件的类型转换。

在动画制作中，最常用的是实例类型交换和实例对象交换。

在实例的【属性】面板中，可以进行两种交换：实例类型交换和实例对象交换，如图 5-35 所示。

图 5-35

"实例类型交换"能临时使某个实例得到额外的功能。

例如，一个 MC 类型的实例，在交换成"按钮"后，也能被赋予"按钮指令"。使用同样的方法，可使"图形"实例也具备"按钮"特征。如果把"图形"实例转换为 MC，可以得到独立的时间轴，而且能够接受 ActionScript 指令的控制等。

既然"影片剪辑"类型的元件能力大得多，在初创元件类型时为何不全部选为"影片剪辑"，何必再转来转去？

可以做个实验：创建几个"图形"元件，观察其文件量，然后再把它们的实例"交换"成 MC，这时文件量大了好几倍。这说明，"待遇越高的演员"装备越全，耗费"舞台资源"越厉害，所以，作为一个"动画导演"应该遵循"什么样的演出要求，就物色什么样的演员"，避免"高工资的群众演员"这种不合算的情况。

还有一点需注意的是，在"舞台"上进行"实例交换"后，在适当的时候别忘了再恢复原来的类型，否则可能会出现意想不到的后果。

"实例对象"交换也很有用，在图 5-35 中，单击【交换】按钮，弹出【交换元件】对话框，如图 5-36 所示，在其中的列表中可以选择目标元件，按【确定】按钮后"交换"成功。

图 5-36

"实例对象"交换能把某一"演员"用【库】中的任何其他演员替代，而且这个"新演员"秉承原"演员"的颜色、位置、尺寸、类型等属性。

为了加深理解，下面举一个例子。

在制作 MTV 动画时，通常需要使声音与歌词同步，而且这些歌词往往在同一位置以同一外观出现。在这种情况下，几十句歌词的重复操作确实是够烦琐的。利用"实例对象"交换方法，其快捷的过程无疑能极大提高效率。

本例的思路是：先制作歌词的元件，再把主题歌曲的音乐以"序列"同步类型设置。同时，把"歌词"实例与相应"唱词"声音一一对应起来。如此一来，这个 MTV 的整个时间线已经建成，只需在时间线中制作动画内容。

下面主要介绍歌词实例的制作过程：

在一个新文档的"舞台"中先输入歌曲的全部歌词，见图 5-37。

这时可以把 MTV 的主题音乐导入，创建一个【音乐】图层，并在该图层适当位置插入一个关键帧，在"帧属性"面板上把音乐插入，并且把"同步模式"设置为【序列】。

　　技巧：【序列】同步模式特别适合 MTV 类动画，因为它是把整个音乐的长度平均分配给所需的帧上，便于根据音乐安排动画情节。

　　这种模式在播放时，以音乐为主。如果在某些关键帧动画对象过多，则会发生"跳帧"现象，而音乐始终保持流畅，从而保证"音画"绝对同步。

　　接下来，选择已经输入的歌词对象，按两次"Ctrl＋B"把文字对象打散，再用选择工具框选第一句歌词——本例是"简简单单过日子"，按 F8 键，转换为名称为"Z1"的图形元件。这时，这句歌词已经成为"Z1"元件在舞台上的实例。可以先把它删除，因为【库】中已经有了"Z1"元件。

　　接着再框选第二句——本例是"我有你就满足"，转换为"Z2"元件。依此类推；一直到最后一句——"爱到最深处"。

　　可以在【库】中把所有已经完成的歌词元件移进【歌词】文件夹，便于后面的操作，如图 5-37 所示。

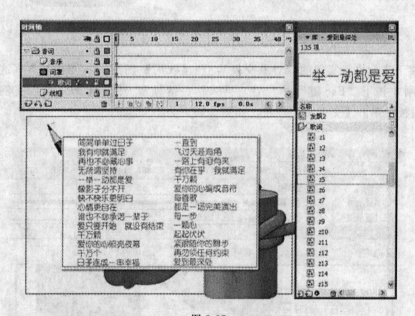

图 5-37

　　回到主场景，先创建一个名称为【歌词】的图层，按回车键，这时"播放指针"会从当前帧开始移动并播放时间线内容，同时能听到音乐。音乐一般会有较长的前奏，注意当音乐进行到第一句歌词时，及时按一下 Esc 键，在【歌词】图层的当前位置插入关键帧，从【库】中把"Z1"元件拖进舞台，创建第一句歌词的实例。

　　这时你可以把该实例的位置、大小、颜色等属性进行编辑，满意后就可以进入下一步了，如图 5-38 所示。

　　按回车键，让音乐继续播放，当第二句唱词"我有你就满足"的声音出现时，及时按

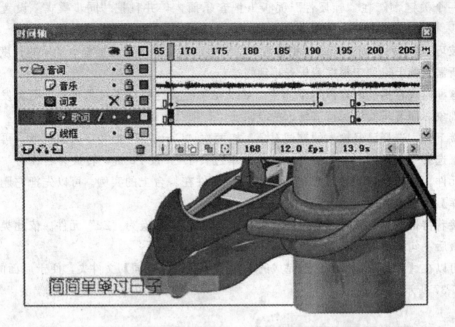

图 5-38

Esc 键。接下来就进行实例的"对象交换",在【歌词】图层的"当前帧"(这个"当前帧"就是刚才按下"Esc 键"的位置)插入"关键帧",然后选择"Z1"实例,在它的【属性】面板中单击【交换…】按钮,如图 5-39 所示。

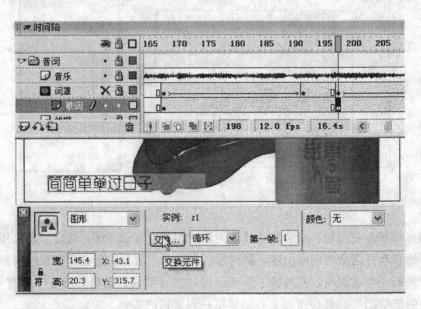

图 5-39

这时看到【交换元件】对话框,从中选择"Z2"项目,如图 5-40 所示。

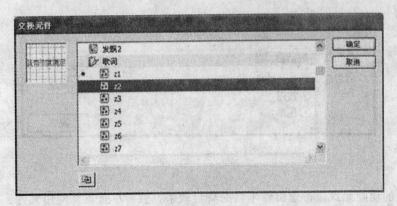

图 5-40

单击【确定】按钮，就看到歌词变成了第二句，而且以前设置的歌词实例属性被"继承"到了 Z2。

按照上述步骤，全部歌词制作完成无需多少时间。

当然，也没必要一下子进行到最后，因为制作过程中还要多次测试效果，将增加测试时的编译时间。一般制作几句后就可以进行动画场面的制作了，完成几段歌词后再继续后几段歌词。

有人喜欢把歌词做成其他各种效果，如"淡入淡出"，用"遮罩"进行"渐显渐退"等。其实做法完全一样，只要做好第一句，只需交换后续歌词即可。

5.3.6 元件的复制和重复应用

在【库】中，用鼠标单击元件名称，选择【重制】命令，就能进行元件的复制，如图 5-41 所示。

在【元件副本】对话框（见图 5-42）中，可以为新元件命名，并可以选择其类型。

新元件与原元件无任何关系，"元件复制"技巧对于避免重复劳动、提高效率具有重要意义。例如，动画中需要一组外观、效果相同的按钮，仅仅需要"单击"时出现不同的动画效果，这时就可用"元件复制"方法。

"元件复制"的另一种情况是从另一个动画文档中复制元件。可以把另一动画【库】中的元件直接拖放在当前"舞台"，或者拖放到当前【库】中，其结果都是元件复制。

关于"元件的重复应用"，前文已经提到过。要做

图 5-41

图 5-42

到利用少量的动画元素，布置出较丰富的舞台效果，就得尽量重复应用元件。

如图 5-43 就是一个例子，这是一个风景图，其中的所有"树"对象，就是利用【库】中的两个元件：【树 1】、【树 2】布置成的。

把【树 1】、【树 2】元件在"舞台"上创建大量"实例"，再让"实例"作各种颜色、大小、位置、方向变化，就得到了比较丰富的效果。

"元件重复应用"能大大缩小文件量，提高工作效率。你不妨参照上一节的图检查一下自己的作品中是否充分利用了元件的潜力？

图 5-43

5.4 实 例

按钮元件是 Flash 的基本元件之一，具有多种状态，并且会响应鼠标事件，执行指定的动作，是实现动画交互效果的关键对象。

从外观上，"按钮"可以是任何形式，例如，可能是一幅位图，也可以是矢量图；可以是矩形，也可以是多边形；可以是一根线条，也可以是一个线框；甚至还可以是看不见的"透明按钮"。

按钮有特殊的编辑环境，通过在四个不同状态的帧时间轴上创建关键帧，可以指定不同的按钮状态，如图 5-44 所示。

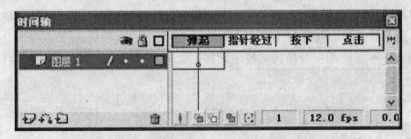

图 5-44

【弹起】帧：表示鼠标指针不在按钮上时的状态。

【指针经过】帧：表示鼠标指针在按钮上时的状态。

【按下】帧：表示鼠标单击按钮时的状态。

【点击】帧：定义对鼠标做出反应的区域，这个反应区域在影片播放时是看不到的。

【点击】帧比较特殊，这个关键帧中的图形将决定按钮有效范围。它不应该与前 3 个帧的内容一样，但这个图形应该大到足够包容前 3 个帧的内容。

注意：有的朋友总是抱怨："怎么我的按钮'一闪一闪的'，很难单击它。"这一般发生在文字类按钮中。如果没在"按钮有效区"关键帧设置一个适当图形，那么，这个按钮的有效区仅是第 1 帧的对象，文字的线条较细且分散，因此很难找到"有效区"。

"有效区"图形还可以充满整个屏幕，退出按钮编辑后，"有效区"图形是不可见的。

根据实际需要，还可以把按钮做成如图 5-45 所示的结构。

图 5-45

从图 5-45 中可以看到，按钮的 3 个"状态关键帧"中，可以放置除按钮本身以外的任何 Flash 对象，其中：【状态音效】图层设置了 2 种音效，【按钮动画】图层使鼠标不同操作出现不同动画效果，而【按钮底图】中可放置不同的图片。

可以想象一下：利用这个特点，可以把按钮做成何等有声有色、变化无限的效果。

在 Flash 5 及之前的版本中，按钮的"状态关键帧"还接受 ActionScript 指令，但从 Flash MX 开始已经废弃了这一功能。事实上，在按钮实例中加入"事件指令"更方便、更灵活。

按钮的"事件指令"以及在这些"事件"中进行的动画编程，使按钮的创作空间变得无此宽广。有关按钮事件及其应用参阅本书的相关内容。

另外，"按钮"还可以设置"实例名"，从而使按钮成为能被 ActionScript 控制的对象。

下面从最基础开始，制作一个精美的按钮。

实例简介：本实例是一个精美的按钮元件，如图 5-46 所示是这个按钮的运行效果。

图 5-46

步骤 1　新建按钮元件

新建一个影片文档，执行【插入】｜【新建元件】命令，弹出一个【新建元件】对话框，在【名称】中输入"圆形按钮"，选择【行为】为【按钮】类型，如图 5-47 所示。

图 5-47

单击【确定】按钮，进入到按钮元件的编辑场景中如图 5-48。

步骤 2　创建按钮

（1）绘制按钮图形

● 创建【弹起】帧上的图形

将【图层 1】重新命名为"圆形"，选择这个图层的第 1 帧（弹起帧），利用【椭圆工具】绘制出如图 5-49 所示的按钮形状。

这个形状是由一个蓝色圆形和一些小椭圆形状组合而成的，另外为了表现球的立体感，在蓝色圆形下边还绘制了一个椭圆阴影。完全可以充分发挥自己的想象力，绘制出更

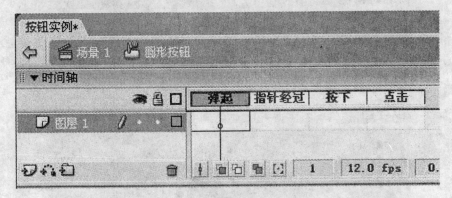

图 5-48

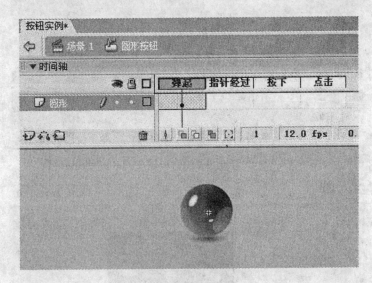

图 5-49

漂亮的按钮图形。

- 创建【指针经过】帧上的图形

选择【指针经过】帧，按 F6 键插入一个关键帧，并把该帧上的图形重新填充为橄榄绿色，如图 5-50 所示。

- 创建【按下】帧上的图形

【按下】帧上的图形和【弹起】帧上的图形相同，因此利用复制帧的方法即可得到。先用鼠标右键单击【弹起】帧，在弹出的菜单中选择【复制帧】命令，然后用鼠标右键单击【按下】帧，在弹出的菜单中选择【粘贴帧】命令即可。

- 创建【点击】帧上的图形

选择【点击】帧，按 F7 键插入一个空白关键帧，这里要定义鼠标的响应区。用矩形工具绘制一个矩形，如图 5-51 所示。注意一定要让这个矩形完全包容前面关键帧中的图形。

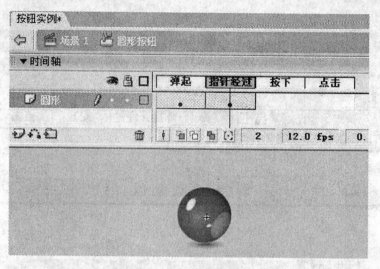

图 5-50

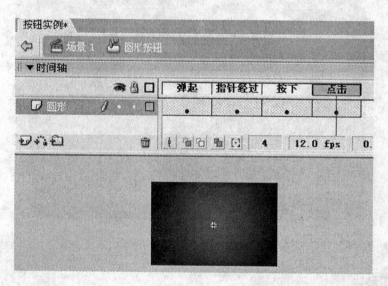

图 5-51

　　说明：【点击】帧中的内容，在播放时是看不到的，但是它可以定义对鼠标单击所能够做出反应的按钮区域。也可以不定义【点击】帧，这时【弹起】状态下的对象就会被作为鼠标响应区。

　　(2) 创建文字效果

　　为了使按钮更实用并更具动感，下面在圆形按钮图形上再增加一些文字特效。

　　● 创建【文字 1】图层

　　在【圆形】图层上新建一个图层，并重新命名为"文字 1"。在这个图层的第 1 帧，用文本工具输入"play"文字，字体颜色用黑色，如图 5-52 所示。

　　● 创建【文字 2】图层

　　在【文字 1】图层上新建一个图层，并重新命名为"文字 2"。先将【文字 1】图层上

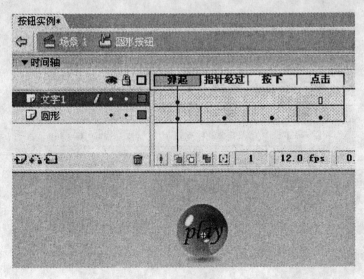

图 5-52

的文字原样原位置复制到【文字 2】图层的第 1 帧上。方法是，单击选择【文字 1】图层上的文字，执行【编辑】｜【复制】命令，然后单击选择【文字 2】图层的第 1 帧，执行【编辑】｜【粘贴到当前位置】命令即可。

　　除了【文字 2】图层，锁定其他图层，然后选择这个图层上的文字对象，按下向上方向键和向左方向键各两次，然后将文字的颜色更改为绿色。这样就形成具有立体效果的文字，如图 5-53 所示。

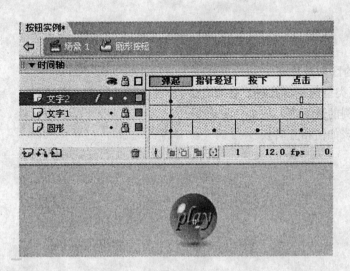

图 5-53

　　选择【文字 2】图层的第 2 帧，按 F6 键插入一个关键帧，将这个关键帧上的文字颜色改为蓝色，如图 5-54 所示。

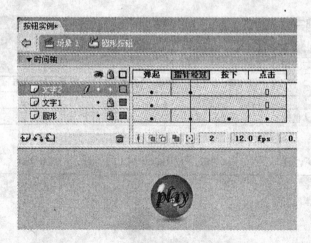

图 5-54

　　至此，这个按钮元件就制作好了。现在返回【场景 1】，并从【库】面板中将"圆形按钮"元件拖放一个实例到舞台上，然后按下 Ctrl＋Enter 组合键测试一下。

【本章小结】

　　本章主要讲述了 Flash 中元件的使用。元件是可以重复利用的图像、文本、动画或按钮。熟练使用元件是提高动画制作技能的关键。通过本章的学习，要掌握 Flash 元件库的正确使用方法、元件之间的相互转换以及元件的编辑。

习　题　5

1. 元件与实例的区别是什么？
2. Flash 的元件类型包括哪几种？各有什么特点？
3. 若要改变实例的透明度，应如何更改？
4. 元件之间应该如何相互转换？

第6章 动画中的声音和视频

【学习目的与要求】　在 Flash 中，声音是十分重要的，声音的加入会使动画更加多姿多彩。由于 Flash 动画多是在网上发布，所以对文件大小有严格要求。在保证音质的前提下，应当尽量减小声音文件的大小，以减小作品的存储容量。因此，有必要掌握声音的基础知识，以便更好地学习和理解优化声音的方法。

6.1　Flash 中声音的应用

Flash 提供了许多使用声音的方式：可以使声音独立于时间轴连续播放，或使动画与一个声音同步播放；还可以向按钮添加声音，使按钮具有更强的感染力。另外，通过设置淡入淡出效果还可以使声音更加优美。由此可见，Flash 对声音的支持已经由先前的实用，转到了现在的既实用又求美的阶段。

只有将外部的声音文件导入 Flash 中以后，才能更进一步在动画中加入声音效果。能直接导入 Flash 应用的声音文件，主要包括 WAV 和 MP3 两种格式。另外，如果系统上安装了 QuickTime 4 或更高版本，则还可以导入 AIFF 格式和只有声音的 QuickTime 影片格式。

一般情况下，在 Flash 中应用声音主要包括以下几个重要内容：导入声音、引用声音、编辑声音、压缩声音。本节从这几个方面来介绍声音在 Flash 中的应用。

首先，通过一个实例讨论导入声音、引用声音（给动画添加声音、给按钮添加声效）的方法。

6.1.1　应用声音效果实例

打开一个用 Flash 制作的电子贺卡"card. fla"文件，欣赏一下具体的效果。按快捷键 Ctrl＋Enter，动画开始播放，动画中伴随节奏感很强的背景音乐；把鼠标放在右下角的【停止】按钮上时，会听到一声提示的声效，这时单击鼠标，动画就停止播放，背景音乐也停止了，单击【播放】按钮，动画与背景音乐重新开始播放。

现在再回过头来看实例源文件，你会发现，这个实例声音效果的产生是因为在源文件中加入了两个声音：一个是背景音乐，一个是加入到按钮上的声效。

下面是在动画中应用声音的具体过程：

1. 导入声音

(1) 执行【文件】｜【导入】｜【导入到库】命令，将外部声音导入当前影片文档的【库】面板中，如图 6-1 所示。

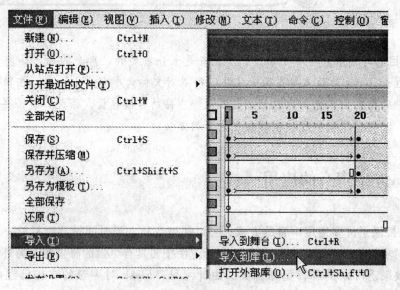

图 6-1

(2) 在【导入到库】对话框中，选择要导入的两个声音文件，然后单击【打开】按钮，将声音导入，如图 6-2 所示。

图 6-2

导入声音处理完毕以后，就可以在【库】面板中看到刚导入的声音对象，今后就可以像使用元件一样使用声音对象了，如图 6-3 所示。

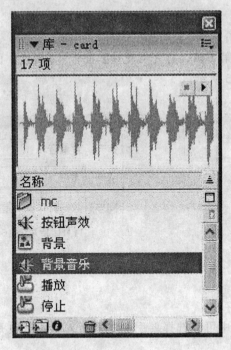

图 6-3

2. 引用声音

在【按钮】图层上新建一个图层，并重新命名为"声音"，选择这个图层的第 1 帧，然后将【库】面板中的"背景音乐"声音对象拖放到场景中，如图 6-4 所示。

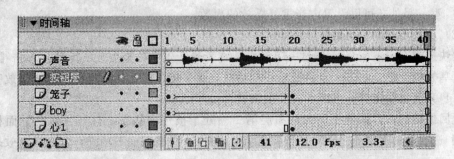

图 6-4

这时【声音】图层上出现了声音对象的波形，这说明已经将声音引用到【声音】图层。这时按一下键盘上的回车键就能听到声音。还可以按下快捷键 Ctrl＋Enter 测试一下，这样效果更完整。

说明：本例在引用声音对象时，由于时间轴图层上本来就有一定帧数的动画效果，所以在【声音】图层直接得到和原来的帧数一样的声音波形帧数，这时显示也并不是声音的全部长度。如果想得到声音的全部长度，可以在【声音】图层上选中 1 帧，按 F5 键，延长该图层上的帧，直到波形消失为止。

3. 编辑声音

（1）编辑声音窗口简介

选择【声音】图层的第 1 帧，打开【属性】面板，【属性】面板中有很多设置和编辑声音对象的参数，如图 6-5 所示。

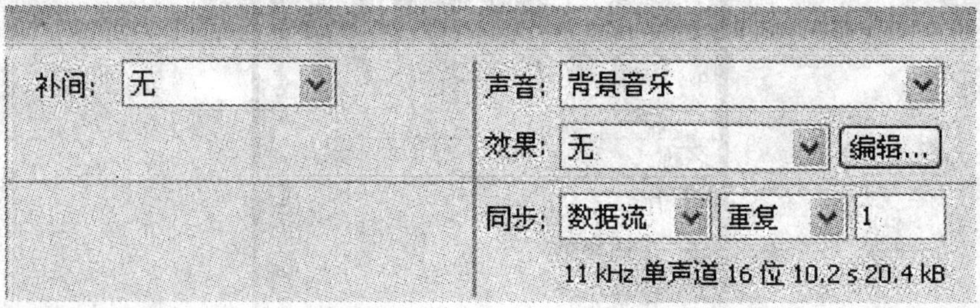

补间：	无 ▼		声音：	背景音乐 ▼
			效果：	无 ▼ 编辑...
			同步：	数据流 ▼ 重复 ▼ 1
				11 kHz 单声道 16 位 10.2 s 20.4 kB

图 6-5

各参数详解如下：

- 【声音】选项：从中可以选择要引用的声音对象，这也是另一个引用【库】中声音的方法。
- 【效果】选项：从中可以选择一些内置的声音效果，例如声音的淡入、淡出等效果。
- 【编辑】按钮：单击这个按钮可以进入声音的编辑对话框，对声音进行更进一步的编辑。
- 【同步】选项：这里可以选择声音和动画同步的类型，默认的类型是【事件】类型。另外还可以设置声音重复播放的次数。

（2）更换声音同步类型

按快捷键 Ctrl+Enter，测试一下动画，在背景音乐中鸟笼在上下运动，单击【停止】按钮，鸟笼处于静止状态，但是音乐还在播放。那么能不能让音乐也一起停止播放呢？当然可以！只需重新设置一下声音同步类型就可以了。

返回编辑窗口，保持【声音】图层第 1 帧处于被选中状态，打开【属性】面板，在【同步】选项后的下拉列表中选择【数据流】。好了，再测试一下动画，怎么样？效果达到了吧。

说明：【同步】选项中【数据流】类型是一种很重要的声音同步类型，在制作一些如 MTV 的作品时，这种声音同步类型是最常用的。

另外，还可以设置声音的效果，或者单击【编辑】按钮对声音作更进一步的编辑。

4. 给按钮加上声效

（1）打开按钮元件

打开【库】面板，用鼠标双击【停止】按钮元件，这样就进入这个按钮元件的编辑场景中，将要导入的声音加入这个元件中。

（2）新建声效图层并引用声音

新插入一个图层，重新命名为"声效"。选择这个图层的第 2 帧，按 F7 键插入一个空白关键帧，然后将【库】面板中的"按钮声效"声音拖放到场景中，这时【声效】图层从第 2 帧开始出现了声音的声波线，如图 6-6 所示。

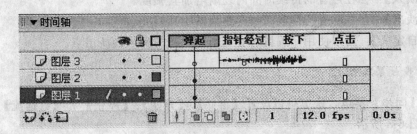

图 6-6

打开【属性】面板，将【同步】选项设置为【事件】。再测试一下动画，当鼠标移动到按钮上时，声效就出现了。

说明：这里必须将【同步】选项设置为【事件】，如果还是【数据流】同步类型，那么声效将听不到。给按钮加声效时一定要使用【事件】同步类型。

6.1.2　声音的属性设置和编辑

引用到时间轴上的声音，往往还需要在声音【属性】面板中对它进行恰当的属性设置，才能更好地发挥声音的效果。上面实例的制作过程中已经初步接触到一些声音属性的设置问题，下面详细讨论一下有关声音属性设置以及对声音进一步编辑的问题。

1. 声音效果属性

在时间轴上，选择包含声音文件的第 1 个帧，在声音【属性】面板中，打开【效果】菜单，这里可以设置声音的效果，如图 6-7 所示。

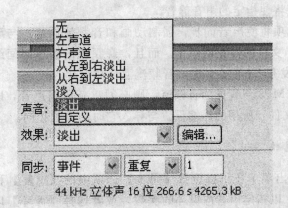

图 6-7

以下是对各种声音效果的解释：

- 【无】：不对声音文件应用效果，选择此选项将删除以前应用过的效果。
- 【左声道】/【右声道】：只在左或右声道中播放声音。
- 【从左到右淡出】/【从右到左淡出】：会将声音从一个声道切换到另一个声道。
- 【淡入】：会在声音的持续时间内逐渐增加其幅度。
- 【淡出】：会在声音的持续时间内逐渐减小其幅度。
- 【自定义】：可以使用"编辑封套"创建声音的淡入和淡出点。

2. 同步效果属性

打开【同步】菜单，这里可以设置【事件】、【开始】、【停止】和【数据流】4 个同步选项，如图 6-8 所示。

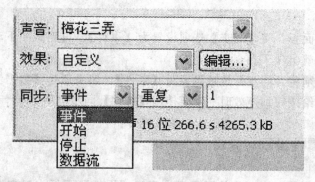

图 6-8

- 【事件】选项会将声音和一个事件的发生过程同步起来。事件声音在它的起始关键帧开始显示时播放，并独立于时间轴播放完整个声音，即使 SWF 文件停止也继续播放。当播放发布的 SWF 文件时，事件声音混合在一起。
- 【开始】选项与【事件】选项的功能相近，但如果声音正在播放，使用【开始】选项则不会播放新的声音实例。
- 【停止】选项将使指定的声音静音。
- 【数据流】选项将使声音同步，强制动画和音频流同步。与事件声音不同，音频流随着 SWF 文件的停止而停止。而且，音频流的播放时间绝对不会比帧的播放时间长。当发布 SWF 文件时，音频流混合在一起。

注意：如果使用 MP3 声音作为音频流，则必须重新压缩声音，以便能够导出。可以将声音导出为 MP3 文件，所用的压缩设置与导入它时的设置相同。

3. 重复和循环属性

通过【同步】弹出菜单还可以设置【同步】选项中的【重复】和【循环】属性。为【重复】输入一个值，以指定声音应循环的次数，或者选择【循环】以连续重复声音，如图 6-9 所示。

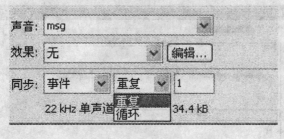

图 6-9

要长时间连续播放，就输入一个足够大的数，以便使声音播放持续时间延长。例如，要在 5 分钟内循环播放一段 15 秒的声音，可以输入 20。

注意：建议不要循环播放音频流。如果将音频流设为循环播放，帧就会添加到文件中，文件的大小就会根据声音循环播放的次数而倍增。

4. 利用"声音编辑控件"编辑声音

虽然 Flash 处理声音的能力有限，没有办法和专业的声音处理软件相比，但是在 Flash 内部还是可以对声音作一些简单的编辑，实现一些常见的功能，例如控制声音的播放音量、改变声音开始播放和停止播放的位置等。

编辑声音文件的具体操作是：

首先要在帧中添加声音，或选择一个已添加了声音的帧。

打开【属性】面板，单击右边的【编辑】按钮，如图 6-10 所示。

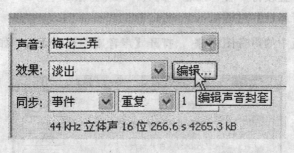

图 6-10

弹出【编辑封套】对话框，如图 6-11 所示。

在【编辑封套】对话框中执行以下任意操作：

- 要改变声音的起始点和终止点，可拖动【编辑封套】中的小白方框，调整"开始时间"和"停止时间"，如图 6-11 所示为调整声音的起始点。
- 要更改声音封套，可拖动封套手柄来改变声音中不同点处的级别。封套线显示声音播放时的音量。单击封套线可以创建其他封套手柄（总共可达 8 个）。要删除封套手柄，请将其拖出窗口。
- 单击【放大】或【缩小】 🔍🔍 按钮，可以改变窗口中显示声音的范围。

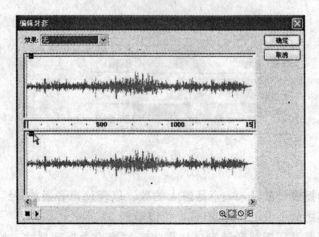

图 6-11

- 要在秒和帧之间切换时间单位，请单击秒 ⓞ 和帧 ﹝昌﹞ 按钮。
- 单击播放 ▶ 按钮，可以听编辑后的声音。

5. 压缩声音

Flash 动画在网络上流行的一个重要原因就是因为它的体积小，这是因为当输出动画时，Flash 会采用很好的方法对输出文件进行压缩，包括对文件中的声音的压缩。但是，如果对压缩比例要求得很高，那么就应该直接在【库】面板中对导入的声音进行压缩。

在【库】面板中直接将声音"减肥"的具体操作方法如下：

（1）打开【声音属性】对话框

双击【库】面板中的声音图标，打开【声音属性】对话框，如图 6-12 所示。

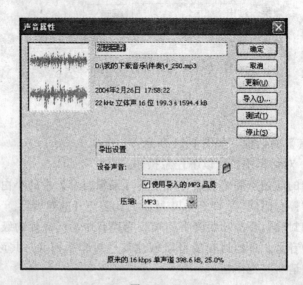

图 6-12

说明：也可以在【库】面板中选择一个声音，然后在面板右上角的选项菜单中选择【属性】命令。或者在【库】面板中选择一个声音，然后单击【库】面板底部的属性按钮 **◎** 。

在这个【声音属性】对话框中，就可以对声音进行"压缩"，其中有【默认】、【ADPCM】、【MP3】、【原始】和【语音】压缩模式，如图 6-13 所示。

图 6-13

在这里重点介绍【MP3】压缩选项，因为这个选项最为常用而且对其他的设置而言也极具代表性，通过对它的学习可以达到举一反三的效果，掌握其他压缩选项的设置。

（2）进行 MP3 压缩设置

如果要导出一个 MP3 格式的文件，可以使用与导入时相同的设置来导出文件，在【声音属性】对话框中，从【压缩】菜单中选择【MP3】，选择【使用导入的 MP3 品质】。

切记这是一个默认的设置，如果不在【库】里对声音进行处理，声音将以这个设置导出，如图 6-14 所示。

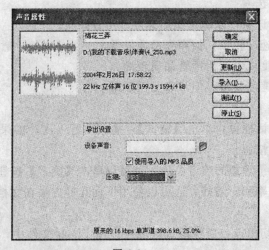

图 6-14

如果不想使用与导入时相同的设置来导出文件，那么可以在【压缩】菜单中选择【MP3】，然后取消对【使用导入的 MP3 品质】复选框的选择，这样就可以重新设置 MP3 压缩设置了，如图 6-15 所示。

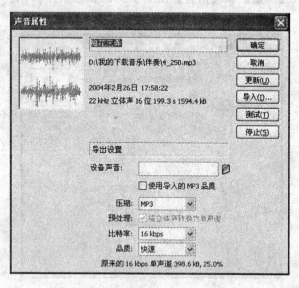

图 6-15

（3）设置比特率

【比特率】这个选项，确定导出的声音文件中每秒播放的位数。Flash 支持 8 Kbps 到 160 Kbps（恒定比特率）。越低，声音压缩的比例就越大。但是导出音乐时，需要将比特率设为 16 Kbps 或更高。如果设得过低，将很难获得好的声音效果。

（4）设置【预处理】选项

选择【将立体声转换为单声道】，表示将混合立体声转换为单声（非立体声）。这里需要注意的是，【预处理】选项只有在选择的比特率为 20 kbps 或更高时才可用。

（5）设置【品质】选项

选择一个【品质】选项，以确定压缩速度和声音品质。

● 【快速】：压缩速度较快，但声音品质较低。
● 【中】：压缩速度较慢，但声音品质较高。
● 【最佳】：压缩速度最慢，但声音品质最高。

（6）进行压缩测试

在【声音属性】对话框里，单击【测试】，播放声音一次。如果要在结束播放之前停止测试，单击【停止】按钮。

如果感觉已经获得了理想的声音品质，就可以单击【确定】按钮了。

说明：除了采样比率和压缩外，还可以使用下面几种方法在文档中有效地使用声音并减小文件的大小：

● 设置切入点和切出点，避免静音区域保存在 Flash 文件中，从而减小声音文件的大小。

- 通过在不同的关键帧上应用不同的声音效果（例如音量封套、循环播放、切入/切出点），从同一声音中获得更多的变化，以达到只使用一个声音文件就得到许多声音的效果。
- 循环播放短声音，作为背景音乐。
- 不要将音频流设置为循环播放。

6. 使用【行为】控制声音回放

Flash 可以使用【行为】面板中的【声音行为】来控制声音回放，这是 Flash 的一项新功能。

说明：有关【行为】面板的详细内容请参阅本书的相关内容。

使用【行为】控制声音回放的具体操作步骤如下：

（1）为【库】中的声音设置链接属性

要使用【行为】控制声音回放或者在【声音】动作中使用声音，可在【元件链接】对话框中给声音分配一个"标识字符串"，具体做法如下：

在【库】面板中选择声音，然后单击面板右上角的选项菜单，从中选择【链接】命令，如图 6-16 所示。

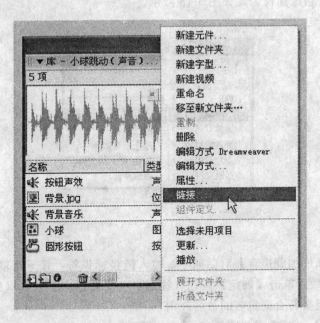

图 6-16

说明：或者用鼠标右键单击【库】面板中的声音名称，在弹出的菜单中选择【链接】命令。

执行【链接】命令后就会弹出【链接属性】对话框，在其中的【标识符】文本框中输入一个链接标识符 "msg. mp3"。在【链接】选项下面，选择【为动作脚本导出】和【在第一帧导出】，如图 6-17 所示。设置完后，单击【确定】按钮。

图 6-17

说明: 切记这个标识符一定要写入文件的扩展名。

(2) 使用【行为】将声音载入

在舞台上放置一个用于触发行为的按钮,保持它的选中状态。打开【行为】面板,单击"添加行为" [⊕] 按钮,然后从【声音】子菜单中选择【从库加载声音】或【加载流式 MP3 文件】,给按钮添加行为,如图 6-18 所示。

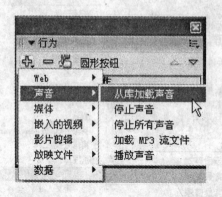

图 6-18

在出现的【从库加载声音】对话框中,输入链接标识符,接下来输入声音的实例名,如图 6-19 所示。最后单击【确定】按钮。注意:一定要输入扩展名(例如 .mp3)。实例名可以随便输,但要符合变量名的命名规则。

此时,【行为】面板变成如图 6-20 所示的样子。

在【事件】下拉列表中,单击【释放时】(默认事件),选择一种鼠标事件,这里就用【释放时】事件,如图 6-21 所示。

现在导出 .swf 文件之后,按下这个按钮再放开时,【库】中声音文件将被载入。下面就涉及对载入的声音进行控制的问题。

(3) 使用【行为】控制声音

在舞台上选择用于触发行为的按钮实例。

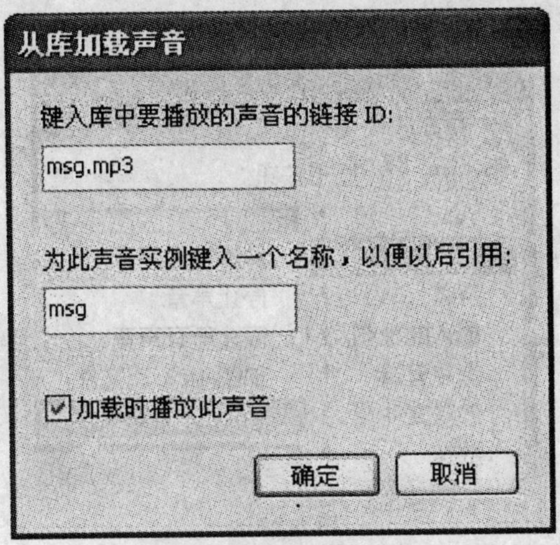

从库加载声音

键入库中要播放的声音的链接 ID：

msg.mp3

为此声音实例键入一个名称，以便以后引用：

msg

☑ 加载时播放此声音

确定　　取消

图 6-19

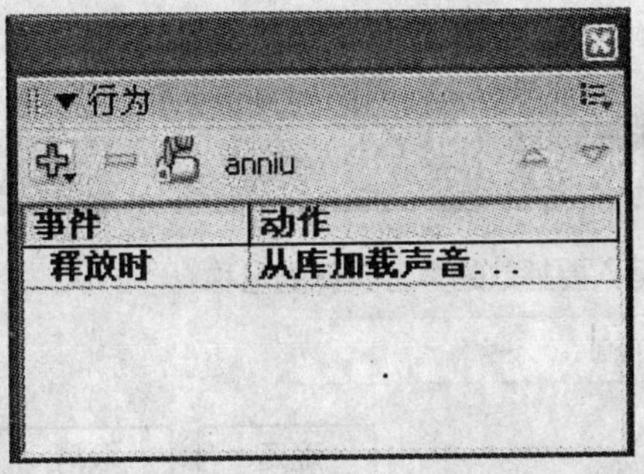

▼行为

anniu

事件	动作
释放时	从库加载声音...

图 6-20

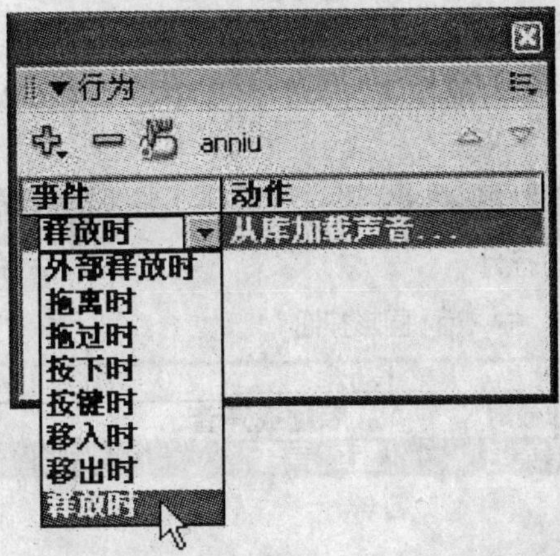

▼行为

anniu

事件	动作
释放时	从库加载声音...
外部释放时	
拖离时	
拖过时	
按下时	
按键时	
移入时	
移出时	
释放时	

图 6-21

在【行为】面板中，单击"添加行为" 按钮，从【声音】子菜单中选择【播放声音】，如图 6-22 所示。

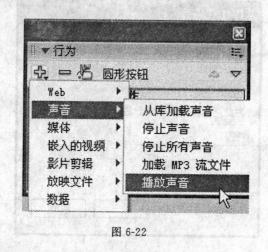

图 6-22

弹出【播放声音】对话框，要求输入所播放声音的实例名，输入后单击【确定】按钮，如图 6-23 所示。

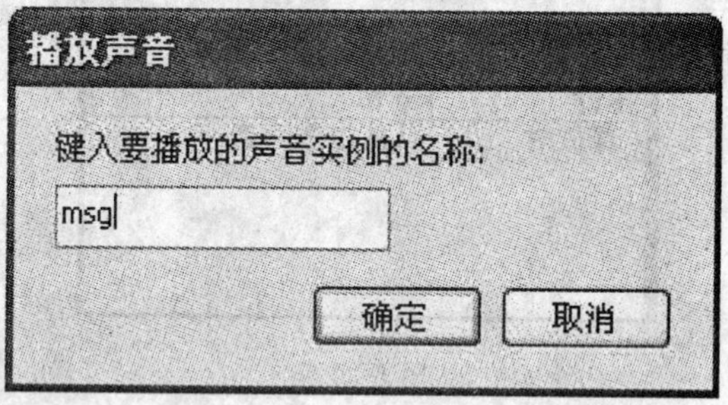

图 6-23

行为的默认事件和动作即出现在【行为】面板中，如图 6-24 所示。

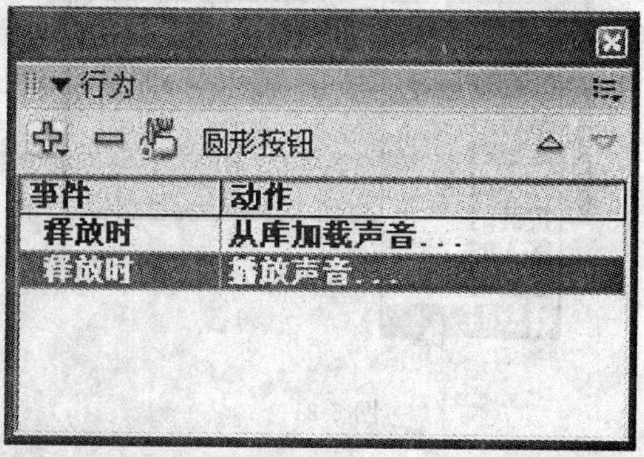

图 6-24

在【事件】下拉菜单中，单击【释放时】（默认事件），在弹出的下拉菜单中选择一种"鼠标事件"，这里为【释放时】。

单击【控制】｜【测试影片】命令，影片开始播放。单击画面中的按钮，即可测试声音行为的效果，如图 6-25 所示。

图 6-25

6.2　视频的导入与控制

Flash 动画是一种基于"流"技术的交互式矢量动画，而"视频"是一种与其完全不同的动画格式，是更接近于现实世界的"连续图像序列"。我们能把视频文件嵌入到 Flash 作品中，可以使 Flash 动画与"视频"的真实性有机地结合起来。

1. 视频导入向导

导入视频片段时，"导入向导"提供了可视化的便捷操作，在导入视频的过程中能对视频文件进行简单的编辑，诸如指定视频被导入的范围，重复使用的编码设置和颜色修正等，如图 6-26 所示。

2. 用行为嵌入和控制视频

在 Flash 中，可以用【行为】面板中的【嵌入的视频】命令轻松控制嵌入视频文件的

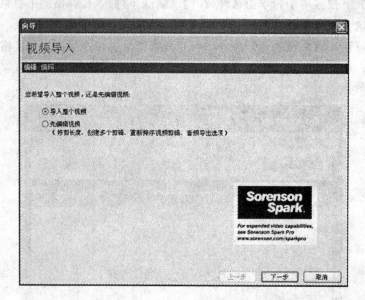

图 6-26

播放，如图 6-27 所示。

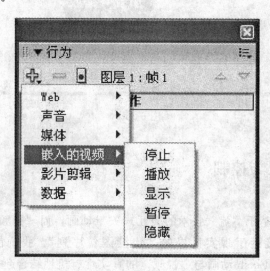

图 6-27

3．对外部 FLV（Flash 专用视频格式）的支持

可以直接播放硬盘上的 .flv（Flash 专用视频格式）文件。这样可以用有限的内存播放很长的视频文件而不需要从服务器下载完整的文件。

Flash 支持的视频类型会因电脑所安装的软件不同而不同，例如：如果机器上已经安装了 QuickTime 4 和 DirectX 7 及其以上版本，则可以导入包括 MOV（QuickTime 影片）、AVI（音频视频交叉文件）和 MPG/MPEG（运动图像专家组文件）等格式的视频剪辑，如表 6-1 所示。

表 6-1

文件类型	扩展名
音频视频交叉	. avi
数字视频	. dv
运动图像专家组	. mpg，. mpeg
QuickTime 影片	. mov
Windows 媒体文件	. wmv，. asf

还可以从【导入】对话框中全面了解 Flash 支持的视频格式，如图 6-28 所示。

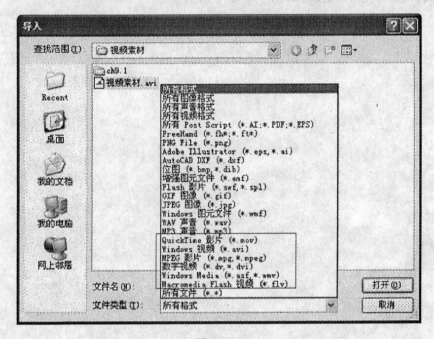

图 6-28

注意：如果导入的视频文件是系统不支持的文件格式，那么 Flash 会显示一条警告消息，表示无法完成该操作。

在有些情况下，Flash 可能只能导入文件中的视频，而无法导入音频。此时也会显示警告消息，表示无法导入该文件的音频部分，但是仍然可以导入没有声音的视频。

【本章小结】

通过本章学习，掌握 Flash 中声音的基础知识、插入声音的方法、声音的编辑及视频的使用方法，使制作的动画更加丰富多彩。

习 题 6

1. 在 Flash 中选择【文件】|【导入】|_____命令，即可弹出【导入】对话框。

   A.【导入到舞台】   B.【导入到库】

   C.【打开外部库】   D. 以上都可以

2. 使用 Flash 中的导入功能可以将在其他程序中创建的_____直接导入，然后对它们进行编辑使之成为生成的动画元素。

   A. 位图   B. 图片

   C. 矢量图形   D. 以上都不正确

3. 如何在关键帧里控制声音的停止？

4. Flash 的视频文件格式是以什么作为扩展名的？

第 7 章　动作脚本入门

【学习目的与要求】　动作脚本是 Flash 的脚本编写语言，通过它可以按照需要随心所欲地创建影片。用户其实不需要了解每个动作脚本元素也可以编写脚本。因此，用户有必要理解并掌握动作脚本的语法、变量和函数的概念以及使用方法。

7.1　【动作】面板的使用方法

Flash 提供了一个专门处理动作脚本的编辑环境——【动作】面板。默认情况下，【动作】面板自动出现在 Flash 的下面，如果【动作】面板没有显示出来，那么可以执行【窗口】｜【开发面板】｜【动作】命令来显示。

7.1.1　【动作】面板的组成

【动作】面板是 Flash 的程序编辑环境，右侧部分是"脚本窗口"，这是输入代码的区域；左上角部分是"动作工具箱"，每个动作脚本语言元素在该工具箱中都有一个对应的条目，如图 7-1 所示。

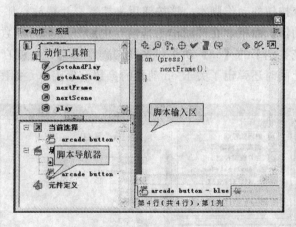

图 7-1

在【动作】面板中，左下角为"脚本导航器"（位置在如图 7-1 所示的左下角小窗口），"脚本导航器"是 FLA 文件中相关联的帧动作、按钮动作具体位置的可视化表示形式，用户可以在这里浏览 FLA 文件中的对象以查找动作脚本代码。如果单击"脚本导航器"中的某一项目,则与该项目关联的脚本将出现在"脚本窗口"中,并且播放头将移到时间轴上的该位置。

"脚本窗口"上方还有若干功能按钮,利用它们可以快速对动作脚本实施一些操作,如图 7-2 所示。

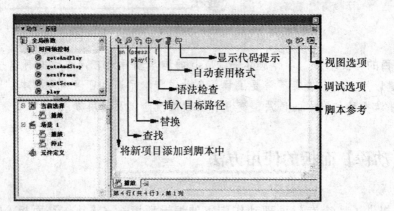

图 7-2

7.1.2 管理影片文件中的动作脚本

1. 添加动作脚本

可以直接在"脚本窗口"中编辑动作、输入动作参数或删除动作。还可以双击"动作工具箱"中的某一项或"脚本窗口"上方的"将新项目添加到脚本中"按钮 ,向"脚本窗口"添加动作。

如果想定义一个按钮的动作脚本,该按钮用来控制影片播放,那么需要先选中这个按钮,然后切换到【动作】面板,在"动作工具箱"中展开【全局函数】,选择【影片剪辑控制】类别,双击该类别下的【on】动作,这样"脚本窗口"中就自动出现相应的 on 动作脚本,并且屏幕上同时还弹出了关于 on 动作的参数设置菜单,如图 7-3 所示。

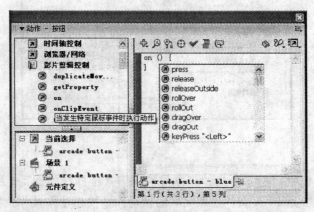

图 7-3

双击参数提示菜单中的某一个参数，比如【press】，接着输入左大括弧"{"，然后再切换到"动作工具箱"，展开【全局函数】中的【时间轴控制】类别，双击这个类别下面的【play】动作，这时，在"脚本窗口"中会出现一个新的命令，再输入右大括弧"}"，最后单击"脚本窗口"上方的"自动套用格式"按钮，将"脚本窗口"中的脚本变得更清楚一些，最后完成的动作脚本如图 7-4 所示。

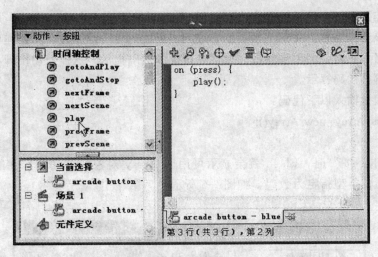

图 7-4

2. 固定动作脚本

利用"脚本导航器"可以快速浏览影片不同位置的动作脚本，但是如果影片中动作脚本比较多，并且动作脚本分散于 FLA 文件中的多个位置，那么可以在【动作】面板中固定（就地锁定）多个脚本，以便在脚本之中移动。

双击"脚本导航器"中的某一项，则该脚本被固定。被固定的脚本会在"脚本窗口"的下方显示一个标签。如图 7-5 所示，在"脚本窗口"下方显示了 3 个标签，说明有 3 个脚本被固定。

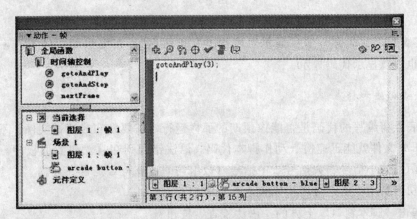

图 7-5

用鼠标单击这些被固定的脚本标签，可以在被固定的脚本之间来回切换。在图 7-5 中，目前"脚本窗口"中显示的是图层 2 第 1 帧上的动作脚本。

如果想关闭被固定的脚本，那么用鼠标右键单击相应的脚本标签，在弹出的菜单中选择【关闭脚本】命令即可。

3. 关于代码提示

在【动作】面板中编辑动作脚本时，Flash 可以检测到正在输入的动作并显示代码提示，即包含该动作完整语法的工具提示，或列出可能的方法或属性名称的弹出菜单。当精确输入或命名对象时，会出现参数、属性和事件的代码提示，这样，动作脚本编辑器就会知道要显示哪些代码提示。

例如，假设输入以下代码：

var names：Array＝new Array();

names.

当输入句点"."时，Flash 就会显示可用于 Array 对象的方法和属性的列表，因为已经将该变量的类型指定为数组，如图 7-6 所示。

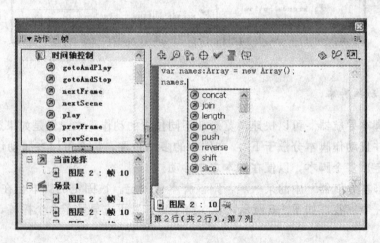

图 7-6

"脚本窗口"上面有一个"显示代码提示"按钮，在编辑动作脚本时，随时单击这个按钮也可以显示代码提示。

4. 检查语法和标点

要彻底弄清编写的代码是否能像预期的那样运行，需要发布或测试文件。不过可以不必退出 FLA 文件就能迅速检查动作脚本代码。语法错误列在【输出】面板中。还可以检查代码块两边的小括号、大括号或中括号（数组访问运算符）是否齐全。

在【动作】面板中，可以用以下 3 种方法检查语法：

● 单击"脚本窗口"上方的"语法检查"按钮 。

● 在【动作】面板中，单击右上角的按钮，在弹出的菜单中选择【语法检查】

命令。

- 在【动作】面板中，按快捷键 Ctrl＋T。

7.2　变量、函数与语法规范

　　现在开始学习 ActionScript 编程的基础知识，学习 ActionScript 程序的一些基本结构。通过这一节的学习，要从开始就养成正确阅读和书写 ActionScript 程序的习惯。

　　首先看一段定义在一个按钮上的小程序：

```
on (release) {
    var myNumber=7;
    var myString="Flash ActionScript";
    for (var i=0; i<myNumber; i++) {
        trace(i);
        if (i+3==8) {
            trace(myString);
        }
    }
}
```

　　ActionScript 程序其实就是由一些命令、数字和符号组成的。当测试包含以上小程序的影片时，单击按钮，就可以看到这段小程序的输出效果，如图 7-7 所示。

图 7-7

　　有了初步的认识，下面我们来学一些基本的概念。

1. 常量

常量就是一种属性，是指在程序运行中不会改变的量。例如上面程序代码中的数值3、7、8和字符串"Flash ActionScript"都是常量。逻辑常量 True 和 False 在编程时也会经常用到。

2. 变量

顾名思义，变量就是程序运行中可以改变的量。例如上面程序代码中的i，就是变量，它从0一直变到7。可以看出，在编写程序时往往需要存储很多信息，这就需要变量来存储这些信息。

Variables（变量）：存储了任意数据类型值的标识符。

变量实际上就是一个信息容器。容器本身总是相同的，但是容器中的内容却可以修改，通过在电影播放时修改变量中的值，然后判断某些条件的真假等即可。例如，如果需要重复执行10次相同的命令，就可以对命令的执行次数进行记数，判断次数是否满10，满10次就终止。

变量可以存放任何数据类型，包括数字值（如 myNumber）、字符串值（如 myString）、逻辑值、对象或电影剪辑等。

存储在变量中的信息类型也很丰富，包括 URL、地址、用户名、数学运算结果、事件发生的次数或按钮是否被单击等。

变量可以创建、修改和更新。变量中存储的值可以被脚本检索使用。在以下示例中，等号左边的是变量标识符，右边的则是赋予变量的值。

x=5;

name="Lolo";

customer.address="77 7th Street";

c=new Color(mcinstanceName);

变量由两部分构成：变量名和变量的值。

（1）变量命名与规则

变量名必须符合以下原则：

- 变量的名称必须以英文字母开头。
- 变量的名称中间不能有空格，像 box sum 这就是错误的。如果想用两个单词以上的单字来命名变量，可以在名称中间加上下划线符号，如：box_sum。
- 变量的名称中不能使用除"_"（下划线）以外的符号。
- 不能使用与命令（关键字）相同的名称，例如，"var"、"new"等，以免程序出现错误。
- 变量的名称最好能达到"见名知意"的效果，尽量使用有意义的名称，避免使用诸如 a_1、x、z001 之类意义不明的名称。

（2）变量的类型

变量的类型包括存储数值、字符串或其他数据类型。

在 Flash 中，可以不直接定义变量的数据类型。当变量被赋值时，Flash 自动确定变量的数据类型。例如：

x=3；

在表达式"x＝3；"中，Flash 将取得运算符右边的值，确定它是数值类型。此后的赋值语句又可能改变 x 的类型。例如，x＝"hello"语句可以将 x 的数据类型改为字符串值。没有赋值的变量，其数据类型为 undefined。

ActionScript 会在表达式需要时自动转换数据类型。例如，将一个值传递给 Trace 动作时，Trace 会自动将其值改变为字符串并发送到【输出】面板。在包含运算符的表达式中，ActionScript 会在需要时转换数据类型。例如，在和字符串连用时，加号（＋）运算符会将其他运算项也转换成字符串。

Next in line，"number"＋7

ActionScript 将数字 7 转换为字符串"7"，然后添加到第一个字符串的末尾，得到的结果是以下字符串：

"Next in line，number7"

在调试脚本时，确定表达式或变量的数据类型是常用的手段。使用 Typeof 运算符就可以做到这一点。例如：

Trace(Typeof(Variablename))；

使用 Number 函数，可以把字符串值转换为数字值。

使用 String 函数，可以把数字值转换为字符串值。

（3）变量的作用域

所谓变量的作用域，是指能够识别和引用该变量的区域。也就是变量在什么范围内是可以访问的。在 ActionScript 中有 3 种类型的变量区域：

- 本地（局部）变量：在自身代码块中有效的变量（在大括号内），就是在声明它的语句块内（例如一个函数体）是可访问的变量，通常是为避免冲突和节省内存占用而使用。
- 时间轴变量：可以在使用目标路径指定的任何时间轴内有效。时间线范围变量声明后，在声明它的整个层级（Level）的时间线内是可访问的。
- 全局变量：即使没有使用目标路径指定，也可以在任何时间轴内有效，就是在整个 Movie 中都可以访问的变量。

注意：它们的区别是，全局变量可以在整个 Movie 中共享；局部变量只在它所在的代码块（大括号之间）中有效。

（4）声明和使用变量

使用变量前，最好使用 var 命令先加以声明。在声明变量时，一般要注意以下内容：

- 要声明常规变量，可使用 Set Varible 动作或赋值运算符（＝），这两种方法获得的结果是一样的。
- 要声明本地变量，可以在函数主体内使用 var 语句。

例如：

var myNumber＝7；

var myString＝"Flash ActionScript"；

- 要声明全局变量，可以在变量名前面使用 _global 标识符。

例如：

_global. myName="Global";

● 要测试变量的值，可以使用 trace 动作将变量的值发送到输出窗口。

例如：

trace(i)

trace(myString)

这就可以将变量 i 的值发送到测试模式的输出窗口中。也可以在测试模式的调试器中检查和设置变量值。

如果要在表达式中使用变量，则必须先声明该变量。如果使用了一个未声明的变量，则变量的值将是 mdenned，脚本也将产生错误。

例如：

getURL(myWebSite);

myWebSite="http://bbs.flasher123.com/ ";

这段程序代码没有在使用变量 myWebSite 前声明它，结果就会出现问题。所以声明变量 mywebSite 的语句必须首先出现。只有这样，getURL 动作中的变量才能被替换。

在脚本中，变量的值可以多次修改。在以下示例中，变量 x 被设置为 15，在第 2 行中，该值被复制到变量 y 中，在第 3 行中，变量 x 的值被修改为 30，但是变量 y 的值仍然保持为 15，这是因为变量 y 不是引用了变量 x 的值，而是接受了在第 2 行传递的实际值 15。

var x=15;

var y=x;

var x=30;

3. 函数

函数就是在程序中可以重复使用的代码，可以将需要处理的值或对象通过参数的形式传递给函数，然后由函数得到结果。从另一个角度说，函数存在目的就是为了简化编程的负担，减小代码量，提高效率。

(1) 系统函数

所谓系统函数，就是 Flash 内置的函数，用户在编写程序时可以直接拿来使用。下面是一些常用的系统函数。

● Boolean：转换函数，将参数转换为布尔类型。

● GetVersion：函数获取 Flash play 的版本号。

● ParseInt：数学函数，将字符串分析为整数。

● Escape：将参数转换为字符串，并以 URL 编码格式进行编码。在这种格式中，将所有非字母数字的字符都转义为十六进制序列。

● IsFinite：数学函数，测试某数字是否为有限数。

● String：将数字转换为字符串类型。

● Eval：函数返回由表达式指定或取变量的值。

● IsNN：数学函数，测试某数字是否为 NaN（不是一个数字）。

● TargetPath：返回指定电影剪辑的目标路径字符串。

- Getproperty：返回指定电影剪辑的属性。
- Number：转换函数，将参数转换为数据类型。
- Unescape：对 URL 编码的参数进行解码所得到的字符串。
- GetTimer：影片开始播放以来经过的毫秒数。
- ParseFlost：数学函数，将字符串分析为浮点数。
- Object：转换函数，将参数转换为相应的对象类型。
- Array：转换函数根据参数构造数组。

（2）自定义函数

除了系统函数，在编写程序时还需要自己定义一些函数，用这些函数去完成指定的功能。在 Flash 中定义函数的一般形式为：

```
function 函数名称(参数 1,参数 2,…,参数 n){
       //函数体。即函数的程序代码
}
```

例如，定义一个计算矩形面积的函数：

```
function areaOfBox(a, b) {   //自定义计算矩形面积的函数
return a* b; //在这里返回结果,也就是得到函数的返回值
}
```

自定义函数以后，就可以随时调用并执行它。调用执行函数的一般形式为：

函数名称（参数 1，参数 2，…，参数 n）；

例如，程序中要调用上面自定义的 areaOfBox()函数：

```
area= areaOfBox(3, 7);
trace("area= "+ area);
```

函数就像变量一样，被附加给定义它们的电影剪辑的时间轴，必须使用目标路径才能调用它们。此外还可以使用_global 标识符声明一个全局函数。全局函数可以在所有时间轴内有效，而且不必使用目标路径，这与变量很相似。

4．语法规范

（1）关键字

关键字是 ActionScript 程序的基本构造单位，是程序语言的保留字（Reserved Words），不能用作其他用途（不能作为自定义的变量、函数、对象名）。

ActionScript 中的关键字不是很多，如 7-1 表所示。

表 7-1　　　　　　　　　　　Flash ActionScript 的关键字

break	跳出循环体	instanceof	返回对象所属的类（Class）
case	定义一个 switch 语句的条件选择语句块	new	使用构造函数（Constructor）创建一个新的对象
continue	跳到循环体的下一项目	return	在函数中返回值
default	定义 switch 语句的默认语句块	switch	定义一个多条件选择语句块

续表

break	跳出循环体	instanceof	返回对象所属的类（Class）
delete	清除指定对象占用的内存资源	this	引用当前代码所在的对象
else	定义 if 语句返回为假时的语句块	typeof	返回对象的类型
for	定义一个循环	var	声明一个本地变量（Local Variable）
function	定义一个函数语句块	void	声明返回值类型不确定
if	定义一个条件语句块	while	定义一个条件循环语句块
in	在一个对象或元素数组中创建循环	with	定义一个对指定对象进行操作的语句块

（2）运算符

运算符指定如何合并、比较或修改表达式中值的字符，也就是说通过运算来改变变量的值。

运算符包括：

- 算术运算符：+（加）、*（乘）、/（除）、%（求余数）、-（减）、++（递增）、--（递减）。
- 比较运算符：<（小于）、>（大于）、<=（小于或等于）、>=（大于或等于）。
- 逻辑运算符：&&（逻辑"和"）、||（逻辑"或"）、!（逻辑"非"）。

下面是运算符优先级的列表，如表 7-2 所示。运算符的优先级，即几个运算符出现在同一表达式中时先运算哪一个。

表 7-2

运算符	描述
+	一元（Unary）加
-	一元（Unary）减
~	按位（Bitwise）逻辑非
!	逻辑非（NOT）
not	逻辑非（Flash 4 格式）
++	后期（Post）递加
--	后期（Post）递减
()	函数调用
[]	数组（Array）元素
.	结构（Structure）成员
++	先期（Pre）递加
--	先期（Pre）递减
new	创建对象
delete	删除对象
typeof	获得对象类型

续表

运算符			描述
void			返回未定义值
*			乘
/			除
%			求模（除法的余数）
+			加
add			字符串（String）连接（过去的 &）
-			减
<<			按位左移
>>			按位右移
>>>			按位右移（无符号 unsigned，以 0 填充）
<			小于
<=			小于或等于
>			大于
>=			大于或等于
lt			小于（字符串使用）
le			小于或等于（字符串使用）
gt			大于（字符串使用）
ge			大于或等于（字符串使用）
==			等于
!=			不等于
eq			等于（字符串使用）
ne			不等于（字符串使用）
&			按位（Bitwise）逻辑和（AND）
^			按位逻辑异或（XOR）
|			按位逻辑或（OR）
&&			逻辑和（AND）
and			逻辑和 AND（Flash 4）
||			逻辑或 OR
or			逻辑或 OR（Flash 4）
?:			条件
=			赋值
*=	/=	%=	复合赋值运算
+=	-=	&=	
|=	^=	<<=	
>>=	>>>=		
,			多重运算

（3）表达式

在 ActionScript 中最常见的语句就是表达式。它通常由变量名、运算符及常量组成。下面是一个简单的表达式：

x=0;

左边是变量名（x），中间是运算符（赋值运算符"="），右边是常量（数值 0）。由这个表达式可以声明（Declare）一个变量，为下一步操作做准备。

① 算术表达式：用算术运算符（加、减、乘、除）做数学运算的表达式。

例如：

2*3*4;

② 字符表达式：用字符串组成的表达式。

例如，用加号运算符"+"在处理字符运算时有特殊效果。它可以将两个字符串连在一起。

"恭喜过关，"+"Donna!"

得到的结果是"恭喜过关，Donna!"。如果相加的项目中只有一个是字符串则 Flash 会将另外一个项目也转换为字符串。

③ 逻辑表达式：逻辑运算符就是做逻辑运算的表达式。例如，1＞3，返回值为 false，即 1 大于 3 为假。逻辑运算符通常用于 if 动作的条件判断，确定条件是否成立。

例如：

```
if (x==9) {
        gotoAndPlay(15);
}
```

这段代码的功能是，当 x 与 9 比较结果为 true 时就跳转到 15 帧并开始播放。

（4）代码书写格式

在编写程序代码时，还要注意一些代码书写的格式，一些不起眼的细节问题往往是整个程序问题的罪魁祸首。

- ActionScript 的每行语句都以分号";"结束。长语句允许分多行书写，即允许将一条很长语句分割成两行或更多代码行，只要在结尾有个分号就行了。
- 字符串不能跨行，即两个分号必须在同一行。
- 双斜杠后面是注释，在程序中不参与执行，只用于增加程序的可读性。
- ActionScript 是区分大小写字母的。

7.3 事件和事件处理函数

凡是看过 Flash 作品的朋友，都会为它绚丽多彩的交互动画所倾倒。交互功能使 Flash 不仅仅局限于演示型的动画设计，而更使之成为强大的交互程序设计平台。

在利用 Flash 设计交互程序时，事件是其中最基础的一个概念。所谓事件，就是软件或者硬件发生的事情，它需要应用程序有一定的响应。

下面先从运行一个简单的程序实例，如图 7-8 所示，初步了解事件和事件处理的概念。

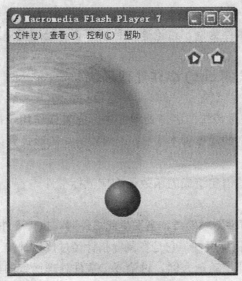

图 7-8

　　可以看到，一个小球在不停地跳动。单击画面右上角的停止按钮 ⌂，那么小球马上停止跳动。上面的操作过程就蕴含了事件和事件处理的概念。用鼠标单击停止按钮，就是一个事件，当这个事件发生时，马上有程序对它进行响应（程序控制小球停止跳动）。这时如果再单击播放按钮 ⌂ （又一个鼠标事件发生），则小球又开始跳动（相应的事件响应程序控制小球跳动）。

　　本节我们要通过对按钮对象的事件和事件处理函数的详细分析，全面掌握 Flash 程序设计中事件和事件处理函数的应用。

7.3.1　事件分类及处理事件的方法

　　Flash 中的事件包括用户事件和系统事件两类。用户事件是指用户直接交互操作而产生的事件。例如鼠标单击或按下键盘键之类的事件。系统事件是指 Flash Player 自动生成的事件，它不是由用户直接生成的。例如影片剪辑在舞台上第一次出现或播放头经过某个关键帧。一般情况下，在以下几种情况下会产生事件：

- 当在时间轴上播放到某一帧时。
- 当某个影片剪辑载入或卸载时。
- 当单击某个按钮或按下键盘上的某个键时。

　　为使应用程序能够对事件作出反应，必须编写相应的事件处理程序。事件处理程序是与特定对象和事件关联的动作脚本代码。例如，当用户单击舞台上的一个按钮时，可以将播放头前进到下一帧。

　　Flash 提供了三种编写事件处理程序的方法：

- 针对对象的 on()事件处理函数。

- 事件处理函数方法。
- 事件侦听器。

下面以按钮对象的事件为例，讨论这三种编写事件处理程序方法的应用。

7.3.2　针对按钮对象的 on() 事件处理函数

on() 事件处理函数是最传统的事件处理方法。它直接作用于按钮元件实例，相关的程序代码要编写到按钮实例的动作脚本中。on() 函数的一般形式为：

on(鼠标事件){
　　//此处是语句，这些语句组成的函数体响应鼠标事件
}

其中鼠标事件是"事件"触发器，当发生此事件时，执行事件后面大括号中的语句。例如 press 就是一个常用的鼠标事件，它是在鼠标指针经过按钮时按下鼠标按钮时产生的事件。

下面以本节开始的那个动画为例，讨论 on() 事件处理函数的具体应用方法。

1. 打开小球跳动动画文件

在 Flash 中，打开"小球跳动.fla"影片。以这个影片文件为基础编写按钮交互程序，以控制小球动画的播放。

可以先按快捷键 Ctrl+Enter，对动画进行测试，观察一下动画效果。在测试窗口中可以观察到，小球在舞台上一直循环不停地跳动。下面引用两个按钮实例，用按钮来控制这个小球动画的播放。

2. 引用按钮实例

新建一个图层，把它重新命名为"按钮"。从【库】面板拖放两个按钮实例到舞台的右上角，如图 7-9 所示。

图 7-9

说明：上面引用的按钮是事先制作的。有关按钮制作的详细内容请参阅本书的相关内容。

3. 定义按钮的动作脚本

选择舞台上的第 1 个按钮，打开【动作】面板，在其中输入"on（"，这时弹出一个鼠标事件下拉列表，从中双击【press】，然后输入：

```
){
play();
}
```

这样，第一个按钮的动作脚本就定义完成了，完整的动作脚本是：

```
on(press){
    play();
}
```

这个动作脚本的功能是，当用鼠标单击这个按钮时，舞台上的动画开始播放。

第 2 个按钮的动作脚本和第 1 个的定义过程类似，先选择第 2 个按钮，在【动作】面板中按照前面的方法定义这个按钮的动作脚本：

```
on(press){
    stop();
}
```

这个动作脚本的功能是，当用鼠标单击这个按钮时，舞台上的动画停止播放。

下面按快捷键 Ctrl＋Enter 测试动画，此时按钮已经可以控制小球的跳动了。

7.3.3 事件处理函数方法

事件处理函数方法是一种类方法，事件在该类的实例上发生时产生调用。例如，Button（按钮）类定义 onPress 事件处理函数，只要按下鼠标就对 Button 对象调用该处理函数。Flash Player 在相应事件发生时自动调用事件处理函数。

默认情况下，事件处理函数方法是未定义的：在发生特定事件时，将调用其相应的事件处理函数，但应用程序不会进一步响应该事件。要让应用程序响应该事件，需要使用 function 语句定义一个函数，然后将该函数分配给相应的事件处理函数。这样，只要发生该事件，就自动调用分配给该事件处理函数的函数。

事件处理函数由三部分组成：事件所应用的对象、对象事件处理函数方法的名称和分配给事件处理函数的函数。事件处理函数的基本结构为：

```
对象.事件处理函数方法名称 = function(){
    //编写的程序代码,对事件作出反应
}
```

下面还是针对上面那个实例，用事件处理函数方法编写程序来实现按钮控制小球跳动的功能。

1. 定义按钮实例名称

按照前面的方法，将小球跳动动画文件（已先期制作）打开，并且引用两个按钮元件实例。分别单击两个按钮实例，在【属性】面板中分别定义它们的实例名称为 play_btn 和 stop_btn。

2. 定义事件处理函数

新建一个图层，并将它重新命名为"action"。选择这个图层的第 1 帧，在【动作】面板中定义这个帧的动作脚本为：

```
play_btn.onPress=function(){
    play();
}
stop_btn.onPress=function(){
    stop();
}
```

测试一下，看看和前面的效果是否一样。

7.3.4　事件侦听器

事件侦听器让一个对象（称为侦听器对象）接收由其他对象（称为广播器对象）生成的事件。广播器对象注册侦听器对象以接收由该广播器生成的事件。例如，注册按钮实例可以从文本字段对象接收 onChanged 通知。这里需要说明的是，可以注册多个侦听器对象以从一个广播器接收事件，也可以注册一个侦听器对象以从多个广播器接收事件。

事件侦听器的事件模型类似于事件处理函数方法的事件模型，但有两个主要差别：

- 向其分配事件处理函数的对象不是发出该事件的对象。
- 调用广播器对象的特殊方法 addListener()，该方法将注册侦听器对象以接收其事件。

要使用事件侦听器，需要用具有该广播器对象生成的事件名称的属性创建侦听器对象。然后，将一个函数分配给该事件侦听器（以某种方式响应该事件）。最后，在正广播该事件的对象上调用 addListener()，向它传递侦听器对象的名称。

事件侦听器模型的一般形式为：

```
listenerObject.eventName=function（参数）{   //定义侦听器对象事件函数
    // 此处是代码
};
broadcastObject.addListener(listenerObject);
```

其中 listenerObject 是指定侦听器对象的名称，broadCastObject 是名称，eventName 是事件名称。

指定的侦听器对象（listenerObject）可以是任何对象，例如舞台上的影片剪辑或按钮实例，或者可以是任何动作脚本类的实例。事件是在广播器对象（broadCastObject）上发生的事件，然后将该事件广播到侦听器对象（listenerObject），侦听器对象的事件函数对事件作出反应。

使用侦听器对象处理事件，可以使程序更加安全可靠。有关侦听器对象应用的详细内容请参阅本书的相关内容。

7.3.5　按钮事件和 MC 事件

on()处理函数处理按钮事件，而 onClipEvent()处理函数处理影片剪辑事件。用 onClipEvent()处理函数处理影片剪辑事件的方法与 on()处理函数处理按钮事件的方法类似，这里就不再详述。下面完整地列举 on()和 onClipEvent()事件处理函数所支持的事件。

1. on()事件处理函数所支持的事件

按钮可以响应鼠标事件，还可以响应 Key Press（按键）事件。对于按钮而言，可指定触发动作的按钮事件有 8 种：

- press：事件发生于鼠标在按钮上方，并按下鼠标时。
- release：事件发生于在按钮上方按下鼠标，接着松开鼠标时，也就是"按一下"鼠标。
- releaseOutside：事件发生于在按钮上方按下鼠标，接着把鼠标移到按钮之外，然后松开鼠标时。
- rollOver：事件发生于鼠标滑入按钮时。
- rollOut：事件发生于鼠标滑出按钮时。
- dragOver：事件发生于按着鼠标不松手，鼠标滑入按钮时。
- dragOut：事件发生于按着鼠标不松手，鼠标滑出按钮时。
- keyPress：事件发生于用户按下指定的按键时。

2. onClipEvent()事件处理函数所支持的事件

onClipEvent()事件处理函数使用的一般形式为：

onClipEvent(movieEvent){

　// 此处是语句,用来响应事件。

}

其中 movieEvent 是一个事件"触发器"。当事件发生时，执行该事件后面大括号中的语句。对于影片剪辑而言，可指定的触发事件有 9 种：

- load：影片剪辑一旦被实例化并出现在时间轴中时，即启动此动作。
- unload：在时间轴中删除影片剪辑之后，此动作在第 1 帧中启动。在向受影响的帧附加任何动作之前，先处理与 Unload 影片剪辑事件关联的动作。
- enterFrame：以影片剪辑帧频不断触发的动作。首先处理与 enterFrame 剪辑事件关联的动作，然后才处理附加到受影响帧的所有帧动作。
- mouseMove：每次移动鼠标时启动此动作。_xmouse 和_ymouse 属性用于确定当前鼠标位置。

- mouseDown：当按下鼠标左键时启动此动作。
- mouseUp：当释放鼠标左键时启动此动作。
- keyDown：当按下某个键时启动此动作。
- keyUp：当释放某个键时启动此动作。
- data：当在 loadVariables() 或 loadMovie() 动作中接收数据时启动此动作。当与 loadVariables() 动作一起指定时，data 事件只在加载最后一个变量时发生一次。当与 loadMovie() 动作一起指定时，获取数据的每一部分时，data 事件都重复发生。

7.4 基本命令和程序结构控制

前面介绍了 ActionScript 的基础知识，本节介绍 ActionScript 的基本命令和程序结构控制，以帮助读者逐渐深入了解 ActionScript 的基本命令和程序的基本结构，学会自己编制简单的程序脚本，从而实现动画的交互性。

7.4.1 时间轴控制命令

1. gotoAndPlay

一般形式：

gotoAndPlay(scene,frame);

作用：跳转并播放，跳转到指定场景的指定帧，并从该帧开始播放，如果没有指定场景，则将跳转到当前场景的指定帧。

参数：scene，跳转至场景的名称；frame，跳转至帧的名称或帧数。

有了这个命令，我们可以随心所欲地播放不同场景、不同帧的动画。

例如，单击被附加了 gotoAndPlay 动作按钮时，动画跳转到当前场景第 17 帧并且开始播放：

```
on(release){
    gotoAndPlay(17);
}
```

又如，当单击被附加了 gotoAndPlay 动作按钮时，动画跳转到场景 2 第 1 帧并且开始播放：

```
on(release){
    gotoAndPlay("场景 2",1);
}
```

2．gotoAndstop

一般形式：

gotoAndstop(scene,frame)；

作用：跳转并停止播放，跳转到指定场景的指定帧并从该帧停止播放，如果没有指定场景，则将跳转到当前场景的指定帧。

参数：scene，跳转至场景的名称；frame，跳转至帧的名称或数字。

3．nextFrame()

作用：跳至下一帧并停止播放。

例如，单击按钮，跳到下一帧并停止播放：

on(release){

　nextFrame();

}

4．prevframe()

作用：跳至前一帧并停止播放。

例如，单击按钮，跳到前一帧并停止播放：

on(release){

prveFrame();}

5．nextScene()

作用：跳至下一场景并停止播放。

6．PrevScene()

作用：跳至前场景并停止播放。

7．play()

作用：可以指定电影继续播放。

在播放电影时，除非另外指定，否则从第 1 帧播放。如果电影播放进程被 GoTo（跳转）Stop（停止）语句停止，则必须使用 play 语句才能重新播放。

8．Stop()

作用：停止当前播放的电影，该动作最常见的运用是使用按钮控制电影剪辑。

例如，如果需要某个电影剪辑在播放完毕后停止而不是循环播放，则可以在电影剪辑的最后一帧附加 Stop（停止播放电影）动作。这样，当电影剪辑中的动画播放到最后一帧时，播放将立即停止。

9．StopAllSounds()

作用：使当前播放的所有声音停止播放，但是不停止动画的播放。要说明一点，被设置的流式声音将会继续播放。

例如：

On(release){

StopAllSounds();

}

当单击按钮时，电影中的所有声音将停止播放。

7.4.2 浏览器和网络控制命令

1. fscommand 命令

制作完成的 Flash 影片通常都是在 Flash 播放器中播放。控制 Flash 播放器的播放环境及播放效果，是制作者经常要解决的问题。例如，怎样使影片全屏幕播放、怎样在影片中调用外部程序等。

fscommand 命令可以实现对影片浏览器，也就是 Flash Player 的控制。另外，配合 JavaScript 脚本语言，fscommand 命令成为 Flash 和外界沟通的桥梁。

fscommand 命令的语法格式如下：

fscommand（命令，参数）；

fscommand 命令中包含两个参数项，一个是可以执行的命令，另一个是执行命令的参数。如表 7-3 所示是 fscommand 命令可以执行的命令和参数。

表 7-3

命令	参数	功能说明
quit	没有参数	关闭影片播放器
fullscreen	true or false	用于控制是否让影片播放器成为全屏播放模式。true 为是，false 为否
allowscale	true or false	false 让影片画面始终以 100% 的方式呈现，不会随着播放器窗口的缩放而跟着缩放；true 则正好相反
showmenu	true or false	true 代表当用户在影片画面上右击时，可以弹出全部命令的右键菜单，false 则表示命令菜单里只显示 "About Shockwave" 信息
exec	应用程序的路径	从 Flash 播放器执行其他应用软件
trapallkeys	true or false	用于控制是否让播放器锁定键盘的输入，true 为是，false 为否。这个命令通常用在 Flash 以全屏播放时，避免用户按下 Esc 键，解除全屏播放。

2. getURL 命令

一般形式：

GetURL(URL,Window,method);

作用：事件添加超级链接，包括电子邮件链接。

例如，如果要给一个按钮实例附加超级链接，使爱好者在单击时直接打开"闪客起航"主页，则可以在这个按钮上附加以下动作脚本：

on(release){

　　getURL("http://www.flasher123.com");

}

如果要附加电子邮件链接，可以这样：

on(release){

　　getURL("mailto:abc@yahoo.com.cn");

}

3. loadMovie 和 unloadMovie 载入和卸载影片命令

由于交互的需要，常常在当前电影播放不停止的情况下，播放另外一部电影或者是在多个电影间自由切换，这时就会用到 loadMovie 和 unloadMovie 命令。loadMovie 命令载入电影，而 unloadMovie 则可以卸载由 loadMovie 命令载入的电影。如果没有 loadMovie 动作，则 Flash 播放器只能显示单个电影（SWF）文件，然后关闭。

loadMovie 使用的一般形式为：

loadMovie(URL,level/target,variblesl);

- URL：要载入的 SWF 文件、JPEG 文件的绝对或相对 URL 地址。相对地址必须是相对于级别上的 SWF 文件。该 URL 必须和当前电影处于相同的子域中。要使用 loadMovie，则所有的 SWF 文件都必须存储在相同的文件夹中，文件名前面不能有文件名称或磁盘标识符。
- target：目标电影剪辑的路径。目标电影剪辑将被载入的电影或图像所替代。必须指定目标电影剪辑或目标电影的级别。二者只选其一。
- level：指定载入到播放器中的电影剪辑所处的级别整数。
- varibles：可选参数，如果没有要发送的变量，则可以忽略此参数。

当使用 loadMovie 动作时，必须指定目标电影剪辑或目标电影的级别。载入到目标电影剪辑中的电影或图像将继承原电影剪辑的位置、旋转和缩放属性。载入图像或电影的左上角将对齐原电影剪辑的中心点。另外，如果选中的目标是_root 时间轴，则图像或电影剪辑对齐舞台左上角。

例如，以下是 loadMovie 语句被附加给导航按钮。在舞台上有一个看不见的电影剪辑，其实例名为 daohang。loadMovie 动作将使该电影剪辑作为目标参数载入 SWF 文件。

on(release){

　　loadMovie("daohang.swf",_root.shanke);

}

下面是可以载入和当前 SWF 文件相同路径的图像：

LoadMovie("image45.jpg","ourMovieClip");

使用 unloadMovie 可以从播放器中删除已经载入的电影或电影剪辑。unloadMovie 命令使用的一般形式为：

unloadMovie(level/target);

要卸载某个级别中的电影剪辑，需要使用 level 参数，如果要卸载已经载入的电影剪辑，则可以使用 target 目标路径参数。

例如：

on(press){
  unloadMovie("_root.mymovie");
  loadMovieNum("movie.swf",4);
}

上面这段程序代码的功能是，卸载主时间轴上的影片剪辑 mymovie（影片剪辑名字），然后将电影 movie. swf 载入到 level4 级别中。

说明：可以将不同的影片文件通过 loadMovie 命令，把它们叠放在不同的级别（level）上。最下面的主影片文件的级别号为 0，可以将后来加载的影片文件放在不同的级别位置，数字越大，摆放的位置越高。如果两个影片文件加载的级别号一样，后一个加载的影片文件会取代之前加载的影片文件。因此，加载的影片文件一般要放在 0 以上的级别，否则，新加载的影片就会覆盖主影片文件。

例如，下面的示例可以卸载级别 4 上已经载入的电影。

on(press){
  unloadMovieNum(4);
}

4. loadVariables 命令

一般形式：

loadVariables(url,level/"targt", [Variables]);

作用：它可以从外部文件读入数据。外部文件包括文本文件、由 CGI 脚本生成的文本、ASP、PHP 或 PERL 脚本。读入的数据作为变量将被设置到播放器级别或目标电影剪辑中。

参数：

- url：变量将要载入的绝对或相对路径 URL 地址。
- level/"targt"：指定载入到 Flash 播放器中的变量所处的级别的整数/接受载入的变量目标电影剪辑的路径。这二者只能选择其中一个。
- Variables：可选参数，如果没有要发送的变量，则可以忽略该参数。

在使用 LoadVariables 动作时，必须指定变量被载入的 Flash 播放器级别或电影剪辑目标。

例如，从一个文本文件中载入信息到电影主时间轴 varTarget 电影剪辑中，文本域的变量名必须匹配 datd. txt 文件中的变量名。

```
on(release){
    LoadVariables("datd.txt","_root. varTarget");
}
```

为了更好地理解 loadVariables 命令的使用方法，下面提供一个范例，利用 loadVariables 调用外部变量.fla，要加载外部文本文件的存放路径与范例源文件路径一样，文件名为"question. txt"。

在 Flash 中打开下面的影片，然后测试影片，如图 7-10 所示。

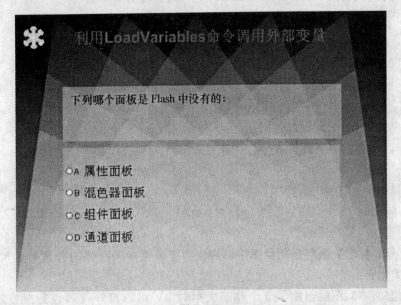

图 7-10

在如图 7-10 所示的画面上有 5 个动态文本对象，当范例运行时，通过 loadVariables 命令加载外部的"question. txt"文件中的变量，然后把变量分别显示在这 5 个动态文本对象上。

先看"question. txt"文件的内容，如图 7-11 所示。

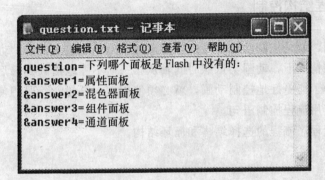

图 7-11

说明：将要创建的文本文件必须保存为 Unicode 格式，否则加载的中文将显示乱码。

"question. txt"文件中定义了一些关于测验题目的变量，每个文本文件中都是定义了 5 个变量。变量 question 定义的是这道测验题目的问题文本，变量 answer1 ～ answer4 定义的是这道测验题目的 4 个备选答案文本。这 5 个变量将来就加载并分别显示在影片的 5 个动态文本中（文本对象的变量名称和相应变量的名字一样）。

说明：在编写文本文件时要注意，每个变量之间一定要用"&"符号隔开，另外在定义完最后一个变量以后，不要回车换行，让光标停留在最后一个字符后面。

再来看影片源文件"利用 loadVariables 调用外部变量 . fla"。如图 7-12 所示是这个影片文档的主时间轴图层结构。

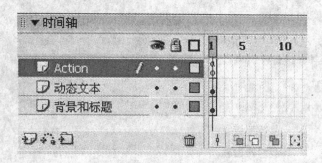

图 7-12

- 【背景和标题】图层是用绘图工具和文本工具创建的范例的背景图形和标题文字，起美化实例的效果。
- 【动态文本】图层创建了 5 个动态文本对象，可以打开【属性】面板观察它们的【变量】名称，它们的【变量】名称与外部文本文件中的 5 个变量的名字是一致的。这样才可以接收并显示这些变量。
- 【Action】图层定义加载外部文本文件的动作脚本，选择第 1 帧，打开【动作】脚本，动作脚本如下：

loadVariables("question. txt",_root)；　//将外部文本文件加载到影片根时间轴上

7.4.3　程序流程结构控制

所谓流程控制，就是控制动画程序的执行顺序。众所周知，Flash 动画依靠的是时间轴。在没有脚本的情况下，动画会依照时间轴从第一帧不停地播放到最后一帧，然后重复播放或者停止。为了能更好地控制动画，就必须使用脚本语句。而要想使动画具有逻辑判断的功能，就要使用流程控制语句。

下面介绍控制程序流程的选择结构和循环结构。

1. 选择结构

一般情况下，Flash 执行动作脚本从第一条语句开始，然后按顺序执行，直至达到最后的语句。这种按照语句排列方式逐句执行的方式，称为顺序结构。顺序结构是程

序中使用最多的程序结构,但用顺序结构只能编写一些简单的动作脚本,解决一些简单的问题。

在实际应用中,往往有一些需要根据条件来判断结果的问题,条件成立是一种结果,条件不成立又是一种结果。像这样复杂问题的解决就必须用程序的控制结构,控制结构在程序设计中占有相当重要的地位,通过控制结构可以控制动作脚本的流向,完成不同的任务。

选择结构在程序中以条件判断来表现,根据条件判断结果执行不同的动作。If 语句和 else 语句联用最常用的形式为:

if(条件){
代码块 A;
}
else{
代码块 B
}

当 if 语句的条件成立时,执行代码块 A 的内容;当条件不成立时,执行代码块 B 的内容。如图 7-13 所示是程序执行的流程图。

这里需要说明的是,if 语句中的条件是由关系表达式或者逻辑表达式实现的。关系表达式和逻辑表达式的值都是布尔(逻辑)值,因此判断 if 语句中的条件是否成立,实际上就是判断关系表达式或者逻辑表达式的值是真(true)还是假(false)。如果条件表达式的值为 true,执行代码块 A 的内容;如果条件表达式的值为 false,则执行代码块 B 的内容。

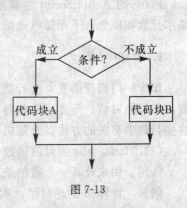

图 7-13

2. 循环结构

循环结构是三种基本程序结构之一。它通过一定的条件控制动作脚本中某一语句块反复执行,当条件不满足时就停止循环。这种程序结构对实现交互性的影片有着举足轻重的作用。在制作动画时,经常使用这种程序结构。

for 语句是实现程序循环结构的语句,它的语法格式更紧凑,在循环起始语句中包含了循环控制变量的初始值、循环条件和循环控制变量的增量,清楚明了,因此使用较为广泛。for 语句使用的一般形式为:

for(表达式 1;条件表达式;表达式 2)
{
代码块
}

- 表达式 1:是一个在开始循环序列前要计算的表达式,通常为赋值表达式。
- 条件表达式:计算结果为 true(真)或 false(假)的表达式。在每次循环前计算该条件,当条件的计算结果为 true 时执行循环,当条件的计算结果为 false 时退出循环。

- 表达式 2：一个在每次循环迭代后要计算的表达式，通常使用带＋＋（递增）或--（递减）运算符的赋值表达式。

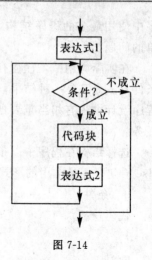

for 语句的执行过程是，先计算"表达式 1"的值，然后判断"条件表达式"的值是 true（真）还是 false（假），如果条件是 true，那么执行循环体中的代码块，执行完以后，再执行"表达式 2"，接着开始新一轮的循环；如果条件是 false，那么就跳出循环，执行 for 语句的后继语句。如图7-14所示是 for 语句构成的循环结构流程图。

图 7-14

7.4.4 常用对象简介

Flash 的 ActionScript 是真正面向对象的编程语言，类和对象是面向对象编程语言的基本元素和概念。下面简单介绍几个最常用的对象。

1. Math 对象

作为一门编程语言，进行数学计算是必不可少的。在数学计算中经常会用到数学函数，如取绝对值、开方、取整等，还有一种重要的函数是随机函数。ActionScript 将所有这些与数学有关的方法以及随机数都集中到一个类中——Math 方法。

（1）Math. abs 绝对值函数

作用：用来计算一个数的绝对值。

例如，计算-9 的绝对值，赋给 x：

x=Math.abs(-9);

（2）Math. round 四舍五入取整函数

作用：将一个浮点数四舍五入为最接近的整数。

例如，输出 9.4 的取整，即输出 9：

trace (Math. round (9.4));

（3）Math. min、Math. max 最大、最小值函数

作用：Math. min 方法取两个数中较小的一个数，Math. max 方法取两个数中较大的一个数。

例如：

trace(Math.min(9, 8));

trace(Math.max(9, 8));

输出窗口中显示：8、9。

（4）Math. sqrt 平方根函数

作用：计算一个数的平方根，

例如，计算 74 的平方根：

trace(Math.sqrt(74));

输出窗口中显示：8

（5）Math. random()随机数函数

作用：该方法返回一个大于或等于 0 并且小于 1 的随机浮点数。

例如，返回 0、1、2、3 或 4 中的一个随机值：

Math.random()* 5;

随机数在 Flash 中的应用非常广泛。一些下雨、下雪的场景动画中常常用到随机数的设定，以取得一种自然的特效。

2．Color 对象

运用好的色彩可以使 Flash 作品具有更大的感染力，要做出好的作品在色彩搭配和控制上都得搭配合适才行。在 ActionScript 中，Color 对象专门用来管理颜色。使用 Color 对象可以实现许多色彩特效。

（1）new Color()

作用：创建 Color 对象的实例。

例如：

myColor=new Color(myMC);

（2）setRGB()

作用：设置影片剪辑实例对象的 RGB 值，即颜色。

setRGB 的参数是以十六进制表示的，0x 表示十六进制，后面的 7 位数字每两位为一组，分别表示红、绿、蓝 3 种颜色成分。如 0xFF0000 表示纯红，0x00FF00 表示纯绿，0x0000FF 表示纯蓝，0xFFFF00 表示纯黄。

例如：

myColor.setRGB(0xFF0000);

（3）getRGB()

作用：获取由 setRGB 方法指定的颜色值。

3．Date 对象

利用 Date 对象可以获取相对于通用时间或相对于运行 Flash Player 的操作系统的日期和时间值。

（1）new Date()

作用：创建一个 Date 对象的实例。

例如：

myDate=new Date(2003, 7, 8);

这是指定时间创建一个 Date 对象的实例。

（2）getDate()

作用：获取系统时间来创建 Date 对象的实例。

例如：

myDate=new Date();

year=myDate.getYear();

4. Sound 对象

在时间轴中直接嵌入声音是制作 Flash MV 的一种通用手法，但是这种方法除了从头至尾地播放声音外，并不能对声音进行很好的控制。ActionScript 内置的 Sound 对象提供了管理和控制声音的一种好方法。

（1）new Sound()

作用：创建 Sound 对象的实例。

例如：

mySound=new Sound();

（2）attachSound()

作用：在影片播放时将【库】面板中的声音元件附加到场景中。

要使用该方法将声音附加到场景中，首先需要在【库】面板中为声音添加链接。在要添加链接的声音元件上单击鼠标右键，在弹出的快捷菜单中选择【链接】命令，弹出【链接属性】对话框，选择【为脚本导出】和【第一帧导出】两个选项。然后才可以在程序中编写类似于下面的程序代码：

mySound.attachSound("music");

start()和 stop()

作用：让声音开始播放和停止用 Sound 对象播放的声音。

例如：

```
mySound.start();//开始播放声音
on (release) {
    mySound.stop();//停止播放声音
}
```

说明：本节只是对一些常用的对象作了简单介绍，其实 Flash 提供了大量的对象，这些对象都属于相应的类。

【本章小结】

和其他的脚本语言一样，动作脚本遵循自己的语法规则，保留关键字，提供运算符，并且允许使用变量存储和获取信息。动作脚本包含内置的对象和函数，并且允许创建自己的对象和函数。通过本章学习可以掌握如何添加脚本对象、动作面板的使用方法、脚本的基本语法和常用函数。

习　题　7

1. 如果在编写程序过程中使用了关键字，动作编辑框中的关键字会以＿＿＿＿＿＿＿显示。为了避免自定义的变量名和方法名与关键字冲突，在命名的时候可以展开动作工具箱中的 Index 域，检查是否使用了其中已定义的名字。

　　A. 红色　　　　　B. 蓝色　　　　　C. 灰色　　　　　D. 黑色

2. 向主时间轴上或影片剪辑时间轴的关键帧中添加函数时，就是在定义函数。所有的函数都有_____，就像影片剪辑一样。所有的函数都需要在名称的后面跟一对括号，但括号中是否有参数则是可选的。

A. 路径　　　　　B. 变量　　　　　C. 定义　　　　　D. 目标路径

3. 结合自己制作的一个简单动画，试一试在常用行为命令中提到的各种命令的使用方法。

第 8 章 动作脚本进阶

【学习目的与要求】 Flash 提供了许多用户能够参与交互操作的方法。当采用交互功能时，能够实现的就不只是能够顺序播放每个帧那么简单了，由此，用户在设计和制作动画时也就有了更多的选择。学习和掌握这些交互的方法对制作交互式的动画十分重要。

8.1 MovieClip（电影剪辑）控制

Flash 可以做出千变万化、多姿多彩的动画效果，其中很大一部分都是由控制电影剪辑（MC）的属性来达到的。在 Flash 的【动作】面板中，属性被放在各个相应的类中，不像以前的版本，把各个类的属性统一地放在一起。如果在编程时需要使用 MC 的属性，可以在【动作】面板的【内置类】｜【影片】｜【MovieClip】类别里找到。

8.1.1 MC 属性控制

1. MC 属性简介

在 Flash 中，MC 的属性有 30 余种，这里仅介绍部分常用的、最具代表性的属性。

- _alpha：电影剪辑实例的透明度。有效值为 0（完全透明）到 100（完全不透明）。默认值为 100。可以通过对 MC 的_alpha 属性在 0～100 之间变化的控制，制作出或明或暗或模糊的效果来。
- _rotation：电影剪辑的旋转角度（以度为单位）。从 0～180 的值表示顺时针旋转，从 0～-180 的值表示逆时针旋转。不属于上述范围的值将与 360 相加或相减以得到该范围内的值。例如：语句"my_mc._rotation=450"与"my_mc._rotation=90"相同。
- _visible：确定电影剪辑的可见性，当 MC 的_visible 值是 true（或者为 1）时，MC 为可见；当 MC 的_visible 值是 false（或者为 0）时，MC 为不可见。
- _height：影片剪辑的高度（以像素为单位）。
- _width：影片剪辑的宽度（以像素为单位）。
- _xscale：影片剪辑的水平缩放比例。
- _yscale：影片剪辑的垂直缩放比例。

当_xscale 和_yscale 的值在 0～100 之间时，是缩小影片剪辑为原影片剪辑的百分数；当_xscale 和_yscale 的值大于 100 时，是放大原影片剪辑；当_xscale 或_yscale 为负时，水平或垂直翻转原影片剪辑并进行缩放。

不要把影片剪辑的高度与垂直缩放比例混淆，也不要把影片剪辑的宽度与水平缩放比例混为一谈，例如：

MC. _width= 50 　　　//表示把 MC 的宽设置为 50 像素

MC. _xscale= 50 　　　//表示把 MC 的水平宽度设置为原来水平宽度的 50%

- _x：影片剪辑的 x 坐标（整数）。
- _y：电影剪辑的 y 坐标（整数）。

注意： 如果影片剪辑在主时间轴中，则其坐标系统将舞台的左上角作为（0，0），向右和向下逐渐增加。如果影片剪辑在其他影片剪辑的时间轴中，则以其中心位置为（0，0），向右和向下为正，并逐渐增加。向左和向上为负，并逐渐减小。

2. getProperty()和 setProperty()命令

前面介绍了部分常用的 MC 的属性，那么到底怎么去实现对其属性的控制呢？常用的命令是 setProperty()和 getProperty()，即设置属性命令和取得属性的命令。在 Flash 中，这两个命令在【动作】面板中【全局函数】 | 【影片剪辑控制】类别下。

setProperty()命令用来设置 MC 的属性，它的一般使用形式为：

setProperty（目标，属性，值）；

命令中有三个参数：

- 目标：就是要控制（设置）属性的 MC 的实例名，注意包括 MC 的位置（路径）。
- 属性：即要控制的何种属性，例如透明度、可见性、放大比例等。
- 值：属性对应的值，包括数值、布尔值等。

例如：

setProperty("_root.mc.mc1",_visible, false); 　//表示把影片 mc 下一个实例名为 mc1 的影
片设置为不可见

setProperty("_root.dm",_rotation,30); 　　　//表示要使实例名叫 dm 的影片剪辑转动 30°

getProperty()命令用来获取 MC 的属性，它的一般使用形式为：

getProperty(目标,属性)；

命令中有两个参数：

- 目标：被取属性的 MC 实例的名称；
- 属性：要取得的 MC 的属性。

例如：

mx=getProperty("_root.mc.mc1",_x); 　//取得影片 mc 下一个实例名为 mc1 的影片的横
坐标,并把它交给变量 mx

setProperty("_root.dm1",_y, getProperty("_root.dm0",_y));

//表示设置影片 dm1 的纵坐标为影片 dm0 的纵坐标。或者说,取得影片 dm0 的纵坐标的值,把这个值作为影片 dm1 的纵坐标的值。这种方法经常用在动态地为影片设置属性

3. 使用点语法存取属性值

除了用 setProperty()和 getProperty()命令设置和取得 MC 的属性外，如果你英语不错，ActionScript 运用也比较熟练，那么也可以用 "."点语法来设置或取得 MC 的属性，有时会很方便。点语句用法的一般形式为：

影片剪辑名称 . 属性=属性值

影片剪辑名称当然包括它的路径（后面会比较详细地介绍路径的概念）。下面以前面的例子来说明：

setProperty("_root.mc.mc1",_visible, false);

可以写成：

_root.mc.mc1._visible=false;

setProperty("_root.dm",_rotation,30);

可以写成：

_root.dm._rotation=30;

mx=getProperty("_root.mc.mc1",_x);

可以写成：

mx=_root.mc.mc1._x;

setProperty("_root.dm1",_y, getProperty("_root.dm0",_y));

可以改写成两句：

my=_root.dm0._y;

_root.dm1._y=my;

可见有的情况下点语法更精练。

8.1.2　MC 属性控制实例

本实例是控制 MC 属性的一个效果演示，通过在按钮上添加控制属性的命令，并观察 MC 的变化，加深对 MC 属性的理解，初步学会 MC 属性的控制方法。

实例运行时，有一个飞行状态的彩蝶和若干控制属性演示的按钮，如图 8-1 所示。按钮下有表示属性和控制的简单说明。单击按钮，就可以观察蝴蝶形态、位置等变化。

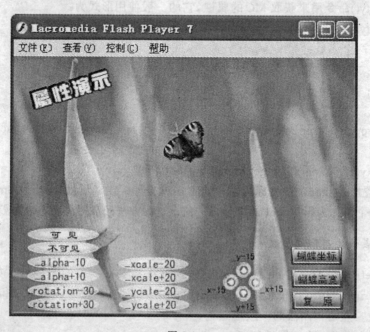

图 8-1

步骤 1 创建元件

新建影片文档，文档属性按照默认设置。保存影片文档为"属性演示.fla"。

新建一个名字为"蝴蝶"的影片剪辑元件。然后从外部导入连续的蝴蝶图像系列（蝴蝶 *. bmp）到这个元件的编辑场景中，拖放在场景的中心位置，如图 8-2 所示。

图 8-2

步骤 2 布局场景

返回到主场景，将【图层 1】重新命名为"背景"，将一个背景图像导入这个图层上。

新增加一个图层，并重新命名为"蝴蝶"。从【库】面板中拖出"蝴蝶"影片剪辑元件，并把它放在【蝴蝶】层的第 1 帧，调整放到适当的位置，然后在【属性】面板中将它命名为 x1。

添加图层，并重新命名为"动态文本"。在这个图层的第 1 帧建两个动态文本，在【属性】面板中定义它们的变量名为 zb 和 hw。两文本框宽为 150，高为 30，字号为 25，字体颜色为黑色。

新增一个图层，并命名为"按钮"。在这个图层上，从【库】面板中拖出 17 个按钮实例（这些按钮可以从公共库中得到，也可以自己事先制作一些）。按照图 8-1 所示的情况，在每个按钮下添加相应的静态文本加以说明。

步骤 3 定义动作脚本

选中"可见"按钮，在【动作】面板定义它的动作脚本为：

```
on(press) {
    x1._visible=1;  //设置蝴蝶实例为可见,也可以写成:x1._visible=true
}
```

选中"不可见"按钮，在【动作】面板定义它的动作脚本为：

```
on (press) {
```

```
    x1._visible=0;    //设置蝴蝶实例为不可见,也可以写成:x1._visible=false
    }
```

选中"_alpha-10"按钮,在【动作】面板定义它的动作脚本为:

```
on (press) {
    x1._alpha-=10;    //每按一下按钮,_alpha 的值减少 10%,相当于_alpha=_alpha-10
}
```

选中"_alpha+10"按钮,在【动作】面板定义它的动作脚本为:

```
on (press) {
    x1._alpha+=10    //每按一下按钮,_alpha 的值增加 10%,相当于_alpha=_alpha+10
}
```

选中"_rototion-30"按钮,在【动作】面板定义它的动作脚本为:

```
on (press) {
x1._rotation-=30;    //每按一下按钮,蝴蝶实例反向旋转 30°
}
```

选中"_rototion+30"按钮,在【动作】面板定义它的动作脚本为:

```
on (press) {
    x1._rotation+=30;    //每按一下按钮,蝴蝶实例正向旋转 30°
}
```

选中"蝴蝶坐标"按钮,在【动作】面板定义它的动作脚本为:

```
on (press) {
    x=int(getProperty(x1,_x));    //取得蝴蝶的横坐标,并取整数后用变量 x 表示
    y=int(getProperty(x1,_y));    //取得蝴蝶的纵坐标,并取整数后用变量 y 表示
    zb="("+x+","+y+")";    //把横、纵坐标用动态文本表示出来
}
```

选中"蝴蝶高宽"按钮,在【动作】面板定义它的动作脚本为:

```
on (press) {
    h=int(getProperty(x1,_height));    //取得蝴蝶纵向的高,并取整后用变量 h 表示
    w=int(getProperty(x1,_width));    //取得蝴蝶横向的宽,并取整后用变量 w 表示
    hw="("+h+","+w+")";    //用动态文本显示高、宽
}
```

选中"_x+15"按钮,在【动作】面板定义它的动作脚本为:

```
on (press) {
    x1._x+=15;    //每按一次,蝴蝶横坐标增加 15 个像素数,向右移动
}
```

选中"_x-15"按钮,在【动作】面板定义它的动作脚本为:

```
on (press) {
    x1._x-=15;    //每按一次,蝴蝶横坐标减少 15 个像素数,向左移动
}
```

选中"_y+15"按钮,在【动作】面板定义它的动作脚本为:

```
on (press) {
    x1._y+=15;    //每按一次,蝴蝶纵坐标增加15个像素数,向下移动
}
```

选中"_y-15"按钮,在【动作】面板定义它的动作脚本为:

```
on (press) {
    x1._y-=15;    //每按一次,蝴蝶纵坐标减少15个像素数,向上移动
}
```

选中"_xscale+20"按钮,在【动作】面板定义它的动作脚本为:

```
on (press) {
    x1._xscale+=20;    //每按一次,蝴蝶横向放大20%
}
```

选中"_xscale-20"按钮,在【动作】面板定义它的动作脚本为:

```
on (press) {
    x1._xscale-=20;    //每按一次,蝴蝶横向缩小20%
}
```

选中"_yscale+20"按钮,在【动作】面板定义它的动作脚本为:

```
on (press) {
    x1._yscale+=20;    //每按一次,蝴蝶纵向放大20%
}
```

选中"_yscale-20"按钮,在【动作】面板定义它的动作脚本为:

```
on (press) {
    x1._yscale-=20;    //每按一次,蝴蝶纵向缩小20%
}
```

选中"复原"按钮,在【动作】面板定义它的动作脚本为:

```
on (press) {
    x1._x=272.8;    //使蝴蝶恢复到原来的坐标
    x1._y=124.8;
    x1._rotation=0;    //下面恢复蝴蝶旋转角度、透明度、放大系数为初始值
    x1._alpha=100;
    x1._xscale=100;
    x1._yscale=100;
    zb="";    //恢复显示蝴蝶坐标和高宽的动态文本变量为空字符
    hw="";
}
```

这段程序代码实现蝴蝶还原到初始状态。这里要提请注意的是,这段代码前两行语句使蝴蝶恢复到原来的坐标,这个坐标,需要在第一次运行时,由下面两个式子来取得:

```
xx=getProperty(this. hudie,_x);
yy=getProperty(this. hudie,_y);
```

8.1.3　MovieClip（电影剪辑）控制

1. 复制电影剪辑命令

Flash 动画中有倾盆大雨、满天雪花、繁星点点等特效。这些特效就是利用 duplicateMovieClip()命令的神奇功能来实现的。

duplicateMovieClip()命令的一般使用形式为：

duplicateMovieClip（目标，新名称，深度）；

其中有三个参数：

- target（目标）：要复制的电影剪辑的名称和路径。
- newname（新名称）：是复制后的电影剪辑实例名称。
- depth（深度）：已经复制电影剪辑的堆叠顺序编号。每个复制的电影剪辑都必须设置唯一的深度，否则后来复制的电影剪辑将替换以前复制的电影剪辑，新复制的电影剪辑总是在原电影剪辑的上方。

在使用时，需要注意以下几点：

- 复制的影片会保持父级影片原来的所有属性，所以，原来的影片是静止的，复制后的影片也静止，并且一个叠放在另一个上，如果不给它们设置不同坐标，则只能看到编号最大的复制影片，也就看不出是否复制出效果了。
- 原来的影片在做补间运动，那么复制品也要做同样的运动，并且无论播放头在原始影片剪辑（或"父"级）中处于什么位置，复制的影片播放头始终从第 1 帧开始。所以，复制品和原影片始终有个时间差，因此，即使不给复制的影片设置坐标，也可以看到复制品在运动。
- 复制影片经常要与影片属性控制（特别是_x，_y，_alpha，_rotation，_xscale，_yscale等属性）结合才能更好地发挥复制效果。
- 复制影片还经常要和循环语句配合，才能复制多个影片剪辑。

有时需要删除复制好的影片，那就用 removeMovieClip()命令，其一般形式为：

removeMovieClip（影片剪辑实例名）；

这个命令只有一个参数，那就是复制后的影片剪辑实例名称。

例如：

```
for (I=1;I<10;I++){ //变量 I 从 1 开始，到 9 为止，变量每次加 1
    duplicateMovieClip("_root.a","a"+I,I);
}
```

上面这段程序代码对一个名字为 a 的影片剪辑实例进行复制，复制后的实例名称为 a1，a2，…，a9，深度分别为 1，2，…，9。

那么，在删除这些复制的影片剪辑实例时，可以用下面的循环语句：

```
for (I=1;I<10;I++){
    removeMovieClip("a"+i);
}
```

有关这个复制影片剪辑命令的详细应用请参看 8.3.1 节的实例。

2. 影片剪辑的路径

在前面，我们不止一次谈到 MC 的路径，那么什么叫路径，怎么运用路径呢？

我们知道，在 Flash 的场景中有个主时间轴，在场景里可以放置多个 MC，每个 MC 又有它自己的时间轴，每个 MC 又可以有多个子 MC……这样，在一个 Flash 的影片中，就会出现层层叠叠的 MC，如果要对其中一个 MC 进行操作，就得说出 MC 的位置，也就是要说明 MC 的路径。

路径分绝对路径和相对路径，下面用一个实例来进行说明。

假设场景里有两个 MC，一个 MC 的实例名为 mx，在 mx 下有个子 MC 名为 mx1，在 mx1 的下面还有一个孙 MC 名为 mx2。

另一个 MC 的实例名为 dm，在 dm 下有个子 MC 名为 dm1，在 dm1 下还有个孙 MC 名为 dm2。

（1）绝对路径

不论在哪个 MC 中进行操作，都是从主场景时间轴（用_root 表示）出发，到 MC，再到 MC 的子级 MC，再到 MC 的孙级 MC……一层一层地往下寻找。例如：

对 mx2 使用 play()的命令操作，应使用以下程序代码：

_root.mx.mx1.mx2.play();

对 dm1 使用 play()的命令操作，应使用以下程序代码：

_root.dm.dm1.play();

对 mx 使用 play()的命令操作，应使用以下程序代码：

_root.mx.play();

（2）相对路径

在一个 MC 内的父、子、孙关系中，有时候用相对路径比较简单，但是，用相对路径时，必须清楚自己在哪一级的 MC 中，在对哪一级的 MC 进行操作。以上面的 mx 为例，使用的仍然是 play()命令。

在 mx1 中，对它本身进行操作的程序代码为：

this.play();

对 mx 进行操作，因为 mx 是它的上一级（父级），所以程序代码为：

_parent.play();

对 mx2 的操作，因为 mx2 是它的子级，所以程序代码为：

this.mx2.play();

或者 mx2.play();

如果在 mx2 中对 mx 用相对路径操作就比较麻烦，因为 mx 是 mx2 的父级的父级，程序代码为：

_parent._parent.play();

如果用相对路径在 mx 中或者 mx 内的 MC，对另一个 dm 内的 MC 进行操作，就十分麻烦，我们不推荐这种方法。

从上面的例子中我们知道，绝对路径比较好理解，并且用绝对路径可以不必考虑是在哪级的 MC 中进行操作，直接从主场景时间轴（_root）出发，一层一层往下找。如果对路径的理解不透，建议就用绝对路径。用相对路径就必须清楚操作命令是在哪一级 MC 写的，是在对哪一级的 MC 进行操作，比较熟练后，在一个 MC 内用相对路径有时比较简单。

（3）插入路径

在对电影剪辑 MC 进行编程操作时，还可以使用【插入目标路径】对话框来对 MC 的路径进行设置。在【动作】面板中，单击【插入目标路径】按钮，就可以打开【插入目标路径】对话框，如图 8-3 所示。

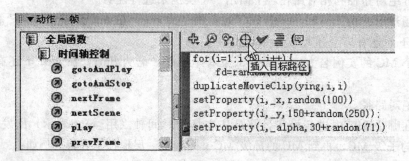

图 8-3

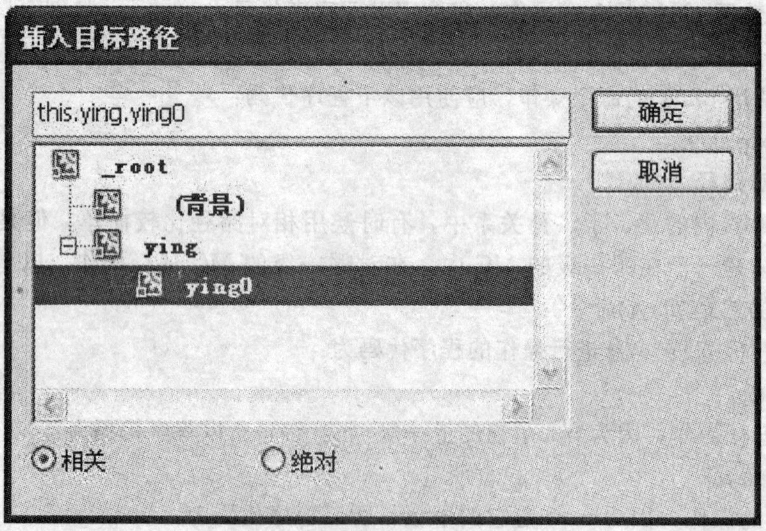

图 8-4

如图 8-4 所示是在对 MC 设置行为时经常会用到的对话框。其中可以看到经过注册的 MC 实例，需要对哪个 MC 进行设置，就可以单击这个 MC，然后，选择下面的【相关】（相对路径）或者【绝对】（绝对路径）单选按钮，最后单击【确定】，那么这个 MC 的实例名和路径就会进入编辑的脚本中。

另外需要说明的是，对数据或者变量的某些操作，也需要路径的相关知识，也可以仿照对 MC 的操作，不过就不能用【插入目标路径】对话框。

例如，前面的两个 MC 中，我们想把 mx1 中的一个数据 k，在 dm1 中得到，那么可以在 dm1 中用绝对路径来设置：

I=_root.mx.mx1.k;

3. 拖曳影片剪辑命令

在 Flash 动画中，鼠标有时突然变成一个美丽的动物图画，或者可以任意搬动动画中的物体，Flash 动画是怎么实现的呢？那就得用到两个成对出现的命令："startDrag()"拖曳影片和"stopDrag()"停止拖曳影片。

如果要做课件，这两个命令可是不能少的。

startDrag()命令的一般形式为：

myMovieClip.startDrag(lock, left, top, right, bottom);

myMovieClip 是要拖动影片的名字，lock 表示影片拖动时是否中心锁定在鼠标，值有 true 和 false，true 表示锁定，false 表示不锁定。

left，top，right，bottom 这四个参数分别设置影片拖动的左、上、右、下的范围，注意是相对于影片剪辑父级坐标的值，这些值指定该影片剪辑被约束的矩形。这些参数是可选的。

如果是 myMovieClip. startDrag()，则可以在整个屏幕范围内任意拖动。

stopDrag()命令可以实现停止拖曳影片命令，这个命令没有参数。

注意：如果要拖动某一个影片，一般情况下，应当在这个影片内加一个按钮，再把上面的命令附加在这个按钮上。

例如，在场景中有一个影片，实例名为 mc，坐标为（250，200），若想让它在以（250，200）为中心、高为 200、宽为 300 的矩形范围内被拖动，就应当在 mc 内放一个按钮，然后在按钮上加上下面的程序代码：

```
on (press) {
    _root.mc.startDrag(true,100,100,400,300);   //这里的坐标是指场景内的坐标
}
on (release) {
    stopDrag();   //停止拖动这个影片
}
```

有关 startDrag 命令的应用请参看 8.3.1 节的实例。

8.2 键盘控制

当需要通过键盘和动画产生交互时，例如，利用方向键控制游戏中的角色，就需要借助键盘对象获取按键的内容，然后利用 Key 对象的方法控制动画。本节将详细讲解 Key 对象，并通过几个实例讨论通过 Key 对象在动画中产生键盘交互的方法。

8.2.1 键盘对象的方法详解

Key 对象包括以下 6 种常用的方法：

（1）Key. getAscii()

语法：Key.getAscii();

功能：返回最近被按下或松开的按键所代表的 ASCII 值。

通过 Key. getAscii()方法可精确地传回字符值。当键盘上有键被按下时，该按键会对应到一个 ASCII 码。例如，字母 A 键对应的 ASCII 值为 97，可以通过 Key. getAscii()方法返回该按键对应的 ASCII 值。

（2）Key. getCode()

语法：Key.getCode();

功能：返回最近被按下或松开的按键的对应码。

如果你只想知道用户是否按下某个键而不理会它的 ASCII 值，那么，Key. getCode()是最适合的。Flash 为每个按键都赋予一个对应码。例如，按键 A 的对应码是 65，按键 Shift 的对应码是 16。Key. getCode()的返回值就是这些按键的对应码。在 Flash 的帮助文档中可以查到关于按键对应码的详细信息。

Flash 事先定义了一组常量（Key 对象的属性）来存储一些常用键按键的对应码，例如常量 Key. SPACE 就等于 32，因此当需要在程序中应用这些按键时，可以直接使用这些常量，而不必再查阅它们的按键对应码。表 8-1 是一些按键常量的名称和意义。

表 8-1

属性（按键常量）	意义
Key. BACKSPACE	与 Backspace 键的键控代码值（8）关联的常量
Key. CAPSLOCK	与 Caps Lock 键的键控代码值（20）关联的常量
Key. CONTROL	与 Ctrl 键的键控代码值（17）关联的常量
Key. DELETEKEY	与 Delete 键的键控代码值（46）关联的常量
Key. DOWN	与向下箭头键的键控代码值（40）关联的常量
Key. END	与 End 键的键控代码值（35）关联的常量
Key. ENTER	与 Enter 键的键控代码值（13）关联的常量
Key. ESCAPE	与 Escape 键的键控代码值（27）关联的常量
Key. HOME	与 Home 键的键控代码值（36）关联的常量
Key. INSERT	与 Insert 键的键控代码值（45）关联的常量
Key. LEFT	与左箭头键的键控代码值（37）关联的常量
Key. PGDN	与 Page Down 键的键控代码值（34）关联的常量
Key. PGUP	与 Page Up 键的键控代码值（33）关联的常量
Key. RIGHT	与右箭头键的键控代码值（39）关联的常量
Key. SHIFT	与 Shift 键的键控代码值（16）关联的常量
Key. SPACE	与空格键的键控代码值（32）关联的常量
Key. TAB	与 Tab 键的键控代码值（9）关联的常量
Key. UP	与向上箭头键的键控代码值（38）关联的常量

（3）Key.isDown()

语法：Key.isDown(KeyCode)；

功能：侦测键盘上指定的按键是否被按下，如果返回值为 true 则表示被按下。KeyCode 可以是按键对应码，也可以是按键常量。

（4）Key.isToggled()

语法：Key.isToggled(KeyCode)；

功能：侦测键盘上的 Caps Lock 或 Num Lock 的指示灯是否亮着。

例如：

```
onClipEvent(enterFrame){
    if(Key.isToggled(144){
        this.stop();
    }
}
```

上面这段动作脚本的功能是，当键盘上的 Num Lock 指示灯是亮着时，影片对象动画停止。

（5）Key.addListener()

语法：Key.addListener(实例名)；

功能：将某个对象赋予响应按键事件功能，实例名可以是指定的按钮、影片剪辑（包括_root）、文字字段甚至是自定义对象的实例名称。

除了按钮和影片剪辑可以接收键盘事件外，对于那些无法接收除了按键信息的对象，例如，自定义对象和文字字段对象等，都可以利用 Key.addListener()方法赋予它们接收和处理按键信息的能力。Key 对象提供 onKeyDown 和 onKeyUp 两个事件处理程序，让通过 Key.addListener()方法指定响应 Key 事件的实例使用。

（6）Key.removeListener()

语法：Key.removeListener(实例名)；

功能：取消指定实例响应 Key 事件的功能。

8.2.2 键盘控制实例 1——用空格键控制白兔的跑动

实例简介：有一只向前跑的白兔，当按下空格键时，白兔会在原地停止，若再按一次空格键，则白兔继续向前跑，如图 8-5 所示。

步骤 1 创建影片界面

（1）创建影片文档：新建一个影片文档，设置舞台尺寸为 640×480 像素，其他参数取默认值。

（2）创建背景：从外部导入一幅背景图像，然后将【图层 1】重新命名为"背景"，将背景图像放置在这个图层上，由于导入的背景图像比较小，可调整它的大小，使之与舞台尺寸相匹配，效果如图 8-6 所示。

步骤 2 制作 MC 元件

（1）制作白兔 MC：新建一个名字为"tutu"的影片剪辑元件。在这个 MC 元件编辑

图 8-5

图 8-6

场景绘制一只白兔图形，为了使白兔更生动，这里还通过定义关键帧实现了白兔眼睛和耳朵的动画，这个元件的时间轴和场景效果如图 8-7 所示。

（2）制作移动的白兔 MC：新建一个名字为"tutu_run"的影片剪辑元件。在这个元件的编辑场景中，将【库】面板中的"tutu"MC 元件拖放到场景中间，然后创建一个白

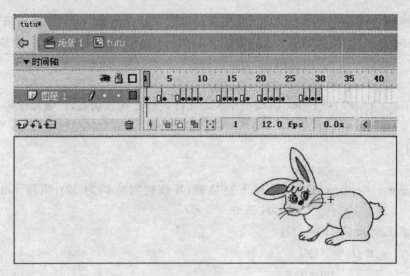

图 8-7

兔从左向右移动的动作补间动画，这个元件的时间轴和场景效果如图 8-8 所示。

图 8-8

步骤 3　定义动作脚本

（1）布局元件：返回到【场景 1】，在【背景】图层上新建一个图层，并将这个图层重新命名为"白兔跑动"。将【库】面板中的"tutu_run"影片剪辑元件拖放到舞台的右边。

（2）定义动作脚本：选择场景中的"tutu_run"实例，在【动作】面板中定义它的动作脚本为：

```
onClipEvent (load) {   //当"tutu_run"MC 实例加载时
    run=1;  //使变量 run 等于 1
```

```
}
onClipEvent (enterFrame) {    //用 run 变量的值来控制白兔 MC 元件的播放情形
      if (run==1) {    //如果 run 的值等于 1,则白兔 MC 元件成动态播放状态,白兔继续
                       向前跑
            this.play();
      } else {    //如果 run==0,则白兔 MC 元件成静止播放状态,白兔原地停止
            this.stop();
      }
}
onClipEvent (KeyDown) {    //若按下空格键(其按键对应码为 32),则将 run 变量切换
                          为 1 或 0
      if (Key.getCode()==32) {
            if (run==1) {
                  run=0;
            } else {
                  run=1;
            }
      }
}
```

8.2.3 键盘控制实例 2——用左右方向键控制白兔移动

实例简介: 利用按住键盘的左右方向键来控制白兔向左或者向右移动,如图 8-9 所示。

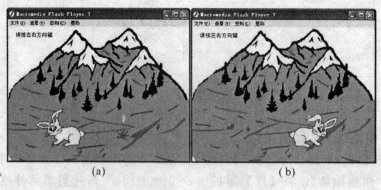

(a)   (b)

图 8-9

步骤 1 创建影片界面

(1) 创建影片文档:新建一个 Flash 影片文档,设置舞台尺寸为 640×480 像素,其他参数取默认值。

（2）创建背景：从外部导入一个背景图像，然后将【图层 1】重新命名为"背景"，将背景图像放置在这个图层上，由于导入的背景图像比较小，可调整它的大小，使之与舞台尺寸相匹配，效果如图 8-10 所示。

图 8-10

步骤 2　创建白兔 MC 元件

（1）导入白兔 MC 元件到【库】面板：从"实例 1"源文件的库中，将"tutu"元件导入到当前文件的库中，得到一个白兔 MC 元件，如图 8-11 所示。

图 8-11

233

（2）引用白兔 MC 元件：新建一个图层，并重新命名为"白兔"。在这个图层上，将
【库】面板中的白兔 MC 元件拖放到舞台的合适位置，如图 8-12 所示。

图 8-12

选择这个白兔 MC 实例，在【属性】面板中定义它的名称为"tuL"。

（3）复制并翻转白兔 MC 元件：选择舞台上的白兔 MC 实例，复制它，选中复制出
来的白兔，执行【修改】｜【变形】｜【水平翻转】命令，将它水平翻转，如图 8-13
所示。

图 8-13

选择这个翻转得到的白兔实例，在【属性】面板中定义它的名称为"tuR"。

步骤 3 定义动作脚本

选择名字为"tuL"的白兔实例，在【动作】面板中定义它的动作脚本为：

```
onClipEvent (load) {   //当名字为"tuL"的白兔 MC 实例加载时
    movie_x=this._x;   //设定白兔的 x 轴坐标
    _root.tuR._visible=false;   //并将 tuR 影片剪辑实例先隐藏起来
}
onClipEvent (KeyDown) {
    if (Key.isDown(Key.LEFT)) {   //侦测向左方向键是否按下,如果按下
        movie_x -= 10;   //则 tuL(this)影片剪辑实例向左移动 10 像素
        this._x=movie_x;
        this._visible=true;   //显示 tuL(this)影片剪辑实例
        _root.tuR._visible=false;   //并隐藏 tuR 影片剪辑实例
    }
    if (Key.isDown(Key.RIGHT)) {   //侦测向右方向键是否按下,如果按下则 tuR 影片
                                   剪辑实例向右移动 10 像素,并隐藏 tuL 影片剪辑实例
        movie_x+=10;
        _root.tuR._x=movie_x;
        this._visible=false;
        _root.tuR._visible=true;
    }
}
```

同理，选中名为"tuR"的白兔实例，为它设置相同的动作脚本。

设置完后，即可测试动画效果。

8.3 精彩实例

8.3.1 星星跟我走

实例简介：本实例是一个鼠标跟随的效果，但是程序简单实用，和常见的鼠标跟随思路略为不同。可以简单地把星星元件换成鲜花、蝴蝶等元件，就可以得到不同的效果。如图 8-14 所示是本实例运行的初始画面。

单击鼠标，天空中的星星便会排队跟你走，如果再单击一次鼠标，星星又会散布在夜空中。如果一开始就双击鼠标，散布在夜空中的星星会改变位置。鼠标跟随效果如图 8-15 所示。

要点：duplicateMovieClip()复制语句、用 startDrag()拖动影片剪辑、Mouse. hide()和 Mouse. show()鼠标隐藏和显示语句、setProperty()影片剪辑的属性设置语句、for 循环语句。

图 8-14

图 8-15

步骤 1　创建元件

（1）创建影片文档：新建影片文档，设置舞台尺寸为 550×400 像素，其他参数保持默认。然后保存影片文档为"星星跟我走.fla"。

（2）创建"小星"和"大星"图形元件：新建一个名为"小星"的图形元件和一个名为"大星"的图形元件。在这两个元件的编辑场景中分别绘制两个立体的五角星形状，如图 8-16 所示。

（3）创建"x1"影片剪辑元件：新建名为"x1"的影片剪辑元件。在这个元件的编辑场景中，将【库】面板中的"小星"图形元件拖放到场景中间的"十字符号"位置，然后在【图层 1】的第 10 帧、第 20 帧插入关键帧。

在【属性】面板中，利用【颜色】下拉列表中的【色调】属性更改第 10 帧、第 20 帧

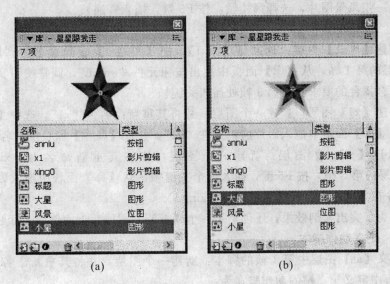

(a)　　　　　　　　　　(b)

图 8-16

上的"小星"元件实例的颜色。然后在第 1 帧~第 10 帧和第 10 帧~第 20 帧之间分别定义五角星旋转的动作补间动画。

新增【图层 2】，在该图层的最后一帧插入关键帧，定义动作脚本为：

gotoAndPlay(1);　//使五角星旋转动画重复进行

如图 8-17 所示是"x1"影片剪辑元件的图层结构参考图。

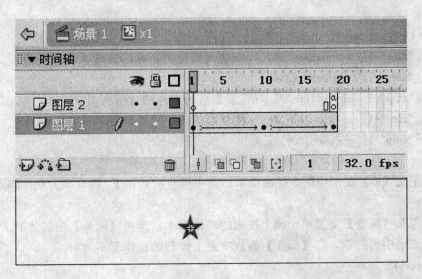

图 8-17

（4）创建"xing0"的影片元件：新建一个名字为"xing0"的影片剪辑元件。在这个元件的编辑场景中，从【库】面板中拖出"大星"图形元件，把它放在场景的中心位置。

（5）创建"anniu"按钮元件：新建一个名为"anniu"的按钮元件。在按钮元件中的第1帧导入一张风景图片，选择第4帧，按F5键，插入普通帧。

步骤2　组织场景

（1）创建【风景】图层：返回【场景1】，把【图层1】重新命名为"风景"。选中【风景】图层的第1帧，从【库】面板中拖出按钮元件"anniu"，调整按钮实例的尺寸和位置正好符合舞台的要求。在第3帧处插入关键帧。

（2）创建【x1】图层：新建一个图层，并将其重新命名为"x1"。选中【x1】图层的第1帧，从【库】面板中拖入影片剪辑元件"x1"，并在【属性】面板定义名称为"x1"。

（3）创建【xing0】图层：新建一个图层，并将其重新命名为"xing0"。选中【xing0】图层的第3帧，按F6键，插入一个关键帧，从【库】面板中拖入影片剪辑元件"xing0"，并在【属性】面板定义名称为"xing0"。

另外，为了突出实例效果，还创建了一个【标题】图层，上面创建了标题文字。

步骤3　定义动作脚本

（1）定义【as】图层中第1帧的脚本：新建一个图层，并将其重新命名为"as"。在【动作】面板中定义第1帧的动作脚本为：

```
shu=33;  //设置复制的数量
for(i=1;i<=shu;i++){  //循环开始
    duplicateMovieClip(_root.x1,"xing"+i,i);
    //复制场景中的影片剪辑 x1,复制后的实例名为"xing"+i
}
```

（2）定义【as】图层中第2帧的脚本：选中第2帧，按F6键，插入关键帧，在【动作】面板中定义该帧的动作脚本为：

```
stop();
for(i=1;i<=shu;i++){  //从 1~33 的循环
_root["xing"+i]._x=random(550);  //随机设置复制影片的坐标
_root["xing"+i]._y=random(350);
_root["xing"+i]._alpha=100-3*i;  //使复制后的影片的透明度逐渐减小
_root["xing"+i]._xscale=100-3*i;  //使复制后的影片逐渐变小
_root["xing"+i]._yscale=100-3*i;
}
```

（3）定义【as】图层中第3帧的脚本：选中第3帧，按F6键，定义动作脚本为：

```
stop();
```

（4）定义【风景】图层第1帧上按钮的动作脚本：选中【风景】图层的第1帧，在场景中单击该帧中的按钮，在【动作】面板中定义按钮的动作脚本为：

```
on (press) {
    Mouse.hide();  //隐藏鼠标
    nextFrame();  //进入并停止在下一帧
}
```

（5）定义【风景】层第2帧上按钮的动作脚本：选中【风景】层第3帧上的按钮，在【动作】面板中定义动作脚本为：

```
on (press) {
    Mouse.show();     //显示鼠标
    prevFrame();      //进入并停止在上一帧
}
```

（6）定义影片剪辑上的动作脚本：选中【xing0】图层第 3 帧上的影片剪辑实例，在【动作】面板中定义该影片剪辑的动作脚本为：

```
onClipEvent (load){    //当调入影片时
    _root.x1._visible=false;    //设置影片 x1 为不可见
    shu=_root.shu;    //从上一帧中获取复制影片的数量
}
onClipEvent (enterFrame){    //以下内容，按帧频不断地循环
    startDrag("_root.xing0",true);    //拖住影片"xing0"
    for (i=1; i<=shu; i++) {    //在 for 循环中，反复设置复制影片的坐标
    root.xing0._rotation+=1;    //使带头的大星不停地旋转
    x0=(_root["xing"+(i-1)]._x-_root["xing"+i]._x)/3+4;
    //把上一循环中与前一个影片的横坐标之差的 1/3，再加 4 赋给变量 x0，
    //+4 是使复制的影片之间的横向相隔 4 个像素
    y0=(_root["xing"+(i-1)]._y-_root["xing"+i]._y)/3;
    //把上一循环中与前一个影片的纵坐标之差的 1/3 赋给变量 y0
    //以上两条可以看做坐标变化的增量，其中的数字可以根据自己的爱好进行调整
    _root["xing"+i]._x=_root["xing"+i]._x+x0;
    _root["xing"+i]._y=_root["xing"+i]._y+y0;
    //以上两条是把影片在循环中前一次的坐标加上增量，作为这次的坐标
    }
}
```

至此，这个实例制作完成，测试一下，鼠标跟随的特效已经实现了。

【本章小结】

本章学习电影剪辑的控制和键盘控制对象的方法，掌握这些方法对制作交互式的动画就会得心应手。

习　题　8

1. 做一个小球跳动的动画，请通过分别定义附加在帧和按钮上的程序代码，来控制动画的播放。（参考第 12 章实例）
2. 创建一个包括两个以上场景的影片，利用"时间轴控制"类别下的函数控制场景间的跳转。

第 *9* 章 文字字段和组件

【学习目的与要求】 在 Flash 动画中可以包含动态文本的效果和交互式的输入文本。本章介绍动态文本的特效如何制作，如何使用输入文本与用户交互，以及如何使用 UI 组件。由此便可以轻松快速地在 Flash 动画中添加这些简单的用户界面元素。

9.1 动态文本和输入文本

在制作 Flash 作品时，常会需要用文本工具来创建各种文本，单击工具箱中的文本工具 A，或直接按键盘上的 T 键，就可选中文本工具，【属性】面板就会出现相应的文本工具的属性。

Flash 中的文本形式有三种，即静态文本、动态文本和输入文本。在 Flash 电影中，所有动态文本字段和输入文本字段都是 TextField 类的实例。可以在属性检查器中为文本字段指定一个实例名称，然后在动作脚本中使用 TextField 类的方法和属性对文本字段进行控制，如透明度、是否运用背景填充等。

就像影片剪辑实例一样，文本字段实例也是具有属性和方法的动作脚本对象。通过为文本字段指定实例名称，就可以在动作脚本语句中通过实例名来设置、改变和格式化文本框和它的内容。不过，与影片剪辑不同，不能在文本实例中编写动作脚本代码，因为它们没有时间轴。

动态文本就是可以动态更新的文本，如体育得分、股票报价等，它是根据情况动态改变的文本，常在游戏和课件作品中以实时显示操作运行的状态。

9.1.1 动态文本

1. 创建动态文本

如何创建动态文本？使用文本工具就可以创建动态文本框。用文本工具在场景中拖出一个文本框，选中该文本框，在【属性】面板中选择【动态文本】即可，如图 9-1 所示。

在【属性】面板中还可以进一步设置动态文本的属性参数。

在【实例名称】文本框中可以定义动态文本对象的实例名。

可以在文本显示类型下拉列表中选择【单行】或是【多行】显示文本。

"可选"按钮，决定了是否可以对动态文本框中的文本执行选择、复制、剪切等操作，按下表示可选。

图 9-1

"将文本呈现为 HTML"按钮 ，决定了动态文本框中的文本是否可以使用 HTML 格式，即使用 HTML 语言为文本设置格式。

"在文本周围显示边框"按钮 ，决定了是否在动态文本框周围显示边框。

在【变量】后面的文本框中可以定义动态文本的变量名，用这个变量可以控制动态文本框中显示的内容。

2. 为动态文本赋值

为动态文本赋值的方法有：使用变量赋值，通过动态文本对象的 text 属性进行赋值。先讨论使用变量为动态文本赋值的方法。

用文本工具在场景中拖出一个文本框，选中该文本框，在【属性】面板中选择【动态文本】类型，定义变量名为"text"，如图 9-1 所示。然后，在【动作】面板中，设置第 1 帧上的脚本：

text="Welcome to ActionScript!";

测试影片效果如图 9-2 所示。可以看到，文本"Welcome to ActionScript!"显示在了动态文本框中。

图 9-2

通过动态文本对象的 text 属性进行赋值也是比较常用的方法。

用文本工具在场景拖出一个文本框，选中该文本框，在【属性】面板中选择【动态文本】类型，并为这个动态文本起一个实例名"test"，如图9-3所示。

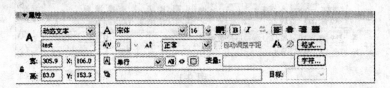

图 9-3

然后，设置第 1 帧上的脚本：

test.text="使用动态文本的实例名字来赋值";

测试影片如图 9-4 所示。

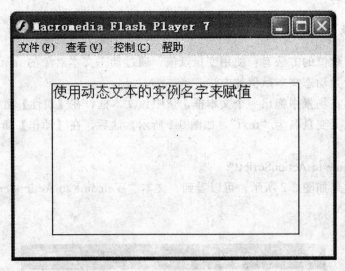

图 9-4

注意：这两种方法是有区别的，对象名具有多个属性，而变量名只是用来传递数值的，没有属性。

3. 常用指令

下面介绍使用动作脚本动态创建文本框、设置文本框属性的几个常用指令：

(1) MovieClip. createTextField()

作用：动态创建文本框。

语法：my_mc.createTextField(instanceName,depth,x,y,width,height)

参数：instanceName，指示新文本字段的实例名称；depth 是一个正整数，指定新文本字段的深度；x 是一个整数，指定新文本字段的 x 坐标；y 是一个整数，指定新文本字段的 y 坐标；width 是一个正整数，指定新文本字段的宽度；height 是一个正整数，指定新文本字段的高度。

例如：

_root.createTextField("textBox",1,50,50,200,100);

textBox.text="这是我的第一个动态创建文本？";

这段程序代码的功能是，创建一个文本框，其实例名为 textBox，深度为 1，x 为 50，y 为 50，宽度为 200，高度为 100。

（2）TextField. removeTextField()

作用：删除由 createTextField()创建的文本字段。

语法：my_txt.removeTextField()

例如：

textBox.removeTextField(); //删除 textBox 文本

TextField._alpha

作用：设置或获取由 my_txt 指定的文本字段的 alpha 透明度值，有效值为 0（完全透明）到 100（完全不透明），默认值为 100。

语法：my_txt._alpha

例如：

text1_txt._alpha=30; //将名为 text1_txt 的文本字段的_alpha 属性设置为 30%

（3）TextField. autoSize()

作用：控制文本字段的自动大小调整和对齐。

语法：my_txt.autoSize

例如：

my_txt.autosize="center"; //将文本字段 my_txt 的 autosize 属性设置为"center"

（4）TextField. background()

作用：设置文本字段背景是否填充。如果为 true，则文本字段具有背景填充。如果为 false，则文本字段没有背景填充。

语法：my_txt.background

例如：

my_txt.background=false; //文本字段 my_txt 没有背景填充

（5）TextField. border()

作用：设置文本字段是否有边框。如果为 true，则文本字段具有边框。如果为 false，则文本字段没有边框。

语法：my_txt.border

例如：

my_txt.border=true; //文本字段 my_txt 有边框

9.1.2 动态文本应用实例——数字倒计时效果

在很多场合都需要一个倒计时器，如考试时间等。这里利用动态文本制作一个简单的 10 秒倒计时器。影片中的数字自动从 10 变为 9，8，…，当变到 0 的时候停止，数字变化间隔 1 秒。如图 9-5 所示是这个实例运行的一个画面。

图 9-5

步骤 1　创建影片文档

新建一个影片文档，设置场景尺寸为 250×200 像素，其他参数保持默认。保存影片文档为"动态文本实例.fla"。

在时间轴上创建 3 个图层，分别重新命名为：【背景】、【文本显示】、【AS】。

在【背景】图层上，创建一个背景图形效果，如图 9-6 所示。

图 9-6

步骤 2　创建动态文本

在【文本显示】图层，要创建有 3 个静态文本框和 1 个动态文本框，效果如图 9-7

所示。

图 9-7

在【属性】面板中定义动态文本的【变量】为"delaytime"。

步骤3 定义动作脚本

在【AS】图层定义程序代码。

选择【AS】图层的第1帧，在【动作】面板中输入脚本：

delaytime=10;　//将动态文本的变量赋值为10

在【AS】图层第13帧插入空白关键帧，在【动作】面板定义动作脚本为：

```
    if (delaytime==0) {   //判断变量 delaytime 是否等于 0
      gotoAndStop(2);   //如果变量 delaytime 等于 0, 就跳转到第 2 帧然后停止
} else {   //如果变量 delaytime 不等于 0, 就执行下面的语句
      delaytime=delaytime-1;   //变量 delaytime 自减 1
      gotoAndPlay(2);   //跳转到第 2 帧继续播放
}
```

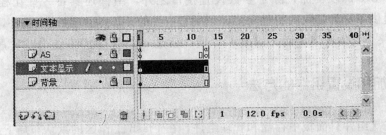

图 9-8

至此，这个实例制作完成，完成以后的时间轴效果如图 9-8 所示。

9.1.3 输入文本

输入文本是可以接收用户输入的文本，是响应键盘事件的一种，是一种人机交互的工具。和动态文本一样，使用文本工具也可以创建输入文本框，用文本工具在场景拖出一个文本框，选中该文本框，在【属性】面板中选择【输入文本】即可，如图 9-9 所示。

图 9-9

输入文本最重要的是变量名，如图 9-9 所示中的【变量】文本框，其中的 myInputText 即是该输入文本的变量名。输入文本变量和其他变量类似，变量的值会呈现在输入文本框中，输入文本框中的值同时也作为输入文本变量的值，它们之间是等价的。

另外，输入文本对象也具有 text 属性，这个属性的使用方法和动态文本对象的使用方法类似。有关输入文本的应用，本书后面的章节有具体的实例，这里不再详述。

9.2　组　　件

组件（component）的概念是从 Flash MX 开始出现的，但其实在 Flash 5 的时候已经有了组件的雏形。在 Flash 5 中，有一种特殊的影片剪辑，能通过参数面板设置它的功能，称为 Smart Clip（SMC）。可以将具备完整功能的程序（例如，测试类课件经常要使用的定时器、多场景课件控制模块中使用的菜单接口等）包装在影片剪辑中，并且提供一种能够调整此影片剪辑属性的接口（例如，设置定时器的终止时间），以后当某个影片需要用到这些功能时，只要把 SMC 拖放到舞台，并调整它的属性，让它符合需要即可，而不需要了解程序的实际内容。

组件是 SMC 的改良品，除了参数设置接口之外，组件还具备一些让程序调用的方法。Flash 提供了更为强大的组件功能，利用它内置的 UI（用户界面）组件，可以创建功能强大、效果丰富的程序界面。如图 9-10 所示就是一个用 UI 组件制作的程序交互界面。

9.2.1 添加和设置组件的方法

Flash 在【组件】面板中存储和管理组件，在 Flash 工作区的默认布局下，【组件】面板显示在面板组中。执行【窗口】｜【开发面板】｜【组件】命令可以打开或者关闭【组

一个简单的程序交互界面

请输入你的姓名

First Name:

Last Name:

请选择一项

Green
Blue
Brown
Red
Orange

○ 单项选择
○ 多项选择

提交

图 9-10

件】面板，打开后的【组件】面板如图 9-11 （a）所示。

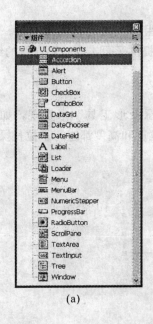

(a)

(b)

图 9-11

另外，Flash 还新提供了一个【组件检查器】面板，执行【窗口】｜【开发面板】｜【组件检查器】命令可以打开它，如图 9-11 （b）所示。当将一个组件实例拖放到场景中后，在【组件检查器】面板中可以设置和查看该实例的信息。

1. 引用组件和设置组件参数

与引用【库】面板中的元件一样，组件的引用方法很简单，用鼠标将【组件】面板中的组件拖放到场景上即可。这时场景上的对象就是拖放的组件的实例。

引用到场景上的组件实例，通常都需要先设置它的属性和参数。例如，单击如图9-12所示的"提交"按钮组件实例，打开【属性】面板，单击其中的【参数】按钮，可以看到如图 9-12 所示的设置。

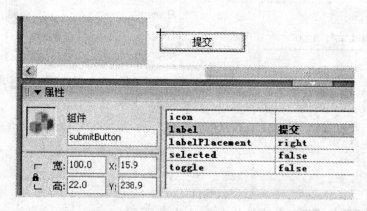

图 9-12

可以看出，在【属性】面板中可以设置所选组件实例的属性和参数。另外还可以在【组件检查器】面板中设置组件实例的参数。这里提供了更丰富、更专业的组件设置方法。

2. 更改组件外形和删除组件

在 Flash 中，组件实例的外形可以通过"任意变形工具"来实现，如图 9-13 所示，我们用"任意变形工具"将一个按钮组件实例的宽度和高度都进行了拉长操作。

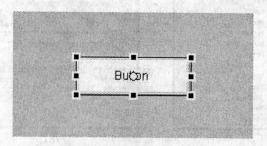

图 9-13

以前在 Flash 中，将一个组件引用到场景上后，还可以通过对【库】面板中的对应元件进行编辑，进而达到修改组件实例外形的目的。但是在 Flash8 中，这种办法行不通了，目前 Flash8 包含的组件不再是 FLA 文件（Flash MX 中包含的组件是 FLA 文件），而是一种新的文件类型——SWC 文件，SWC 是导出的已经编译的剪辑，它是用于组件的

Macromedia 文件格式。在从【组件】面板将组件添加到舞台上时，就会将编译剪辑元件添加到【库】面板中，如图 9-14 所示。

图 9-14

在删除组件实例时，除了将场景上的组件实例删除外，还要打开【库】面板，将其中的编译剪辑也删除掉。

9.2.2　用动作脚本控制组件

用 Action 对组件进一步编程控制的方法主要有两种：使用 on() 处理函数、使用一个调度程序/侦听器事件模型。前一种方法是 Flash 传统的编程思路，很容易理解和掌握，适合初学者使用。后一种方法是 Flash 提倡使用的编程思路，这种方法更符合面向对象的编程特性，程序更安全，功能更强大。

Flash 提供的 UI 组件大部分都具有 click 事件，下面就以复选框组件（CheckBox）为例，讨论一下利用 click 事件进一步编程控制复选框组件实例的两种方法。

1.　创建复选框组件实例

打开【组件】面板，将其中的复选框组件（CheckBox）拖放一个到场景上，保持这个实例处于被选中状态，在【属性】面板中，定义该实例的名称为"复选框实例 1"。

2.　设置复选框实例参数

在【属性】面板中，单击【参数】按钮。更改【Label】参数为"复选框"，其他参数默认，【属性】面板如图 9-15 所示。

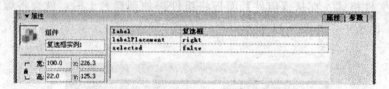

图 9-15

3. 使用 on()处理函数编程

对于复选框组件的 click 事件，使用 on()处理函数编程控制的一般形式为：

```
on(click){
...
}
```

这里必须注意的是，这段代码必须直接附加到一个 CheckBox 组件实例上。因此，选择前面创建的复选框实例，然后在【动作】面板中输入以下程序代码：

```
on(click){
  track("复选框组件实例被单击了一下");
}
```

现在测试一下影片，在测试窗口中单击复选框，则马上弹出一个【输出】面板，如图 9-16 所示。

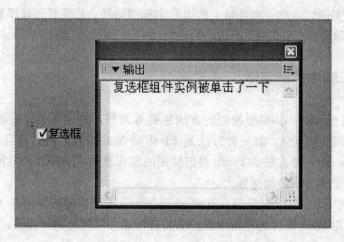

图 9-16

4. 使用一个调度程序/侦听器事件模型编程

如果不用 on()函数，而用第二种方法，编程的一般形式为：

```
listenerObject=new Object();   //先定义一个侦听器对象
listenerObject.click=function(eventObject){   //为侦听器对象上的 click 事件定义一个函数
...   //函数内部可以通过 eventObject 对象的各种属性和方法来响应 click 事件
```

```
}
Instance.addEventListener("click", listenerObject)
// 将侦听器对象注册到实例。当该实例调度该事件时,就会调用该侦听器对象
```

用第二种方法实现前面 "3." 中同样的结果,具体方法是(以下操作紧接着 "2." 后进行):

选择时间轴第 1 帧,在【动作】面板中定义如下的程序代码:

```
form=new Object();  //定义一个名字为 form 的侦听器对象
form.click=function(){  //为侦听器对象定义一个函数
    trace("复选框组件实例被单击了一下");
}
```

复选框实例 1.addEventListener("click",form); // 将侦听器对象 form 注册到复选框实例 1。当复选框实例 1 被单击时,就会调用侦听器对象 form。

9.2.3 UI 组件详解

Flash 包括 14 个 UI 组件,下面将分别讨论这些组件的功能以及这些组件常用的参数。

1. 按钮 (Button) 组件

按钮是任何表单或 Web 应用程序的一个基础部分。每当需要让用户启动一个事件时,都可以使用按钮。例如,大多数表单都有 "提交" 按钮,也可以给演示文稿添加 "前一个" 和 "后一个" 按钮。

Button 组件是一个可调整大小的矩形用户界面按钮。可以给按钮添加一个自定义图标(这个由参数中的 icon 确定的),也可以将按钮的行为从按下改为切换。在单击切换按钮后,它将保持按下状态,直到再次单击时才会返回到弹起状态(这由参数中的 toggle 确定)。

在【属性】面板中可以设置 Button 组件的参数有:

- label:设置按钮上文本的值,默认值是 "Button"。
- Icon:给按钮添加自定义图标。该值是库中影片剪辑或图形元件的链接标识符,没有默认值。
- Toggle:将按钮转变为切换开关。如果值为 true,则按钮在按下后保持按下状态,直到再次按下时才返回到弹起状态。如果值为 false,则按钮的行为就像一个普通按钮。默认值为 false。
- Selected:如果切换参数的值是 true,则该参数指定是按下(true)还是释放(false)按钮。默认值为 false。
- LabelPlacement:确定按钮上的标签文本相对于图标的方向。该参数可以是下列四个值之一:left、right、top 或 bottom,默认值是 right。

利用 Icon 参数可以给按钮添加一个图标,具体步骤如下:

(1)需要选择或创建一个影片剪辑或图形元件以用作图标。元件坐标应创建在(0,

0）以在按钮上获得适当的布局。

（2）在【库】面板中，用鼠标右键单击图标元件，在弹出的快捷菜单中选择【链接】命令，打开【链接】对话框，输入一个链接标识符，如图 9-17 所示。

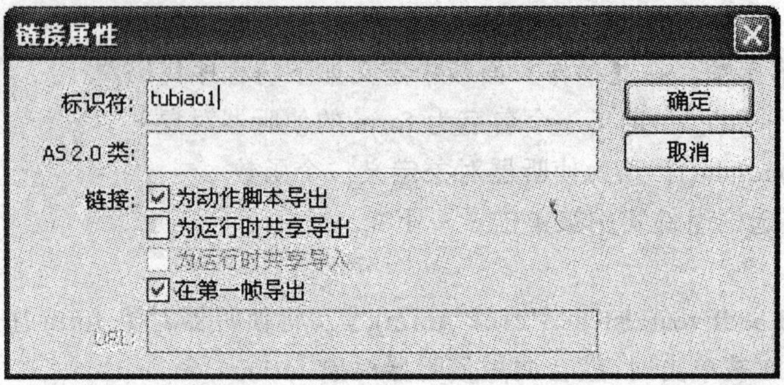

链接属性

标识符：tubiao1　　　　　　　　　　确定

AS 2.0 类：　　　　　　　　　　　　取消

链接：☑ 为动作脚本导出
　　　☐ 为运行时共享导出
　　　☐ 为运行时共享导入
　　　☑ 在第一帧导出

URL：

图 9-17

（3）在【属性】面板中，定义【icon】参数值为"tubiao1"，这个值就是前面步骤定义的链接标识符。

说明： 如果图标比按钮大，那么当测试影片时，会发现它将会延伸到按钮的边框外。

2. 复选框（CheckBox）组件

复选框是任何表单或 Web 应用程序中的一个基础部分。每当需要收集一组非相互排斥的 true 或 false 值时，都可以使用复选框。例如，一个收集客户个人信息的表单可能有一个爱好列表供客户选择，每个爱好的旁边都有一个复选框。

复选框组件是一个可以选中或取消选中的方框。当它被选中后，框中会出现一个复选标记。可以为复选框添加一个文本标签，并可以将它放在左侧、右侧、顶部或底部。

可以在应用程序中启用或者禁用复选框。如果复选框已启用，并且用户单击它或者它的标签，复选框会接收输入焦点并显示为按下状态。如果用户在按下鼠标按钮时将指针移到复选框或其标签的边界区域之外，则组件的外观会返回到其最初状态，并保持输入焦点。在组件上释放鼠标之前，复选框的状态不会发生变化。另外，复选框有两种禁用状态：选中和取消选中，这两种状态不允许鼠标或键盘的交互操作。

如果复选框被禁用，它会显示其禁用状态，而不管用户的交互操作。在禁用状态下，按钮不接收鼠标或键盘输入。

在【属性】面板中可以设置 CheckBox 组件的参数有：

● label：设置复选框上文本的值，默认值为 CheckBox。
● Selected：将复选框的初始值设为选中（true）或取消选中（false）。
● LabelPlacement：确定复选框上标签文本的方向，该参数可以是下列四个值之一：left、right、top 或 bottom，默认值是 right。

3. 组合框（ComboBox）组件

在任何需要从列表中选择一项的表单或应用程序中，都可以使用 ComboBox 组件。

例如，可以在客户地址表单中提供一个省/市的下拉列表，如图 9-18 所示。对于比较复杂的情况，可以使用可编辑的组合框。例如，在一个驾驶方向应用程序中，可以使用一个可编辑的组合框来让用户输入出发地址和目标地址。下拉列表可以包含用户以前输入过的地址。

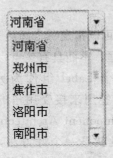

图 9-18

组合框组件由三个子组件组成：Button 组件、TextInput 组件和 List 组件。组合框组件可以是静态的，也可以是可编辑的。使用静态组合框，用户可以从下拉列表中做出一项选择。使用可编辑的组合框，用户可以在列表顶部的文本字段中直接输入文本，也可以从下拉列表中选择一项。如果下拉列表超出文档底部，该列表将会向上打开，而不是向下。

当在列表中进行选择后，所选内容的标签被复制到组合框顶部的文本字段中。进行选择时既可以使用鼠标也可以使用键盘。

在【属性】面板中可以设置 ComboBox 组件的参数有：

● editable：确定 ComboBox 组件是可编辑的（true）还是只能选择的（false）。默认值为 false。

● Labels：用一个文本值数组填充 ComboBox 组件。在【属性检查器】面板上单击【Labels】参数后面的按钮，然后在弹出的【值】对话框中添加文本值数组，如图 9-19 所示。

图 9-19

- Data：将一个数据值与 ComboBox 组件中的每个项目相关联。该数据参数是一个数组。
- RowCount：设置在不使用滚动条的情况下一次最多可以显示的项目数，默认值为 5。

4. 标签（Label）组件

一个标签组件就是一行文本。可以指定一个标签采用 HTML 格式。也可以控制标签的对齐和大小。Label 组件没有边框，不能具有焦点，并且不广播任何事件。

在应用程序中，经常使用一个 Label 组件为另一个组件创建文本标签，例如，TextInput 字段左侧的"姓名："标签用来接受用户的姓名。如果要构建一个应用程序，这个程序使用基于 Macromedia Component Architecture 第 2 版（v2）的组件，那么，使用 Label 组件来替代普通文本字段就是一个好方法，因为可以使用样式来维持一致的外观。

在【属性】面板中可以设置 Label 组件的参数有：

- text：指明标签的文本，默认值是 Label。
- html：指明标签是（true）否（false）采用 HTML 格式。如果将 html 参数设置为 true，就不能用样式来设定 Label 的格式。默认值为 false。
- autoSize：指明标签的大小和对齐方式应如何适应文本。默认值为 none。参数可以是以下四个值之一：

    none：标签不会调整大小或对齐方式来适应文本。

    left：标签的右边和底部可以调整大小以适应文本。左边和上边不会进行调整。

    center：标签的底部会调整大小以适应文本。标签的水平中心和它原始的水平中心位置对齐。

    right：标签的左边和底部会调整大小以适应文本。上边和右边不会进行调整。

5. 列表框（List）组件

List 组件是一个可滚动的单选或多选列表框。在应用程序中，可以建立一个列表，以便用户可以在其中选择一项或多项。例如，用户访问一个电子商务网站选择想要购买的项目。网站程序提供了一个项目列表框，一共包括 30 个项目，用户在列表中上下滚动，并通过单击选择一项，如图 9-20 所示。

图 9-20

在【属性】面板中可以设置 List 组件的参数有：

- data：填充列表数据的值数组，默认值为［］（空数组）。双击可以弹出【值】对话框，在其中可以添加列表数据的值数组。
- Labels：填充列表的标签值的文本值数组，默认值为［］（空数组）。双击可以弹出【值】对话框，在其中可以添加列表的标签值的文本值数组。
- MultipleSelection：一个布尔值，它指明是（true）否（false）可以选择多个值。默认值为 false。
- RowHeight：指明每行的高度，以像素为单位。默认值是 20。设置字体不会更改行的高度。

6. 加载（Loader）组件

在应用程序中经常会遇到这样的问题：需要将公司徽标（JPEG 文件）加载到程序界面中，或者在一个关于人事档案的表单中显示相片。类似于这样的问题都可以用加载（Loader）组件来设计完成。

Loader 组件是一个容器，它可以显示 SWF 或 JPEG 文件。可以缩放加载器的内容，或者调整加载器自身的大小来匹配内容的大小。也可以在程序运行时加载内容，并监视加载进度。

Loader 组件不能接收焦点。但是，Loader 组件中加载的内容可以接收焦点，并且可以有自己的焦点交互操作。

可以使用加载器来继承并利用已经完成的 Flash 作品。例如，如果已经创建了一个 Flash 应用程序，但想扩展该应用程序，可以使用加载组件将旧的应用程序拖到新应用程序中，或者将旧应用程序作为某个选项卡界面的一部分。

在【属性】面板中可以设置 Loader 组件的参数有：

- autoLoad：指明内容是应该自动加载（true），还是应该等到调用 Loader. load()方法时再进行加载（false）。默认值为 true。
- contentPath：一个绝对或相对的 URL，指明要加载到加载器的文件。相对路径必须是相对于加载内容的 SWF 的路径。该 URL 必须与 Flash 内容当前驻留的 URL 在同一子域中。为了在独立的 Flash Player 中使用 SWF 文件，或者在影片测试模式下测试 SWF 文件，必须将所有 SWF 文件存储在同一文件夹中，并且其文件名不能包含文件夹或磁盘驱动器说明。
- scaleContent：指明是内容缩放以适应加载器（true），还是加载器进行缩放以适应内容（false）。默认值为 true。

7. 步进器（NumericStepper）组件

使用过电子图书阅读程序的用户都知道，如果想跳转到指定页数的图书页面，只需在一个文本框中输入相应的页数值，或者单击文本框旁边的上下箭头按钮，增加或减小文本框中的数值。这种在程序中需要用户选择数值的情况，都可以用步进器（NumericStepper）组件来实现。如图 9-21 所示是一个 NumericStepper 组件的实例。

NumericStepper 组件允许用户逐个通过一组经过排序的数字。该组件由显示在上下

图 9-21

箭头按钮旁边的数字组成。当按下上下箭头按钮时，数字将根据 stepSize 参数的值增大或减小，直到松开鼠标按钮或达到最大/最小值为止。

在【属性】面板中可以设置 NumericStepper 组件的参数有：

- value：设置当前步进的值，默认值为 0。
- minimum：设置步进的最小值，默认值为 0。
- maximum：设置步进的最大值，默认值为 10。
- stepSize：设置步进的变化单位，默认值为 1。

8. 进程栏（ProgressBar）组件

在 Flash 以前的 Flash 版本中，制作动画预载画面，精确显示动画加载进度是一个重要内容。通常是创建一个进度条影片剪辑元件，然后通过 Action 编程来实现动画预载进度画面的制作。

Flash 提供了一个进程栏（ProgressBar）组件，专门用来制作动画预载画面，显示动画加载进度。

ProgressBar 组件在用户等待加载内容时，会显示加载进程。加载进程可以是确定的也可以是不确定的。确定的进程栏是一段时间内任务进程的线性表示，当要载入的内容量已知时使用。不确定的进程栏在不知道要加载的内容量时使用。可以添加标签来显示加载内容的进程。

默认情况下，组件被设置为在第 1 帧导出。这意味着这些组件在第一帧呈现前被加载到应用程序中。如果要为应用程序创建动画预载画面，则需要在每个组件的【链接属性】对话框（在【库】面板中，用鼠标右键单击组件，选择【链接】）中取消对【在第一帧导出】的选择。但是对于 ProgressBar 组件应设置为【在第一帧导出】，因为 ProgressBar 组件必须在其他内容进入 Flash Player 之前首先显示。

进程栏允许在内容加载过程中显示内容的进程。当用户与应用程序交互操作时，这是必须的反馈信息。

在【属性】面板中可以设置 ProgressBar 组件的参数有：

- mode：进度栏运行的模式。此值可以是下列之一：event（事件）、polled（轮询）或 manual（手动）。默认值为事件。最常用的模式是"事件"和"轮询"。这些模式使用 source 参数来指定一个加载进程，该进程发出 progress 和 complete 事件（事件模式）或公开 getBytesLoaded 和 getsBytesTotal 方法（轮询模式）。

- Source：一个要转换为对象的字符串，它表示要绑定源的实例名。
- Direction：进度栏填充的方向。该值可以在右侧或左侧，默认值为右侧。
- Label：指明加载进度的文本。该参数是一个字符串，其格式是"已加载％2 的 ％1（％3％％）"；％1 是当前已加载字节数的占位符，％2 是加载的总字节数，％3 是当前加载的百分比的占位符。字符"％％"是字符"％"的占位符。如果某 个％2 的值未知，它将被替换为"??"。如果某个值未定义，则不显示标签。
- labelPlacement：与进程栏相关的标签位置。此参数可以是下列值之一：顶部、 底部、左侧、右侧、中间。默认值为底部。
- Conversion：一个数字，在显示标签字符串中的％1 和％2 的值之前，用这些值除 以该数字。默认值为 1。

下面创建一个带有事件模式 ProgressBar 组件的应用程序实例，具体步骤如下：

(1) 新建一个影片文档，文档属性取默认值。保存这个影片文件名为"loading.fla"。

(2) 将 ProgressBar 组件和 Loader 组件从【组件】面板中各拖放一个实例到舞台上。 用任意变形工具增大 Loader 组件实例，效果如图 9-22 所示。

图 9-22

(3) 选择舞台上的 Loader 实例，在【属性】面板中输入实例名称 loader。设置 【contenPath】参数值为"test. swf"，其他参数取默认值，如图 9-23 所示。

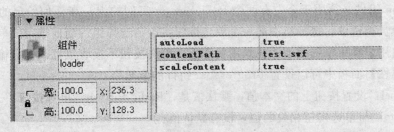

图 9-23

说明：test.swf 是事先制作好的一个动画播放文件，并且这个文件和目前编辑的 loading.fla 文件必须在同一个文件夹下。

（4）选择舞台上的 ProgressBar 实例，在【属性】面板中，输入实例名称为 "pBar"。在【source】参数中输入 loader，其他参数取默认值。注意这时的【mode】参数，是【event】（事件）模式。【属性】面板设置如图 9-24 所示。

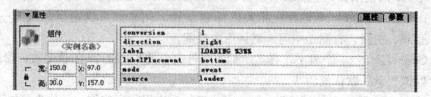

图 9-24

（5）按快捷键 Ctrl+Enter 测试影片。在测试窗口，下载进度条一闪而过，这是因为在本地影片测试的原因。为了逼真模拟网络下载情况，可以执行【视图】｜【模拟下载】命令，这样就可以观察到模拟网络下程序的运行情况了。

在【polled】（轮询）模式下使用进度栏，ProgressBar 使用源对象的 getBytesLoaded() 和 getBytesTotal() 方法来显示其进度。例如，按照如图 9-25 所示进行 ProgressBar 实例参数设置。设置完后，测试效果。

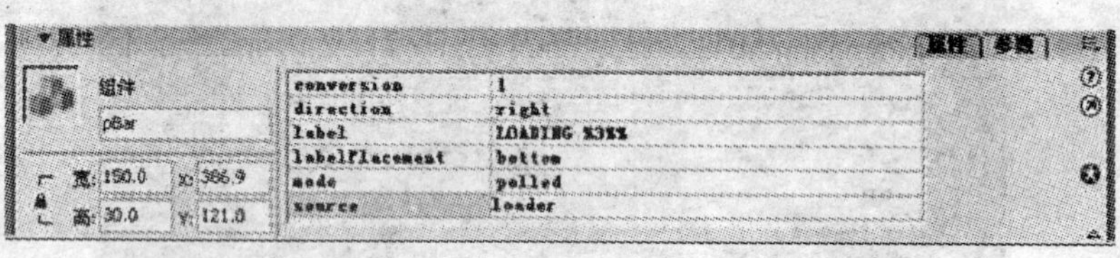

图 9-25

9. 单选按钮（RadioButton）组件

单选按钮是任何表单或 Web 应用程序中的一个基础部分。如果需要让用户从一组选项中做出一个选择，可以使用单选按钮。例如，在表单上询问客户要使用哪种信用卡付款时，就可以使用单选按钮。

使用单选按钮（RadioButton）组件可以强制用户只能选择一组选项中的一项。RadioButton 组件必须用于至少有两个 RadioButton 实例的组。在任何给定的时刻，都只有一个组成员被选中。选择组中的一个单选按钮将取消选择组内当前选定的单选按钮。

可以启用或禁用单选按钮。在禁用状态下，单选按钮不接收鼠标或键盘输入。

在【属性】面板中可以设置 ProgressBar 组件的参数有：

- label：设置按钮上的文本值，默认值是 "Radio Button（单选按钮）"。
- data：与单选按钮相关的值，没有默认值。
- groupName：单选按钮的组名称，默认值为 radioGroup。

- Selected：将单选按钮的初始值设置为被选中（true）或取消选中（false）。被选中的单选按钮中会显示一个圆点。一个组内只有一个单选按钮可以有被选中的值 true。如果组内有多个单选按钮被设置为 true，则会选中最后实例化的单选按钮。默认值为 false。
- labelPlacement：确定按钮上标签文本的方向。该参数可以是下列四个值之一：left、right、top 或 bottom，默认值是 right。

10. 文本域（TextArea）组件

在需要多行文本字段的任何地方都可使用文本域（TextArea）组件。默认情况下，显示在 TextArea 组件中的多行文字可以自动换行。另外，在 TextArea 组件中还可以显示 HTML 格式的文本（由 html 参数控制）。如果需要单行文本字段，请使用 TextInput 组件。

在【属性】面板中可以设置 TextArea 组件的参数有：

- text：指明 TextArea 的内容。无法在【属性】面板或【组件检查器】面板中输入回车。默认值为：""（空字符串）。
- html：指明文本是（true）否（false）采用 HTML 格式。默认值为 false。
- editable：指明 TextArea 组件是（true）否（false）可编辑。默认值为 true。
- wordWrap：指明文本是（true）否（false）自动换行。默认值为 true。

下面制作一个判断是非的小程序。这个程序很简单，使用了三个组件：RadioButton 组件、TextArea 组件和 Label 组件。

先来看一看程序运行的情况，程序运行的初始画面如图 9-26 所示。

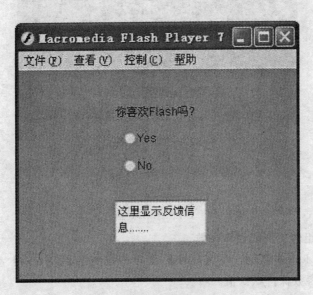

图 9-26

当单击标签为 Yes 或 No 的单选按钮时，最下边的文本域中会显示不同的反馈信息，如图 9-27 所示。

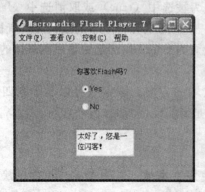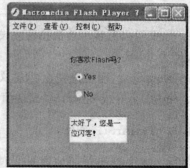

图 9-27

下面来制作这个实例：

步骤 1　创建影片文档

新建一个影片文档，舞台大小设置为 300×220 像素，背景颜色设置为灰色。保存这个影片文档，文件名为"判断是非 .fla"。

步骤 2　引用组件

从【组件】面板中分别拖放一个 Label 组件实例、两个 RadioButton 组件实例、一个 TextArea 组件实例到舞台上，并将它们摆放整齐，如图 9-28 所示。

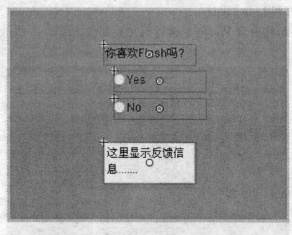

图 9-28

步骤 3　设置组件实例属性和参数

选择舞台上的 Label 实例，在【属性】面板中设置它的【text】参数值为"你喜欢 Flash 吗？"。其他参数保持默认值。

选择第一个 RadioButton 实例，在【组件检查器】面板中，设置【data】参数为"太好了，你是一位闪客！"，设置【label】参数为"Yes"，其他参数取默认值，如图 9-29 所示。

选择第二个 RadioButton 实例，在【组件检查器】面板中，设置【data】参数为"太遗憾了，你不是闪客啊！"，设置【label】参数为"No"，其他参数取默认值。

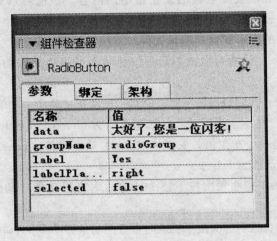

图 9-29

选择舞台上的 TextArea 实例，在【属性】面板中，给这个实例起名为"tArea"。设置【text】参数值为"这里显示反馈信息……"，其他参数值默认值。

步骤 4　编写程序

选择时间轴的第 1 帧，在【动作】面板中，定义帧动作脚本为：

flashistListener=new Object();　//定义一个侦听器对象

flashistListener.click=function (evt){　//定义这个侦听器对象的一个 click 事件函数

tArea.text=evt.target.selection.data　//在函数内部控制文本域实例中显示所选择的单选

按钮组件实例的 data 参数值

}

radioGroup.addEventListener("click", flashistListener);

//将名字为 radioGroup 单选按钮组注册到侦听器对象 flashistListener 上，这样当单击 radioGroup 组中的单选按钮实例时，可以调用侦听器对象 flashistListener 的 click 事件函数进行处理

按快捷键 Ctrl＋Enter，测试动画。

11. 滚动窗格（ScrollPane）组件

如果某些内容对于它们要加载到其中的区域而言过大，可以使用滚动窗格来显示这些内容。例如，如果有一幅大图像，而在应用程序中只有很小的空间来显示它，则可以将其加载到滚动窗格中。

滚动窗格（ScrollPane）组件可以实现在一个可滚动区域中显示影片剪辑、JPEG 文件和 SWF 文件。可以让滚动条能够在一个有限的区域中显示图像。可以显示从本地位置或 Internet 加载的内容。

可以通过将 scrollDrag 参数设为 true 来允许用户在窗格中拖动内容，这时一个手形光标会出现在内容上。

在【组件检查器】面板中可以设置 ScrollPane 组件的参数有：

- contentPath：指明要加载到滚动窗格中的内容。该值可以是本地 SWF 或 JPEG 文件的相对路径，或 Internet 上文件的相对或绝对路径，也可以是设置为"为动作脚本导出"的库中的影片剪辑元件的链接标识符。
- hLineScrollSize：指明每次按下箭头按钮时水平滚动条移动多少个单位。默认值为 5。
- gPageScrollSize：指明每次按下轨道时水平滚动条移动多少个单位。默认值为 20。
- hScrollPolicy：显示水平滚动条。该值可以为 on、off 或 auto。默认值为 auto。
- scrollDrag：是一个布尔值，它允许（true）或不允许（false）用户在滚动窗格中滚动内容。默认值为 false。
- vLineScrollSize：指明每次按下箭头按钮时垂直滚动条移动多少个单位。默认值为 5。
- vPageScrollSize：指明每次按下轨道时垂直滚动条移动多少个单位。默认值为 20。
- vScrollPolicy：显示垂直滚动条。该值可以为 on、off 或 auto。默认值为 auto。

12. 单行文本（TextInput）组件

在任何需要单行文本字段的地方，都可以使用单行文本（TextInput）组件。TextInput 组件可以采用 HTML 格式，或作为掩饰文本的密码字段。例如，可以在表单中将 TextInput 组件用作密码字段。

在应用程序中，TextInput 组件可以被启用或者禁用。在禁用状态下，它不接收鼠标或键盘输入。

在【组件检查器】面板中可以设置 TextInput 组件的参数有：

- text：指定 TextInput 的内容。无法在【属性】面板或【组件检查器】面板中输入回车。默认值为:""（空字符串）。
- editable：指明 TextInput 组件是（true）否（false）可编辑。默认值为 true。
- password：指明字段是（true）否（false）为密码字段。默认值为 false。

下面应用 TextInput 组件制作一个模拟用户登录的程序实例。先看下面程序的运行效果。程序运行时，首先出现一个用户登录画面，如图 9-30 所示。

图 9-30

在【用户名】后面的文本框中输入一个用户名，然后在【密码】后面的文本框中输入一个用户登录密码（正确密码为 password），这时按下 Enter 键，画面下面将显示一个文本字段，里面包括"用户名和密码正确！"文字，如图 9-31 所示。

图 9-31

如果输入的密码不正确（不是 password），那么画面下面将显示一个文本字段，里面包括"密码不对，请重新输入！"文字，如图 9-32 所示。

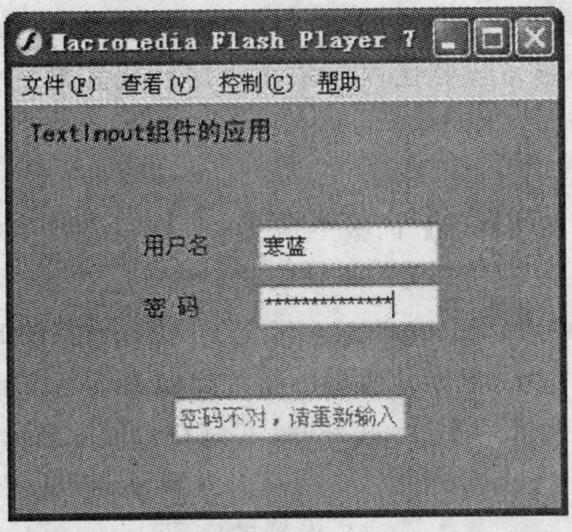

图 9-32

这个程序的制作步骤如下：

步骤 1　创建影片文档

新建一个影片文档，舞台大小设置为 300×220 像素，背景颜色设置为灰色。保存这个影片文档，文件名为"TextInput 组件应用实例 . fla"。

步骤 2　引用组件

从【组件】面板拖放三个 TextInput 组件实例、两个 Label 组件实例到舞台上，调整它们的位置，效果如图 9-33 所示。

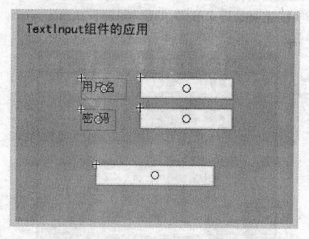

图 9-33

步骤 3　定义组件实例属性和参数

先按照图 9-33 所示设置两个 Label 实例的 text 参数值。

然后，选择第 2 个 TextInput 实例（标签文字为密码的），在【属性】面板定义这个实例的名字为：passwordField。设置【password】参数值为 true，其他参数都取默认值。

选择最下边那个 TextInput 实例，在【属性】面板定义这个实例的名字为：resultField。在【组件检查器】面板中设置【visiable】参数值为 false（这样设置以后，这个实例刚开始在画面上不显示，要在程序中用程序代码控制它显示），其他参数都取默认值。

步骤 4　编写程序

选择时间轴第 1 帧，在【动作】面板中定义这一帧的动作脚本为：

```
textListener=new Object();    //定义一个侦听器对象
textListener.handleEvent=function (evt){    //定义侦听器对象的 handleEvent 事件函数
  if (evt.type=="enter"){    //判断侦听到的事件类型是不是按下 Enter 键
    resultField.visible=true;    //让 resultField 实例在页面上显示出来
    if(evt.target.text=="password"){    //判断输入到 passwordField 实例中的文本是否和
                                        设置的密码 password 一致
      resultField.text="用户名和密码正确!";    //如果密码输入正确,就在 resultField 实
                                               例中显示正确的反馈信息
    }
    else{    //如果密码输入错误,就在 resultField 实例中显示错误的反馈信息
      resultField.text="密码不对,请重新输入!";
    }
  }
}
```

passwordField.addEventListener("enter", textListener);

//将 passwordField 实例注册到 textListener 侦听器对象,一旦针对 passwordField 实例发生了按下 Enter 键的命令,那么就触发 textListener 侦听器对象相应的事件函数

按快捷键 Ctrl+Enter,测试效果。

13. 窗口(Window)组件

无论何时需要向用户提供信息或最优先的选择,都可以在应用程序中使用一个窗口。例如,程序中需要用户填写登录窗口或者发生了更改并需要确认新密码的窗口。

在应用程序中创建窗口对象可以使用窗口(Window)组件。它可以在一个具有标题栏、边框和关闭按钮(可选)的窗口内显示电影剪辑的内容。Window 组件支持拖动操作,可以单击标题栏并将窗口及其内容拖动到另一个位置。

Window 组件可以是模式的,也可以是非模式的。模式窗口会防止鼠标和键盘输入转至该窗口之外的其他组件。

将窗口添加到应用程序的方法常用的有两种:一种是将窗口组件直接从【组件】面板拖放到舞台上;另一种是使用 PopUpManager 类来创建窗口,这种方法可以创建与舞台上其他对象重叠的模式窗口。

在【属性】面板中可以设置 Window 组件的参数有:

- contentPath:指定窗口的内容。这可以是电影剪辑的链接标识符,或者是屏幕、表单或包含窗口内容的幻灯片的元件的名称,也可以是要加载到窗口的 SWF 或 JPG 文件的绝对或相对 URL。默认值为 "　"。加载的内容会被裁剪,以适合窗口大小。
- Title:指明窗口的标题。
- CloseButton:指明是(true)否(false)显示关闭按钮。单击关闭按钮会广播一个 click 事件,但并不能关闭窗口。必须编写调用 Window. deletePopUp() 的处理函数,才能实现关闭窗口。

直接从【组件】面板将 Window 组件拖放到舞台上以创建应用程序中的窗口的方法比较简单,只要设置好相应的组件参数即可。

下面用第二种方法,在应用程序中创建一个窗口,并且实现窗口的关闭功能。这个程序的运行情况如图 9-34 所示。

图 9-34

这个程序的具体制作步骤如下：

（1）从【组件】面板拖放一个 Windows 组件实例到场景上，然后删除，这样可以使【库】面板中出现一个名字为"window"的编译剪辑（SWC）。

（2）创建一个名字为 textMC 的影片剪辑元件，在这个元件的编辑场景中输入几行文字，类型为【静态文本】，文字对象的坐标为（0，0），如图 9-35 所示。

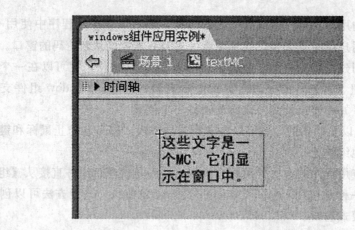

图 9-35

在【库】面板中，用鼠标右键单击 textMC 元件，选择【链接】命令，弹出【链接】对话框，具体设置如图 9-36 所示，设置完毕，单击【确定】按钮。

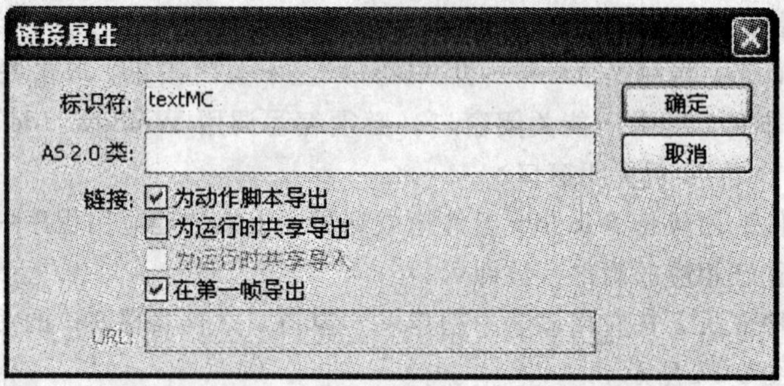

图 9-36

（3）切换到主场景 1，利用 PopUpManager 类的 createPopUp 函数创建一个窗口实例，并实现关闭功能。选择时间轴第 1 帧，在【动作】面板中定义这一帧的动作脚本为：

import mx.managers.PopUpManager   //动作脚本类命名空间

import mx.containers.Window   //引用要创建一个 window 类

var myTW=PopUpManager.createPopUp(_root, Window, true, {closeButton:true, title: "我的窗口",contentPath:"textMC"});   //利用 PopUpManager 类 createPopUp 函数创建一个窗口实例 myTW,在这个窗口实例中显示链接标识符为 textMC 的影片剪辑

//以下是利用 window 类的 click 事件来实现单击关闭窗口的功能
windowListener=new Object();　//定义一个侦听器对象
windowListener.click=function(evt){　//定义侦听器对象 click 事件函数
　　_root.myTW.deletePopUp();　//删除实例名字为 myTW 的窗口实例
}
myTW.addEventListener("click", windowListener);　//将 myTW 窗口实例注册到侦听器对
　　　　　　　　　　　象 windowListener 上，这样，当单击 myTW 窗口上的关闭按
　　　　　　　　　　　钮时，调用侦听器对象 click 事件函数进行处理。

设置完后，按快捷键 Ctrl＋Enter，测试效果。

【本章小结】

本章介绍了动态文本特效的制作和输入文本的使用方法，以及使用 UI 组件为动画添加用户界面元素。掌握组件的使用方法可以创建简单的应用程序，使动画更加灵活，功能强大。

习　题　9

1. Flash 8 预设_____个组件。
　　A. 20　　　　　　　　B. 21　　　　　　　　C. 22　　　　　　　　D. 23
2. ComboBox 组件使用基于 0 的索引，其中索引为 0 的项目就是显示的第_____个项目。当使用 FComboBox 方法添加、删除或替换列表项时，可能需要指定改列表项的索引。
　　A. 2　　　　　　　　B. 3　　　　　　　　C. 1　　　　　　　　D. 4
3. Windows 组件是一个具有_____的窗口内显示电影剪辑的内容。
　　A. 标题栏　　　　　　　　　　　B. 边框
　　C. 关闭按钮（可选）　　　　　　D. 以上都对

第 *10* 章 时间轴特效和行为

【学习目的与要求】 时间轴特效（timeline effects）是 Flash8 增加的一个新功能，这个功能有点类似 Swish（一个功能强大的 Flash 特效字制作软件）。如果经常要制作一些复杂而重复的动画，那么使用 Flash 内建的时间轴特效，可以为自己平淡的动画添加一些闪光的动感。

10.1 时间轴特效

10.1.1 认识时间轴特效

在 Flash 中，打开【插入】｜【时间轴特效】菜单，可以看到 Flash 内建的时间轴特效，共 3 种类型：变形/转换、帮助、效果。其中效果类型下包括 4 种具体时间轴特效，如图 10-1 所示。

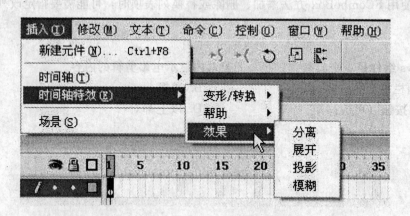

图 10-1

说明：只有在场景中选择了具体的对象以后，如图 10-1 所示菜单中的命令才能正常显示，否则可能呈灰白显示（不可用状态）。

在 Flash 影片中添加时间轴特效时，必须先在舞台上选中要添加时间轴特效的对象，然后打开【插入】｜【时间轴特效】菜单，将具体的某一种类型时间轴特效添加到这个对象上。如果不选中对象，具体的时间轴特效命令将呈灰色显示，处在不可用状态。

下面先制作一个阴影文字效果实例，通过这个实例应初步掌握添加时间轴特效的方法。实例效果如图 10-2 所示。

巧夺天工

图 10-2

1. 制作步骤

步骤 1 创建文字对象

(1) 创建影片文档：在 Flash 中新建一个影片文档，设置这个文档的舞台尺寸为 320×200 像素，其他都按照默认值设置。

(2) 输入文字：使用文本工具在舞台中间位置输入"巧夺天工"4 个文字（当然可以随意输入文字内容）。在【属性】面板中设置一下文字的属性，完成后将文字调整到舞台的中间。

步骤 2 添加时间轴特效

(1) 添加投影特效：选择舞台上的文字对象，执行【插入】|【时间轴特效】|【效果】|【投影】命令，弹出【投影】对话框。在这个对话框中可以设置阴影的颜色、透明度以及阴影的距离，在右侧的窗口中可以看到设置后的效果，如图 10-3 所示。

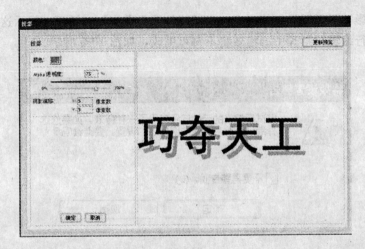

图 10-3

（2）重新设置投影参数：如果对文字的阴影效果感觉不满意，那么可以重新在【投影】对话框中更改投影设置，本例将【阴影偏移】中的 x 和 y 都调整到了 5 像素。

这里要注意的是，当重新调整参数设置以后，要单击【投影】对话框右上角的【更新预览】按钮，才能够刷新效果。如果对效果满意，单击【确定】按钮即可。

这时返回场景，看到文字对象已经变成了具有阴影效果的文字。

2. 阴影时间轴特效原理分析

Flash 是怎么实现这个功能的？按下 F11 键打开【库】面板，可以看到库里自动添加了一个名字为 "Effects Folder" 的文件夹和一个名字为 "投影 1" 的图形元件，如图 10-4 所示。

图 10-4

双击 "投影" 图形元件，将出现一个【特效设置警告】对话框，提示这个元件包含特效，如果要进行编辑，则其中的特效将不再可更改，如图 10-5 所示。

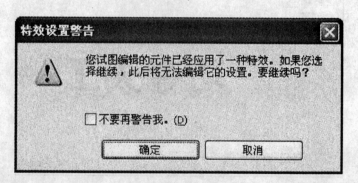

图 10-5

单击【确定】按钮，进入图形元件的编辑场景，在这个元件的时间轴上有两个图层，上层是输入的文字，而下层则是 Flash 按照设置生成的一个阴影图形，两层重合后显示的是文字阴影效果。这样的方法和手工制作阴影的方法完全相同，不过完全是机器自动执行，完全所见即所得。

10.1.2　时间轴特效设置

　　Flash 内置了 8 种时间轴特效，每种时间轴特效都以一种特定方式处理图形或元件，并允许更改所需特效的个别参数。在预览窗口中，可以变更参数设置，并且可以快速查看所做的更改效果。

　　8 种时间轴特效的参数设置情况如表 10-1 所示。

表 10-1

动画特效名称和说明	设置
复制到网格	
按列数复制选定对象，然后乘以行数，以便创建元素的网格	行数 列数 行间距（以像素为单位） 列间距（以像素为单位）
分布式复制	
复制选定对象一定次数（在设置中输入）。第一个元素是原始对象的副本。对象将按一定增量发生改变，直至最终对象反映设置中输入的参数为止	副本数 偏移距离，x 位置（以像素为单位） 偏移距离，y 位置（以像素为单位） 偏移旋转（以度为单位） 偏移起始帧（以时间轴间的帧数为单位） 按 x，y 缩放比例进行指数级缩放（以增量百分比为单位） 按 x，y 缩放比例进行线性缩放（以增量百分比为单位） 最终 alpha（以百分比为单位） 更改颜色（选择/取消选择） 最终颜色（RGB 十六进制值）（最终副本具有此颜色值，中间副本向该值逐渐过渡） 复制延迟（以帧为单位）（导致副本之间出现停顿）
模糊	
通过更改对象在一段时间内的 alpha 值、位置或缩放比例来产生运动模糊特效	特效持续时间（以帧为单位） 允许水平模糊 允许垂直模糊 模糊方向 步进数 起始缩放比例

续表

动画特效名称和说明	设置
阴影	
在选定元素下方创建阴影	颜色（以十六进制 RGB 值为单位） alpha 透明度（以百分比为单位） 阴影偏移量（以像素为单位的 x，y 偏移量）
放大	
在一段时间内放大、缩小或者放大和缩小对象。此特效在组合在一起或在影片剪辑或图形元件中组合的两个或多个对象上使用效果最好。此特效在包含文本或字母的对象上使用效果最好	放大持续时间（以帧为单位） 放大，缩小，放大和缩小 放大方向（向左、从中心、向右） 片断偏移量（以像素为单位） 按 x，y 偏移量（以像素为单位）转换组中心 按高度、宽度（以像素为单位）更改片断大小
爆炸	
产生对象发生爆炸的错觉。文本或复杂对象组（元件、形状或视频片断）的元素裂开、自旋和向外弯曲	特效持续时间（以帧为单位） 爆炸方向（向左上方、中心或右上方，向左下方、中心或右下方） 弧度大小（以像素为单位的 x，y 偏移量） 旋转片断幅度（以度数为单位） 更改片断大小幅度（以度数为单位） 最终 alpha（以百分比为单位）
变形	
调整选定元素的位置、缩放比例、旋转、Alpha 和色调。使用"变形"可应用单一特效或特效组合，从而产生淡入/淡出、放大/缩小以及左旋/右旋特效	特效持续时间（以帧为单位） 按 x，y 偏移量（以像素为单位）移动到位置 按 x，y 偏移量（以像素为单位）改变位置 缩放比例（锁定以便以百分比为单位平均应用更改；取消锁定以便以百分比为单位单独应用 x 和/或 y 轴更改） 旋转（以度数为单位） 自旋（次数） 次数（逆时针、顺时针） 更改颜色（选择/取消选择） 最终颜色（RGB 十六进制值） 最终 alpha（以百分比为单位） 运动简易性
过渡	
使用淡变、擦除或两种特效的组合向内擦除或向外擦除选定对象	特效持续时间（以帧为单位） 方向（在入（向内）和出（向外）之间切换，选择向上、向下、向左或向右） 淡变（选择/取消选择） 擦除（选择/取消选择） 运动简易性

10.2　行为和行为面板

行为和行为面板在 Dreamweaver 中早已有了，但在 Flash 中则是首次引入。在 Flash 中，行为是预先编写的"动作脚本"，它可以将动作脚本编码的强大功能、控制能力和灵活性添加到 Flash 文档中，而不必自己创建动作脚本代码。

在 Flash 文档中添加行为是通过【行为】面板来实现的。默认情况下，【行为】面板组合在 Flash 窗口右边的浮动面板组中。执行【窗口】|【开发面板】|【行为】命令可以开启和隐藏【行为】面板。【行为】面板如图 10-6 所示。

图 10-6

单击【行为】面板左上角的小三角可以折叠和展开面板。【行为】面板上方有一排功能按钮，主要包括：

- "添加行为"按钮：单击这个按钮可以弹出一个包括很多行为的下拉菜单，在下拉菜单中可以选择需要添加的具体行为。
- "删除行为"按钮：单击这个按钮可以将选中的行为删除。
- "上移"按钮：单击这个按钮可以将选中的行为向上移动位置。
- "下移"按钮：单击这个按钮可以将选中的行为向下移动位置。
- "行为"面板下方是显示行为的窗口，包括两列内容，左边显示的是【事件】，右边显示的是【动作】。

另外，单击【行为】面板右上角的按钮，会弹出一个下拉菜单，其中包括【关闭面板】、【最大化面板】等命令。

10.2.1　控制影片剪辑实例的行为

在【行为】面板中，有一类行为是专门用来控制影片剪辑实例的，这类行为种类比较多，利用它们可以实现改变影片剪辑实例叠放层次以及加载、卸载、播放、停止、复制或拖动影片剪辑等功能。

在【行为】面板中，单击【添加行为】按钮，在弹出的下拉菜单中指向【影片剪辑】项，如图 10-7 所示。

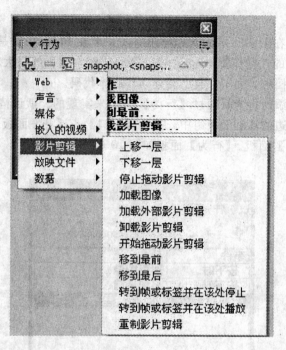

图 10-7

表 10-2 中详细列出了这些行为的功能和使用方法。

表 10-2

行为	功能	选择/输入
上移一层	将目标影片剪辑在堆叠顺序中上移一层	影片剪辑的实例名称
下移一层	将目标影片剪辑在堆叠顺序中下移一层	影片剪辑的实例名称
停止拖动影片剪辑	停止当前的拖动操作	
加载图像	将外部 JPEG 文件加载到影片剪辑或屏幕中	JPEG 文件的路径和文件名。接收图形的影片剪辑或屏幕的实例名称
加载外部影片剪辑	将外部 SWF 文件加载到目标影片剪辑或屏幕中	外部 SWF 文件的 URL。接收 SWF 文件的影片剪辑或屏幕的实例名称
卸载影片剪辑	删除使用"加载影片"行为或动作加载的 SWF 文件	要卸载的影片剪辑或屏幕的实例名称
开始拖动影片剪辑	开始拖动影片剪辑	影片剪辑或屏幕的实例名称

续表

行为	功能	选择/输入
移到最前	将目标影片剪辑或屏幕移到堆叠顺序的顶部	影片剪辑或屏幕的实例名称
移到最后	将目标影片剪辑移到堆叠顺序的底部	影片剪辑或屏幕的实例名称
转到帧或标签并在该处停止	停止影片剪辑,并根据需要将播放头移到某个特定帧	要停止的目标剪辑的实例名称。要停止的帧号或标签
转到帧或标签并在该处播放	从特定帧播放影片剪辑	要播放的目标剪辑的实例名称。要播放的帧号或标签
重制影片剪辑	重制影片剪辑或屏幕	要重制的影片剪辑的实例名称。从原本到副本的 X 轴及 Y 轴偏移像素数

说明: 屏幕为用户提供了一个具有结构化结构的创作界面,使用户能够在 Flash 中构建复杂的应用程序,而无需在主时间轴上使用多个帧和层,从而简化创作过程,节省创作时间。

10.2.2 控制视频播放的行为

视频行为提供一种控制视频回放的方法。视频行为可以播放、停止、暂停、后退、快进、显示及隐藏视频剪辑。

在【行为】面板中,单击【添加行为】按钮,在弹出的下拉菜单中选择【嵌入的视频】项,弹出包括控制视频的行为菜单,如图 10-8 所示。

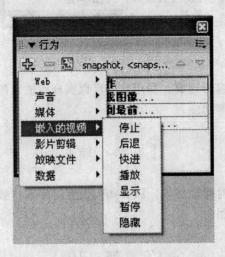

图 10-8

表 10-3 详细列出了这些行为的功能和使用方法。

表 10-3

行为	目的	参数
播放	在当前文档中播放视频	目标视频实例名称
停止	停止该视频	目标视频实例名称
暂停	暂停该视频	目标视频实例名称
后退	按指定的帧数后退视频	目标视频实例名称、帧数
快进	按指定的帧数快进视频	目标视频实例名称、帧数
隐藏	隐藏该视频	目标视频实例名称
显示	显示视频	目标视频实例名称

10.2.3 控制声音播放的行为

在【行为】面板中，单击【添加行为】按钮，在弹出的下拉菜单中选择【声音】项，如图 10-9 所示。

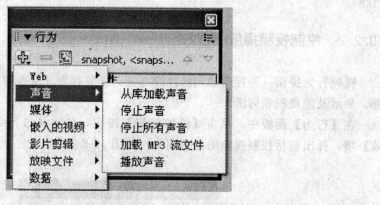

图 10-9

控制声音的行为比较容易理解，利用它们可以实现播放、停止声音，以及加载外部声音、从【库】中加载声音等功能。

【本章小结】

本章主要介绍什么是时间轴特效，以及如何设置时间轴特效和扩展时间轴特效，并在行为和【行为】面板中控制它。

习 题 10

参照本章的实例，制作出带有时间轴特效的动画。

第 *11* 章　模板和动画发布

【学习目的与要求】　　本章介绍如何使用模板并把自己的作品导出和发布。通过本章的学习，可以让用户把自己的作品更好地展示给更多的人。

11.1　Flash 模板

模板功能使影片文档的创建更加简便快捷。模板就是预先设置好的特殊 Flash 文档，它为 Flash 文档的最终创建提供一个基础的框架，该框架就是最终 Flash 文档的基础。

Flash 附带多个模板，可以简化工作的过程，提高文档创建的效率。因为在模板里面已经设计好了版面、图形、一些组件甚至是 ActionScript，只要配合自己的需要做些修改即可将其应用到自己的工作当中。这对于那些结构基本相同、有固定模式的文档制作是非常有利的。

11.1.1　模板的使用

Flash 提供了很多种实用的模板，有广告、定制 PDA、菜单、演示文稿以及教学测验等。另外，还可以从网络上下载别人做好的模板来用，或是将自己的作品存成模板，分享给别人使用。同时，模板内所有的东西都是可以自行修改的，所以不用担心做出来的东西和别人一个样。

打开 Flash，从开始页右边的【用模板创建】栏中可以看到模板类型列表，如图 11-1 所示。

或者，执行【文件】｜【新建】命令，从弹出的对话框中选择【模板】标签，也可以看到 Flash 的模板类型列表，如图 11-2 所示。

模板类型列表中包括以下类型：
- 照片幻灯片放映模板
- 广告模板
- 测验模板
- 演示文稿模板
- 移动设备模板
- 幻灯片演示文稿模板
- 视频模板
- 表单应用程序模板

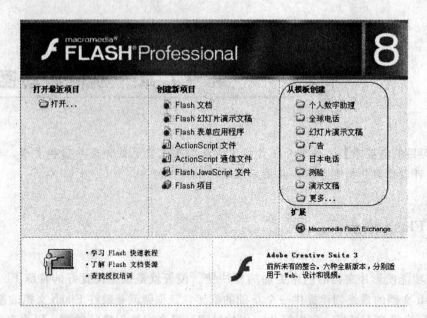

图 11-1

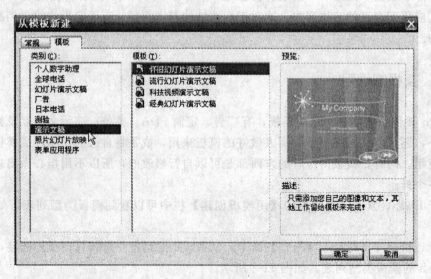

图 11-2

11.1.2 演示文稿模板应用实例

实例简介：本实例名为"神奇的雾凇"，意在通过一组"雾凇"的照片，展示雾凇的美丽与神奇，让大家对雾凇有一个直接的感性认识。

本实例主要运用 Flash 中的演示文稿模板，通过多个角度，展示雾凇的神奇，页面中主要是有关雾凇的风景图像和简要的文字说明。利用模板文档中的导航按钮可以控制页面的翻页播放。如图 11-3 是本实例运行的一个画面效果。

图 11-3

步骤 1　从模板创建文档

在开始页右边的【从模板创建】栏中单击【演示文稿】命令，弹出【从模板新建】对话框，如图 11-4 所示。这时【类别】自动定位在【演示文稿】，从右边的【模板】窗口中选择【经典演示文稿】。

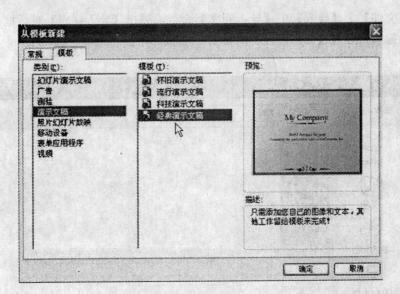

图 11-4

单击【确定】按钮，一个以【经典演示文稿】模板为基础的新 Flash 影片文档就创建好了，如图 11-5 所示。

从图 11-5 中可以看到，新建 Flash 文档的舞台和时间轴里有很多预先设置的对象，舞台上有很多图形和文字等对象，时间轴上也有很多图层。下面就在这个文档的基础上，对其进行个性化的加工，如添加文本和图像，完成一个展示雾凇神奇的宣传片。

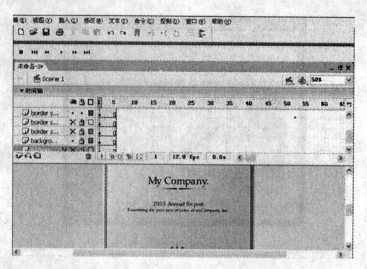

图 11-5

步骤 2 导入外部图像

本例中将用到很多有关雾凇的图片，所以首先要将自己搜集到的图片导入 Flash 文档中。

执行【文件】|【导入】|【导入到库】命令，弹出【导入到库】对话框，将搜集整理的雾凇图像系列导入【库】面板中，如图 11-6 所示。

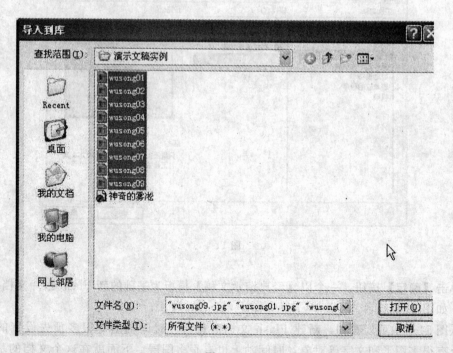

图 11-6

步骤 3　制作演示文稿

（1）模板图层结构分析：利用演示文稿模板新建的文档图层结构如图 11-7 所示。为了便于下面的制作，先观察和分析一下这个图层结构。

从图 11-7 中看到，这个模板共有 9 个图层，其中下面 5 个是背景图层，这些图层都处于锁定状态，有的还是隐藏状态，一般不需要更改内容。另外有 4 个图层是没有被锁定的，分别是：【content】、【page headers】、【navigation elemets】和【actions】。一般情况下，这 4 个图层经常被编辑。

【content】图层是这个模板的核心部分，它的每一个关键帧就是这个演示文稿的一个页面，现在可以看到它一共有 5 个页面，可以根据需要任意增减。

【page headers】图层放置的是演示文稿的标题和提示信息，可以随意编辑，以适应自己的需要。

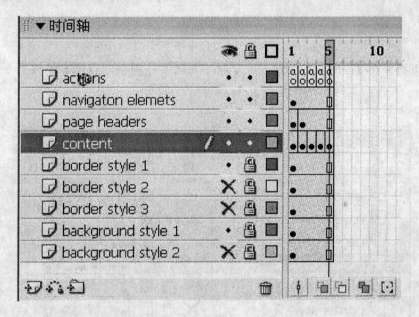

图 11-7

【navigaton elemets】图层放置的是演示动画的导航按钮，在这些按钮上有相应的实现导航的程序代码。

【actions】图层上定义了一些帧动作，其实都是 stop 动作，用来配合导航按钮实现演示动画的翻页效果。

（2）添加更改演示页面：导入的图像一共有 9 幅，也就是说要添加 4 个新的演示页面，具体做法如下：

首先要选中所有图层的第 6～第 9 帧，用鼠标右键单击选中的帧，选择【插入帧】，如图 11-8 所示。

然后，依次选择【content】图层中的第 6～第 9 帧，按 F6 键插入关键帧，添加 4 个

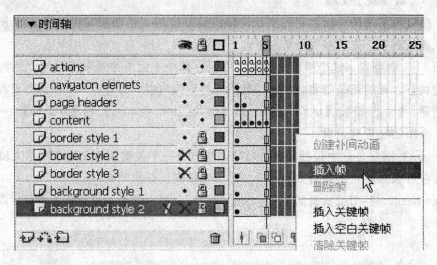

图 11-8

新的演示页面。在【actions】图层上，复制第 5 帧，分别粘贴到第 6 帧～第 9 帧，如图 11-9 所示。

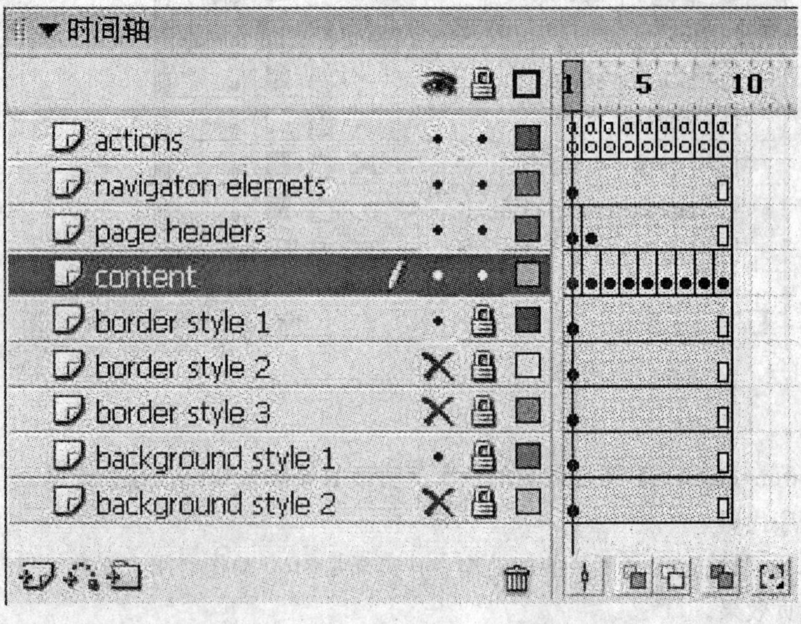

图 11-9

选择【content】图层的第 1 个关键帧，按 Delete 键删除原有内容。然后从【库】面板中将一个雾凇图像拖到舞台上，调整图像的大小和位置，如图 11-10 所示。

接下来，依次选择第 2～第 9 个关键帧，按照第 1 帧的做法，分别将其他的图像加入到相应的页面中，创建出所需要的页面内容。

图 11-10

（3）更改文稿标题文字：选择【page headers】图层的第 1 帧，按 Delete 键删除原有标题文字，用文本工具输入一个新的标题——神奇的雾凇。这段文字的字体可以设置得稍微大一些。

接下来选择【page headers】图层的第 2 帧，按 Delete 键删除原有的标题文字，用文本工具输入一个新的标题——神奇的雾凇，效果如图 11-11 所示。

图 11-11

至此，这个实例就制作完毕了，按快捷键 Ctrl＋Enter，测试效果。

11.1.3 定制模板

通过前面演示文稿模板的应用实例，可以感觉到模板的强大功能。Flash 还提供了定制模板的功能，可以将自己制作的动画效果保存为模板，这样可以扩充模板类型。当需要制作同样结构或者效果的动画时，就可以从定制的模板开始创建影片文档。

定制 Flash 模板的步骤如下：

步骤 1 创建一般的 Flash 影片文档

这个步骤和制作一般的 Flash 动画没有什么区别，只是在制作过程中，多考虑使文档更适合当做模板来使用。例如，尽量多使用元件，使影片的图层结构分类清晰，内容分布更加合理等。

步骤 2 制作模板说明

为了使用户能更容易通过模板创建文档，有必要在模板文件中创建一个"说明"图层，然后在【说明】图层上输入一些说明文字，提示用户怎样使用这个模板。如图 11-12 所示，就是一个模板文件的图层结构。

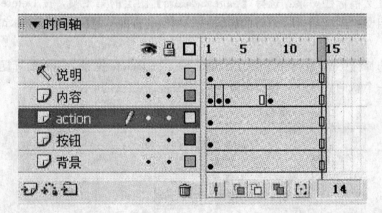

图 11-12

从图 11-12 中可以看到，在时间轴专门创建了一个【说明】图层，它是专门用来提示用户怎样使用模板的。这个图层的内容不能随影片导出，因此将这个图层定义为了"引导层"类型。这里一定要注意，如果不把【说明】图层定义为"引导层"，【说明】图层上说明文字就会影响整个模板动画的效果。

步骤 3 保存模板

最后，要将文档保存为模板文件。执行【文件】｜【另存为模板】命令，弹出【另存为模板】对话框，在其中设置自定义模板的【名称】、【类别】、【描述】，如图 11-13 所示。

单击【保存】按钮以后，定制的模板就创建好了。打开开始页的【从模板创建】栏，里面多了一个【定制的模板】类别，如图 11-14 所示。单击【定制的模板】类别，就可以从定制的模板开始创建影片文档。

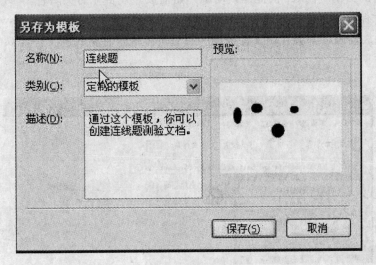

图 11-13

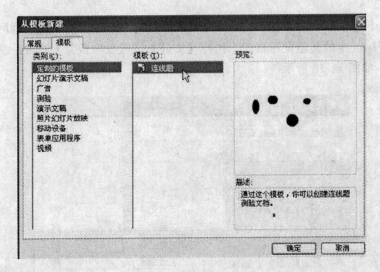

图 11-14

11.2　动画的发布

可以使用 Dreamweaver、FrontPage 等网页编辑工具来实现将 Flash 动画嵌入到网页中的功能，然而，Flash 的发布功能，也可以将完成的作品输出成动画、图像以及 HTML 等文件。

11.2.1　发布动画的方法

制作完动画后，将动画保存起来。

按键盘上的 Ctrl＋Enter 快捷键，动画开始播放，观赏完后关闭它。

打开刚才保存的目录，如图 11-15 所示，会看到目录中多出了一个 .swf 文件。只要在 Flash 中播放动画，都会在源文件的同一目录下生成这种格式的文件，双击它，能播放动画的效果。

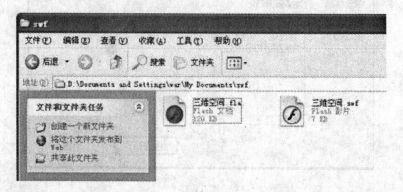

图 11-15

这种 .swf 的动画可以用 Dreamweaver 或者 FrontPage 等工具，插入到网页中。

再来看 Flash 中的其他发布格式，执行【文件】｜【发布设置】命令，弹出【发布设置】对话框，如图 11-16 所示。

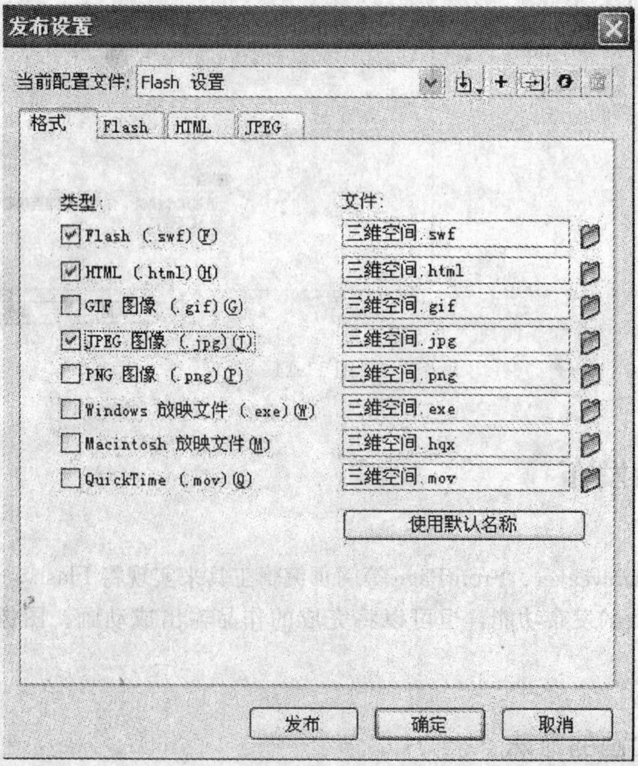

图 11-16

在【发布设置】对话框的【格式】选项卡下，可以选择要发布的文件格式。选好格式后，一般都会在对话框的顶部多出相应的选项卡，切换到这些选项卡，可以对发布的格式进行设置。

设置完毕，单击【发布】按钮。

现在，Flash 已经自动生成了勾选的相关文件，它们被保存到原 Flash 动画文件相同的目录中，如图 11-17 所示。

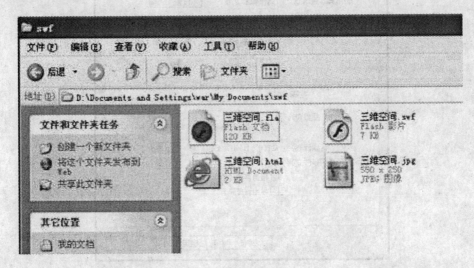

图 11-17

另外，【发布设置】对话框中还有一个【使用默认名称】按钮，单击它可以使发布的文件名都为默认名称。如果想重新设定发布的文件名，可以在发布项目后面的文本框中输入想要的文件名。

11.2.2 Flash 参数说明

1.【Flash】选项卡

在图 11-18 的设置对话框中，切换到【Flash】选项卡，在这里可以对发布的 .swf 动画进行各种参数的设置。

（1）【版本】选项

在这个选项的下拉菜单中可以选择将要发布的 .swf 文件的播放器版本，默认版本是 Flash Player 7。

（2）【加载顺序】选项

在这个选项的下拉菜单中可以选择动画中图层加载的顺序，有两种选择：【由上而下】加载和【由下而上】加载。

（3）【动作脚本版本】选项

在这个选项的下拉菜单中可以选择动作脚本的版本，有两种选择：动作脚本 2.0 和动

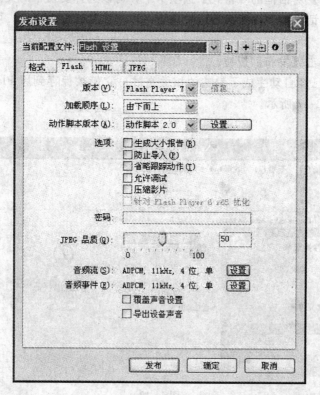

图 11-18

作脚本 1.0。如果选择动作脚本 2.0，那么还可以单击右边的【设置】按钮，进一步设置和类有关的一些参数。

(4)【选项】选项

在这个参数项下面有若干复选框，可以实现一些功能的选择：

- 【生成大小报告】：可以产生一个与动画相同文件名的 .txt 文本文件。这份文件记录着各个图像和声音数据压缩后的大小、在动画中使用的文字等信息。
- 【防止导入】：可以防止其他用户将自己制作的 .swf 文件导入 Flash 进行修改。
- 【省略跟踪动作】：跟踪命令能让程序显示某个预设的信息或变量内容到【输出】面板，以利于侦测错误。
- 【允许调试】：允许调试的用意在于方便找出程序中的错误，一旦整个程序测试无误，那么就不需要选择该复选框。
- 【压缩影片】：可以使影片变得更小一些，Flash 播放器可以自行解压缩影片。
- 【针对 Flash Player 6 r65 优化】：当在【版本】参数项中选择 Flash Player 6 时，这个参数项可用，选择该复选框可以对导出的 .swf 影片进行优化。

(5)【密码】选项

在【选项】参数项下选择了【防止导入】复选框后，【密码】这个参数项变为可用状态，可以在文本框中输入防止导入的密码。

(6)【JPEG 品质】选项

用来调整 Flash 动画中的位图品质。

（7）【音频流】和【音频事件】选项

这两个参数项是动画中对声音压缩的设定，可以个别调整音频流类型和音频事件类型。

（8）【覆盖声音设置】选项

将之前个别在【库】面板中设定的声音压缩比率，统一用上面的设定值替代。

（9）【导出设备声音】选项

这个参数项仅限于 Flash MX Professional 2004。选择该复选框可以导出适合于设备（包括移动设备）的声音而不是原始库声音。

2. HTML 参数说明

在【HTML】选项卡中，如图 11-19 所示，可设置动画出现在窗口中的位置、背景颜色、文件大小等，也可设置 object 和 embed 标记的属性。

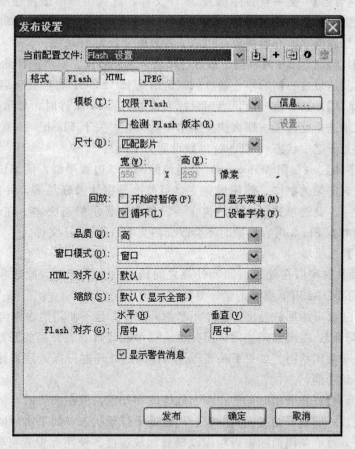

图 11-19

（1）【模板】选项

在一般应用情况下，只要选择【仅限 Flash】即可，这个选项也是一个默认选项。单击右边的【信息】按钮可以显示选定模板的说明。

如果选择的不是"图像映射"或"QuickTime"HTML 模板，并且在【Flash】选项卡中已将"版本"设置为 Flash Player 4 或更高版本，则可以选择【检测 Flash 版本】，相关内容在后面单独讨论。

　　(2)【尺寸】选项

　　这里可以在【尺寸】下拉列表中选择一种"尺寸"选项，还可以设置 object 和 embed 标记中 width 和 height 属性的值，具体解释如下：

- 【匹配影片】：这是一个默认设置，设置将会使用 .swf 文件的尺寸大小。
- 【像素】：选择这个选项后，可以在下面的【宽度】和【高度】中输入宽度和高度的像素数量，从而控制影片的尺寸。
- 【百分比】：指定 .swf 文件将占浏览器窗口的百分比。

　　(3)【回放】选项

　　设置【回放】选项可以控制 .swf 文件的回放和各种功能，具体解释如下：

- 【开始时暂停】：会一直暂停播放 .swf 文件，直到用户单击按钮或从快捷菜单中选择【播放】后才开始播放。默认情况下，该选项处于取消选择状态，Flash 内容一旦加载就立即开始播放（PLAY 参数值设置为 true）。
- 【循环】：将在 Flash 内容到达最后一帧后再重复播放。取消选择此选项会使 Flash 内容在到达最后一帧后停止播放（默认情况下，LOOP 参数处于启用状态）。
- 【显示菜单】：选中该项后，当用鼠标右键单击 .swf 文件时，显示一个快捷菜单。如果取消选择此选项，那么快捷菜单中就只有"关于 Flash"一项。默认情况下，此选项处于选中状态（MENU 参数设置为 true）。
- 【设备字体】：（仅限 Windows）会用消除锯齿（边缘平滑）的系统字体替换用户系统上未安装的字体。使用设备字体可使小号字体清晰易辨，并能减小 .swf 文件的大小。此选项只影响那些包含用设备字体显示静态文本（在创作 .swf 文件时创建并在 Flash 内容播放时不会改变的文本）的 .swf 文件。

　　(4)【品质】选项

　　设置【品质】选项以在处理时间和外观之间确定一个平衡点。此选项设置 object 和 embed 标记中的 QUALITY 参数的值。具体情况如下：

- 【低】：主要考虑回放速度，基本不考虑外观，并且不使用消除锯齿功能。
- 【自动降低】：主要强调速度，但是也会尽可能改善外观。回放开始时，消除锯齿功能处于关闭状态。如果 Flash Player 检测到处理器可以处理消除锯齿功能，就会打开该功能。
- 【自动升高】：在开始时同等强调回放速度和外观，但在必要时会牺牲外观来保证回放速度。回放开始时，消除锯齿功能处于打开状态。如果实际帧频降到指定帧频之下，就会关闭消除锯齿功能以提高回放速度。使用此设置可模拟 Flash 中的【查看】|【消除锯齿】的设置。
- 【中】：选项会应用一些消除锯齿功能，但并不会平滑位图。该设置生成的图像品质要高于【低】设置生成的图像品质，但低于【高】设置生成的图像品质。
- 【高】：考虑外观，基本不考虑回放速度，它始终使用消除锯齿功能。如果 .swf 文件不包含动画，则会对位图进行平滑处理；如果 .swf 文件包含动画，则不会对位图进行平滑处理。

- 【最佳】：提供最佳的显示品质，而不考虑回放速度。所有的输出都已消除锯齿，而且始终对位图进行光滑处理。

（5）【窗口模式】选项

这个选项控制 object 和 embed 标记中的 HTML wmode 属性。窗口模式修改 Flash 内容限制框或虚拟窗口与 HTML 页中内容的关系，具体情况如下：

- 【窗口】：不会在 object 和 embed 标记中嵌入任何窗口相关属性。Flash 内容的背景不透明，并使用 HTML 背景颜色。HTML 无法呈现在 Flash 内容的上方或下方。"窗口"为默认设置。
- 【不透明无窗口】：将 Flash 内容的背景设置为不透明，并遮蔽 Flash 内容下面的任何内容。"不透明无窗口"使 HTML 内容可以显示在 Flash 内容的上方或顶部。
- 【透明无窗口】：将 Flash 内容的背景设置为透明。此选项使 HTML 内容可以显示在 Flash 内容的上方和下方。

这里需要提醒注意的是，在某些情况下，透明无窗口模式中复杂的呈现方式可能会导致动画在 HTML 图像同样复杂的情况下速度变慢。

（6）【HTML 对齐】选项

这个选项确定 Flash SWF 窗口在浏览器窗口中的位置：

- 【默认】：使 Flash 内容在浏览器窗口内居中显示，如果浏览器窗口小于应用程序，则会裁剪边缘。
- 【左对齐】、【右对齐】、【顶部】、【底部】：这些对齐选项会将 .swf 文件与浏览器窗口的相应边缘对齐，并根据需要裁剪其余的三边。

如果已经改变了文档的原始宽度和高度，选择一种【缩放】选项可将 Flash 内容放到指定的边界内。

- 【默认】（显示全部）：会在指定的区域显示整个文档，并且不会发生扭曲，同时保持 .swf 文件的原始高宽比。边框可能会出现在应用程序的两侧。
- 【无边框】：这个选项会对文档进行缩放，以使它填充指定的区域，并保持 .swf 文件的原始高宽比，同时不会发生扭曲，并根据需要裁剪 .swf 文件边缘。
- 【精确匹配】：会在指定区域显示整个文档，它不保持原始高宽比，这可能会导致发生扭曲。
- 【无缩放】：这个选项将禁止文档在调整 Flash Player 窗口大小时进行缩放。

（7）【Flash 对齐】选项

这个选项可设置如何在应用程序窗口内放置 Flash 内容以及在必要时如何裁剪它的边缘。此选项设置 object 和 embed 标记的 SALIGN 参数。

对于【水平】对齐，可以选择【左对齐】、【居中】或【右对齐】。

对于【垂直】对齐，可以选择【顶部】、【居中】或【底部】。

（8）【显示警告消息】选项

选择【显示警告消息】选项可在标记设置发生冲突时显示错误消息，例如在某个模板的代码引用了尚未指定的替代图像时。

11.2.3 Flash Player 版本检测的发布设置

Flash 的发布设置提供了自动设置 Flash 版本检测的功能，以检测用户拥有的 Flash Player 版本并在用户没有指定播放器时向用户发送替代 HTML 页。

在【发布设置】对话框中的【HTML】下，选择【检测 Flash 版本】复选框，这时它右边的【设置】按钮变成可用状态，如图 11-20 所示。

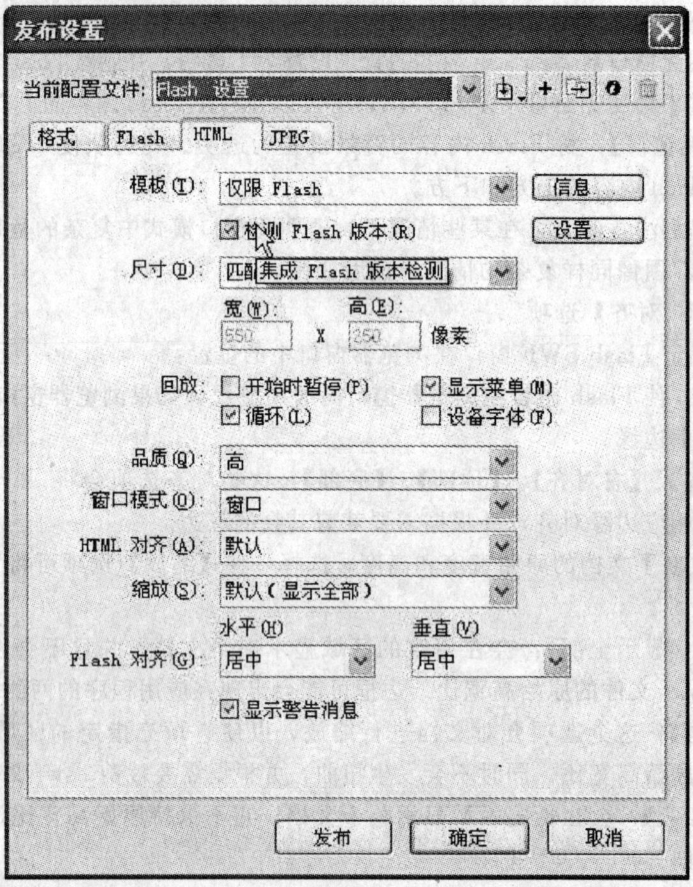

图 11-20

单击【设置】按钮，可以进入到【版本检测设置】对话框，如图 11-21 所示。

在这个对话框中，可以设置需要检测的"目标文件"、要显示的"内容文件"以及用户没有指定播放器时向用户发送替代 HTML 页的"替代文件"。一般情况下，直接使用系统的默认设置即可，让系统自动帮助生成这些文件。当然，如果对默认的文件不满意，也可以自己设定相应的文件，设置完毕单击【确定】按钮。

当用户访问发布的包括 Flash 动画的网页时，如果没有指定的播放器，那么浏览器将把"替代文件"显示出来，默认的替代页面如图 11-22 所示。

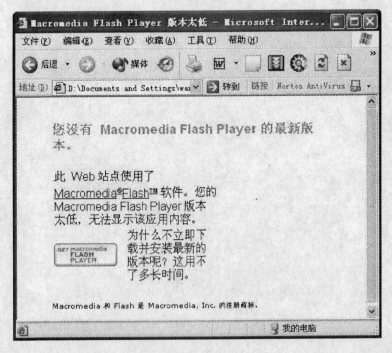

图 11-21

图 11-22

【本章小结】

本章介绍如何使用模板和把自己的作品导出和发布。通过实例了解模板对制作动画的作用和如何测试和导出影片。

习 题 11

1. 如何查看生成动画文件的详细信息?
2. 如何查看动画的下载速率?
3. Flash 动画可以被发布为哪些格式?

第 12 章　实例训练

12.1　百叶窗效果

(1) 新建 Flash 文档，把舞台调为 550×400 像素，如图 12-1 所示。

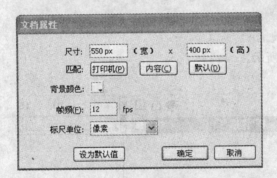

图 12-1

(2) 导入图片到舞台上，选中图片，按 Ctrl＋I 组合键，打开信息面板，把尺寸调为 550×400 像素，再调整位置，使它覆盖舞台。（这样可以在导出 SWF 时使图片满屏，不会影响效果）

(3) 新建一影片剪辑，命名为 zhe gai_1，如图 12-2 所示。

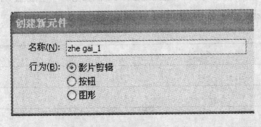

图 12-2

①用矩形工具，调为无边框，画一个矩形，矩形大小为 550×400 像素。

②单击时间轴第 15 帧，按 F6 键插入关键帧。再单击第 1 帧，选中矩形，按 Q 键选"形变"工具把矩形调为一条线。

按 Ctrl＋I 组合键，在信息面板中，把 X 和 Y 的位置调成和第 15 帧的一样，如图 12-3 所示。

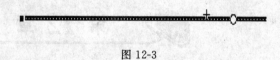

图 12-3

③选中第 1 帧，在下面"属性"面板中，【补间】选【形状】，如图 12-4 所示。

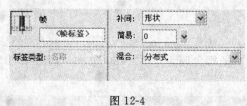

图 12-4

时间轴如图 12-5 所示。

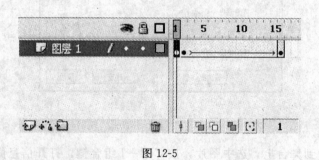

图 12-5

（4）新建一影片剪辑，命名为 zhe gai_2

在【库】面板中，拖出若干个 zhe gai_1 出来，调整好位置。要调整位置，可以把 zhe gai_1 的第 15 帧复制为第 1 帧。这样调整位置会比较方便，等位置调好以后，再把 zhe gai_1 的第 1 帧删掉。这时，zhe gai_2 中就可以看到如图 12-6 所示画面。

图 12-6

（5）回到主场景中，新建一层，并右击调为遮盖层。把 zhe gai_2 拖到舞台上。

百叶窗的效果就做好了，如图 12-7 所示，按 Ctrl＋Enter 测试一下。

图 12-7

12.2 打造简单的飘雪动画视觉特效

（1）新建一个空白的 Flash 文档，背景设置为黑色，如图 12-8 所示。

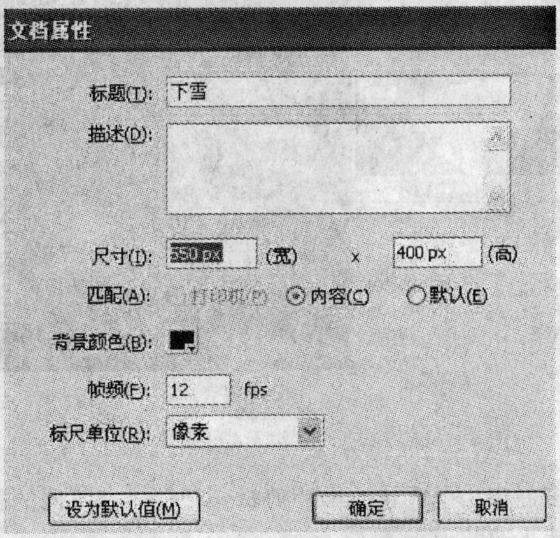

图 12-8

按 Ctrl＋F8 创建一个名为"雪"的图形元件，如图 12-9 所示。

（2）在雪元件中，选择刷子工具，把填充颜色设置为白色，选好刷子的形状和大小，在舞台的中心（也就是十字符号处）画一个小小的圆作为雪花。

按 Ctrl＋F8 创建一个名为"雪花"的影片剪辑元件。在元件中，按 Ctrl＋L 打开【库】面板，从中把雪花元件拖到舞台上，这里雪花元件中的图层 1 第 1 帧就是刚才做的

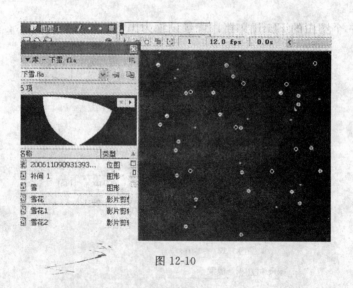

图 12-9

雪花了。按下引导层按钮创建一个引导层，用铅笔工具画出一条线（在引导层画，这条线条就是雪花飘落的过程，想让雪花怎么飘就怎么画）。

在图层 1 第 1 帧把雪花的中心对准引导层的开端，因为雪花是由上往下飘的；再在第 60 帧插入关键帧，在引导层第 60 帧插入帧，然后再选中图层 1 第 60 帧，把这一帧的雪花往下移，移到引导层的最下端，同样把中心对齐。

这时在图层 1 第 1 帧到第 60 帧间任意一帧中右击，选择创建补间动画。在图层 1 第 45 帧右击，插入关键帧，点击一下图层 1 第 60 帧，再点击一下这一帧中的雪花，在【属性】面板中选择【颜色】的 Alpha，把它设置为 0%，如图 12-10 所示。

图 12-10

用同样的方法再多创建几个雪花的影片剪辑。记住，在不同的影片剪辑中所要的引导线要不同，雪花也要适当调整大小。

回到场景中，按 Ctrl＋L 打开【库】面板，然后在图层 1 中把刚才做好的雪花影片拖到场景中（可以做 3 个不同的雪花飘落的动画，所以拖的时候要把 3 个都拖一些放在场景中，如果做得多，也都要拖一些放到场景中），放多少在场景中就看个人喜好，可以边放边测试，看看效果。

新建一个图层 2，在图层 2 第 10 帧插入关键帧，按图层 1 的方法往场景中拖雪花。再新建一个图层 3，在图层 3 第 20 帧插入关键帧，用同样的方法往场景中拖雪花（依此类推，想要多建几个层也行，本例中只建 3 个）。最后在图层 1 第 20 帧插入帧，在图层 2

第 20 帧也插入帧，然后在图层 3 第 20 帧的动作面板中加入代码"stop();"，如图 12-11 所示。

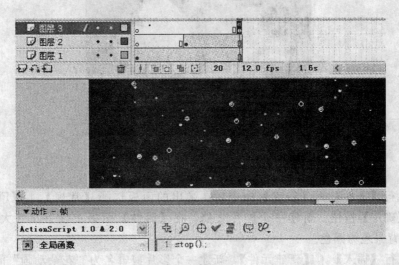

图 12-11

　　这样，下雪的过程就做完了。再导入一张背景图，新建一个图层，命名为"背景图"，把该图层拖到所有图层最下面，然后选择【文件】|【导入】|【导入到舞台】命令，导入一张雪景图，把图片的大小改为 500×400 像素，X 轴、Y 轴的位置都为 0。在第 20 帧插入帧，如图 12-12 所示。

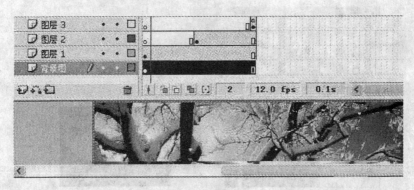

图 12-12

　　最后测试一下，把雪花拖入场景后，也可以适当改变一下位置和透明度。

12.3　绽放的花朵

　　本例制作是绽放的花朵，在场景上出现各色的花朵，然后美丽的花朵一个个争先恐后地绽放，如图 12-13 所示。这是利用形状补间动画制作的。

图 12-13

(1) 执行【文件】|【新建】命令，在弹出的面板选择【常规】|【Flash 文档】，选择后点【确定】按钮。新建一个影片文档，在【属性】面板上设置文件大小为 350×300 像素，背景色为黑色。

(2) 执行【插入】|【新建元件】，新建一个影片剪辑名为"花朵动画"的影长剪辑。选择元件编辑区的第 1 帧，执行【窗口】|【设计面板】|【混色器】打开混色器面板选择填充样式为【放射状】，渐变颜色从左到右分别为红色、粉色、淡黄色，如图 12-14（a）所示（也可以选择自己喜欢的颜色）。选择工具栏里的椭圆工具在编辑区里画一个无边框放射状填充的椭圆，大小为 88×35 像素（也可以随意但不可以太大），如图 12-14（b）所示。

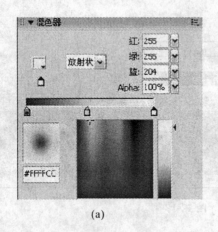
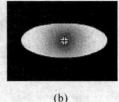

(a)   (b)

图 12-14

应用【对齐】面板居中对齐。在第 30 帧按右键插入关键帧。执行【窗口】|【设计面板】|【变形】打开【变形】面板输入旋转 30°，重复点击"复制并应用变形"按钮，如图 12-15（a）所示。连续点击至复制粘贴出一朵美丽的花，如图 12-15（b）所示。在第 60 帧按右键插入普通帧。回到第 1 帧，在【属性】面板中选择形状补间动作。

(3) 返回主场景，打开【库】面板，从【库】中把名为"花朵动画"MC 拖放到场景

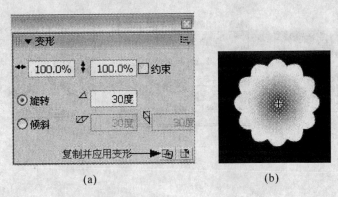

(a)   (b)

图 12-15

中，点中"花朵动画"MC 元件复制并粘贴元件，用工具栏里的任意变形工具旋转并调整各个元件，使各个花朵组合变成一朵花，单击各花朵的元件，在【属性】面板里设置颜色，同时设置花朵的色调数量为 26%。【属性】面板中一个花朵元件的颜色设置如图 12-16 所示。

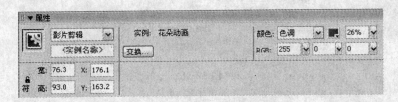

图 12-16

（4）执行【控制】|【测试影片】命令效果。执行【文件】|【保存】命令，将文件保存为"绽放的花朵.fla"文件存盘。

12.4 万 花 筒

（1）执行【文件】|【新建】命令，在弹出的面板选择【常规】|【FLASH】文档，选择后按【确定】按钮。新建一个影片文档，在【属性】面板上设置文件大小为 550×280 像素，背景色为黑色。

（2）执行【文件】|【导入】|【导入到库】命令，导入两张自己喜欢的图片。

（3）执行【新建】|【新元件】命令，新建一个影片剪辑元件（MC）名为"万花筒"。选择第 1 帧，执行【窗口】|【库】，打开【库】面板，从【库】面板中把图片拖入编辑区，在【属性】面板中设置大小，见图 12-17（a），并执行【窗口】|【设计面板】|【对齐】，打开【对齐】面板对齐居中，如图 12-17（b）、（c）所示。在第 50 帧点右键插入关键帧。回到第 1 帧，在【属性】面板里选择动作补间动画，并选择【旋转】顺时针一次。如图 12-17 所示。

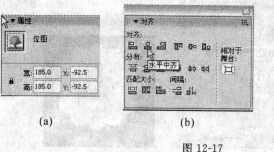

图 12-17

（4）新建图层 2，选择第 1 帧，执行【窗口】｜【库】，打开【库】，从【库】中把图片拖入编辑区，在【属性】面板里设置大小 185×185 像素，也对齐居中。在第 30 帧处点右键插入关键帧。回到第 1 帧，在【属性】面板里选择动作补间动画，并选择【旋转】顺时针一次，如图 12-18 所示。

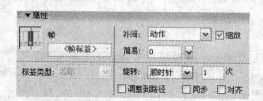

图 12-18

（5）新建图层 3，点第 1 帧，选择工具栏里的椭圆工具，按下 Shift 键画一个有边框、无填充色、与图形一样大小的正圆（185×185 像素），并对齐居中。

（6）选择工具栏里的直线工具，按住 Shift 键，从场景中心向左画一根白色的线条，选择工具栏中的任意变形工具在画好的线条上点一下，在线条上出现一个小白点（称为"注册点"），如图 12-19（a）所示，用鼠标左键按住线条中出现的小白点，拖到线条的最下端，如图 12-19（b）所示，执行【窗口】｜【设计面板】｜【变形】，打开【变形】面板，设置旋转角度为 45°，按下【复制并应该变形】按钮，见图 12-20（a）。在编辑区里复制一根线条形成一个小的扇形，选择工具栏里的油漆桶工具填充小扇形，然后删除其他的线条，如图 12-20（b）所示。在第 50 帧处点右键插入普通帧。用鼠标右键点图层 3，选择【遮罩】，此时图层 2 自动缩进遮罩了，然后用鼠标按住图层 1 向上略移一点点松手，图层 1 也自动缩进遮罩。"万花筒" MC 完成后的时间帧面板如图 12-21 所示。

（7）返回主场景，从【库】中把影片剪辑元件"万花筒"拖到场景中，复制并粘贴此元件，执行【修改】｜【变形】命令里的顺时针旋转 90°，再重复两次复制粘贴并顺时针旋转 90°，如图 12-22（a）所示。选择图层 1 第 1 帧，选中场景中的 4 个元件，复制粘贴此 4 个元件，然后执行【修改】｜【变形】命令里的水平翻转，使 8 个元件组成圆形，然后再选择执行【修改】｜【组合】得到一个封闭的圆形，如图 12-20（b）所示。

（8）执行【控制】｜【测试影片】命令，观看效果图 12-22。如果满意就执行【文件】｜【保存】命令，将文件保存成"万花筒.fla"文件存盘。

(a)

(b)

图 12-19

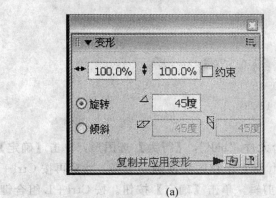
(a)

(b)

图 12-20

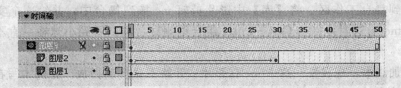

图 12-21

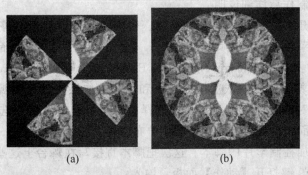
(a)　　　　　　　　(b)

图 12-22

12.5　按钮控制影片剪辑播放

先看一个例子，简单地控制影片剪辑的播放、暂停、快进、快退、停止，如图 12-23 所示。

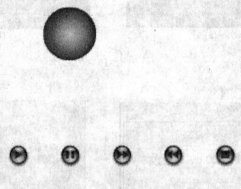

图 12-23

（1）打开 Flash，按 Ctrl＋F8 新建一个元件"ball"，【行为】选图形，单击【确定】按钮。选择工具箱中的椭圆工具，按住 Shift 键在工作区随便画一个圆。然后再按 Ctrl＋F8 键新建一个元件"mc"，【行为】选影片剪辑，单击【确定】按钮。按 Ctrl＋L 组合键打开【库】面板，在第 1 帧将元件 ball 拖入到舞台，在 30 帧处按 F6 键插入关键帧，调整小球位置并创建动作补间，如图 12-24 所示。

（2）回到舞台工作区，将【库】中影片剪辑 mc 拖到舞台中，并给这个实例起个名字，就叫"mc"，这时可以按 Ctrl＋Enter 组合键测试，可以看到小球在一直不停地从左向右移动。

（3）添加脚本，现在要让这个 mc 在影片一开始不要自动播放。把脚本写在时间轴的关键帧上。选中时间轴的第 1 帧，按 F9 键打开【动作】面板，选择【专家模式】，输入"_root. mc. stop();"，如图 12-25 所示。

其意义在完成制作后详细说明。

（4）现在制作几个按钮，分别表示播放、暂停、前进、后退、停止，并摆放在舞台上。打开【窗口】菜单，选择【其他面板】|【公用库】|【按钮】命令，在【库】中双击，打开 Playback 文件夹，将 gel right、gel Pause、gel Fast Forward、gel Rewind、gel Stop 按钮分别拖到舞台中，并依次摆好顺序和位置。如果想放得美观一点，可以按 Ctrl＋K 组合键打开【对齐】面板，注意不要选择相对于舞台，然后用选择工具框选所有按钮，单击【对齐】面板的底对齐和水平居中分布即可。

（5）现在要添加控制影片的脚本。这次把脚本直接写在舞台上这些按钮的身上。选中"播放"按钮，按 F9 键打开【动作】面板，输入：

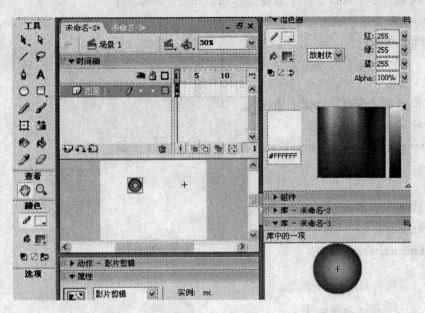

图 12-24

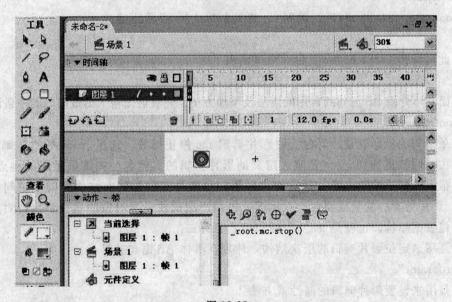

图 12-25

```
on (release) {
_root.mc.play();
}
```

如果要在按钮身上写脚本，必须使用 on（事件）｛｜｜脚本程序｝的格式来写。上面的脚本作用就是：当在这个按钮上按一下鼠标（release 事件）时，就会执行下面的_root.mc.play(); 程序，它的意思是让舞台上的 mc 开始播放。

（6）同理，选中舞台上的"暂停"按钮，在它上面输入：

```
on (release) {
_root.mc.stop()
}
```

然后依次在"快退"按钮上输入：

```
on (release) {
_root.mc.prevFrame();||prevFrame 表示回到动画的上一帧
}
```

在"快进"的按钮上输入：

```
on (release) {
_root.mc.nextFrame();
}
```

在"停止"的按钮上输入：

```
on (release) {
_root.mc.gotoAndStop(1);||跳到 mc 影片的第 1 帧,并停止播放
}
```

至此可以按 Ctrl＋Enter 组合键测试成果了。

下面具体介绍 AS 语句的常用的语法及添加方法。先看前面输入的最简单的一条语句：
`_root.mc.stop();`
这条语句的意思就是让舞台上的影片剪辑 mc 停止播放。这里_root 指的是舞台，实际上说主时间轴更确切。mc 是刚才定义的影片剪辑的实例名。关键是里面的小点"."，其作用很大。标准的定义是：运算符，用于定位影片剪辑的层次结构，以便访问嵌套的（子级）影片剪辑、变量或属性。点运算符也用于测试或设置对象的属性、执行对象的方法或创建数据结构。也就是说"."的作用主要有二：
一是用来定位影片剪辑的层次结构，体现在具体 AS 语句就是
"_root. mc"；
二是用来设置影片剪辑的属性或方法。
什么是属性呢？简单地说属性就是对象本身所具有的特征。体现在具体的 AS 语句如
`_root.mc._x=100`   //设置舞台上 mc（对象）的横坐标（属性）为 100（值）
方法可以看做是对象所做的动作。体现在具体语句可以是：
`_root.mc.stop()`   //设置舞台上的影片剪辑 mc（对象）停止（方法）
这里需注意的是语句要在英文状态下输入。
另一个要考虑的问题是，如何在 flash 中添加编写脚本？简单地说，添加脚本可分为两种：一是把脚本编写在时间轴上面的关键帧上面（注意，必须是关键帧上才可以添加脚本）。二是把脚本编写在对象身上，例如把脚本直接写在 MC（影片剪辑元件的实例）上、

按钮上。如果要将 AS 语句添加到关键帧上，就要先选中关键帧，然后打开【动作】面板，输入 AS 语句；如果要把脚本编写在对象身上，就先选中对象，再输入 AS 语句。至于如何具体输入，随各人爱好，可以使用【动作】面板，如图 12-26 所示。也可以选中对象后按 F9 键直接在【专家模式】下书写。

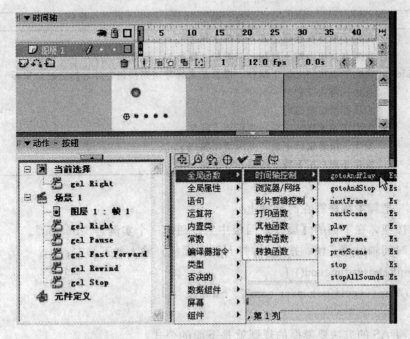

图 12-26

要注意在时间轴上添加 AS 脚本和在实例上添加 AS 格式是不同的，为了说明这个问题，再举一个简单的例子。

打开 Flash，新建一个文档，从公用按钮库中拖一个按钮到舞台中，要用这个按钮来打开指定的网页。下面分别用两种方法来实现。

方法一 把脚本加在按钮上

在舞台上单击选中按钮，按 F9 键打开【动作】面板，输入以下语句：

on(release){

　　　　getURL(http：‖goldflash.lpscn.com，"_blank")

　　}

这个语句的意思是当释放鼠标按键时在新窗口中打开某论坛。这里 on 表示事件触发的条件，可以理解为"当……的时候"。现在这个按钮就实现了一个打开网页的功能。通过例子应该注意到，按钮的 AS 书写规则就是：

on(事件){

　　‖要执行的脚本程序（刚才的例子是用 getURL 来打开一个网页，也可以使用脚本程序来执行其他功能，例如跳转到某一个帧，或载入外部一个动画文件）

　　}

可以看到，其实就一个 on 语句，这个 on 语句就是按钮的 AS 编写规则了。需要注意的是 on 里面的事件，这个事件可以理解为是鼠标或键盘的动作。刚才的例子使用的事件是 release（按一下鼠标）。表 12-1 是常用的按钮事件。

表 12-1

事件名字	说　明
Press	发生于鼠标在按钮上方，并按下鼠标
Release	发生在按钮上按下鼠标，接着松开鼠标时，也就是"按一下"鼠标
Releaseoutside	发生于在按钮上按下鼠标，接着把光标移动到按钮之外，然后松开鼠标
Rollover	当鼠标滑入按钮时
Rollout	当鼠标滑出按钮时
Dragover	发生于按着鼠标不放，光标滑入按钮
Dragout	发生于按着鼠标不放，光标滑出按钮
Keypress	发生于用户按下特定的键盘按键时

方法二　把脚本程序写在时间轴上

①选中按钮，在下面的【属性】面板中为按钮起一个实例名"button"。

②选中时间轴的第 1 帧，按 F9 键打开动作面板。输入如下脚本：

button.onRelease= function() {

getURL("http：||goldflash.lpscn.com","_blank");

};

这种编写 AS 的方法要遵循的规则就是下面的公式：

按钮实例的名字.事件名称=function() {

||要执行的脚本程序

}

这里需要提醒注意的是字母大小写问题。on 和 release 本来是两个英文单词，当写在一起组成事件时，第一个单词无需大写，但后面的单词第一个字母一定要大写，否则会出错，又如 gotoAndPlay 等。

参 考 文 献

[1] 关晓娟. Flash 专家案例课堂 [M]. 北京：北京希望电子出版社，2008.

[2] 候晴，蔡飓. 中文版 Flash CS3 动画制作快学易通 [M]. 北京：机械工业出版社，
2008.

[3] 张翔. Flash 8 动画特效设计范例精萃 [M]. 北京：中国青年出版社，2007.

[4] 宛磊，范昕，陈凯. 新概念 Flash 8 中文版图解教程 [M]. 北京：清华大学出版社，
2006.

[5] 胡崧. Flash 8 标准教程 [M]. 北京：中国青年出版社，2006.

[6] 孔烨，黄炳强，高元文. Flash 8 中文版从入门到精通 [M]. 北京：人民邮电出版社，
2006.

[7] 张明真. 中文版 Flash 8 必修课堂 [M]. 北京：人民邮电出版社，2008.

图书在版编目(CIP)数据

Flash 动漫设计基础/魏敏,张卫红编著.—武汉:武汉大学出版社,
2008.10
　高等院校计算机技术系列教材
　ISBN 978-7-307-06545-1

　Ⅰ.F…　　Ⅱ.①魏…　②张…　Ⅲ.动画—设计—图形软件,Flash 8—高
等学校—教材　Ⅳ.TP391.41

　中国版本图书馆 CIP 数据核字(2008)第 145478 号

责任编辑:杨　华　　　责任校对:刘　欣　　　版式设计:詹锦玲

出版发行:**武汉大学出版社**　　(430072　武昌　珞珈山)
　　　　　(电子邮件:wdp4@whu.edu.cn 网址:www.wdp.whu.edu.cn)
印刷:湖北金海印务公司
开本:787×1092　　1/16　印张:20　　字数:481 千字　插页:1
版次:2008 年 10 月第 1 版　　2008 年 10 月第 1 次印刷
ISBN 978-7-307-06545-1/TP·314　　　定价:32.00 元

高等院校计算机技术系列教材

书目